百部红色经典

# 山歌
# 天上来

韩少功 著

 北京联合出版公司
Beijing United Publishing Co.,Ltd.

图书在版编目（CIP）数据

山歌天上来 / 韩少功著. -- 北京：北京联合出版
公司，2021.7（2023.7重印）
（百部红色经典）
ISBN 978-7-5596-5253-9

Ⅰ.①山…　Ⅱ.①韩…　Ⅲ.①中篇小说—小说集—中
国—当代 ②短篇小说—小说集—中国—当代　Ⅳ.
①I247.7

中国版本图书馆CIP数据核字(2021)第076571号

**山歌天上来**

作　　者：韩少功
出 品 人：赵红仕
责任编辑：牛炜征
封面设计：李雅楠

北京联合出版公司出版
（北京市西城区德外大街83号楼9层 100088）
北京新华先锋出版科技有限公司发行
涿州汇美亿浓印刷有限公司印刷　新华书店经销
字数215千字　787毫米×1092毫米　1/16　15印张
2021年7月第1版　2023年7月第3次印刷
ISBN 978-7-5596-5253-9
定价：39.00元

# 出版前言

为庆祝中国共产党成立 100 周年，全面展现中国共产党成立以来中华民族辉煌的发展历程、取得的伟大成就和宝贵经验，集中体现中华民族的文化创造力和生命力，北京联合出版公司策划了"百部红色经典"系列丛书，希望以文学的形式唱响礼赞新中国、奋斗新时代的昂扬旋律。

本套丛书收录了近一百年来，描绘我国人民在中国共产党的领导下艰苦奋斗、开拓创新、改革开放的壮美画卷，充分展现我国社会全方位变革、反映社会现实和人民主体地位、弘扬社会主义核心价值观、讴歌中华民族伟大复兴中国梦的 100 部文学经典力作。

本套丛书汇集了知侠、梁晓声、老舍、李心田、李广田、王愿坚、马烽、赵树理、孙犁、冯志、杨朔、刘白羽、浩然、李劼人、高云览、邱勋、靳以、韩少功、周梅森、石钟山等近百位具有代表性的中国现当代著名作家。入选作品中，有国民革命时期探索革命道路的《革命的信仰》《中国向何处去》，有描写抗日战争的《铁道游击队》《敌后武工队》《风云初记》《苦菜花》，有描绘解放战争历史画卷的《红嫂》《走向胜利》《新儿女英雄续传》，有展现新中国建设历程的《三里湾》《沸腾的群山》《激情燃烧的岁月》，有寻找和重建民族文化自信的《四面八方》，也有改革开放后反映中国社会现状、探索中国道路的《中国制造》，同时还收录了展现革命英雄人物光辉事迹的《刘胡兰传》《焦裕禄》《雷锋日记》等。

本套丛书讲述了丰富多样的中国故事，塑造了一大批深入人心的中国形象，奏响了昂扬奋进的中国旋律。这些经历了时间检验的文学作品，在艺术表现形式、文学叙述方式和创作技巧等方面都具有开拓性和创造性，作品的质量、品位、风格、内涵等方面都具有很高的水准，都是有筋骨、有道德、有温度的优秀作品，很多作家的作品都曾荣获"五个一工程奖""茅盾文学奖""鲁迅文学奖""国家图书奖"等奖项。

为将该套丛书打造成为集思想性、艺术性、时代性为一体，展现新时代文学艺术发展新风貌的精品图书，北京联合出版公司成立了由出版界、文学艺术界的资深专家和学者组成的编辑委员会。他们从文学作品的历史价值、文学价值、学术价值、现实意义等维度对作品进行了深入细致的研读和筛选，吸收并借鉴了广大读者的意见与建议，对入选作品进行深入细致的分析与综合评定，努力将"百部红色经典"系列丛书打造成为政治性、思想性和艺术性和谐统一的优秀读物，向伟大的中国共产党成立 100 周年这一光荣的日子献礼！

# 目　录

山歌天上来 / 001

赶马的老三 / 063

风吹唢呐声 / 102

怒目金刚 / 126

末　日 / 142

余　烬 / 157

土　地 / 170

西江月 / 181

北门口预言 / 192

白麂子 / 203

生离死别 / 214

月下桨声 / 222

空院残月 / 227

# 山歌天上来<sup>*</sup>

## 一

当年的老寅背有点驼，在椅子里坐久了，背上揉挤出层层皱布，吊幕一样向上拉扯，前长后短的礼服十分古怪。

当年的老寅在汽车站打了个哈欠，看天色已晚，扛着四张竹椅四处找人问路，一路埋怨天气也埋怨县城，最后才找到了县文化馆。

老寅这个人不太好描述，比如他的脑袋小，不好说一个脑袋，更像是一"粒"脑袋；眉毛粗，不好说两条眉毛，更像是两"把"眉毛；耳朵倒很大，说两"扇"或者两"页"，可能就合适了。文化馆的老柳肯定是不习惯这人脑袋的粒状，挥挥手，说，出去出去，这里没有人买椅子。以为是菜市场呵？

对方连忙抠出一纸通知给老柳，止住了对方的轰赶。

"你就是毛三寅？"

---

<sup>*</sup> 最初发表于 2004 年《人民文学》杂志，后收入小说集《报告政府》，已有英文译本。

"唔呵……"

"你就是边山峒的那个毛三寅？"

"唔呵……"

"慢点，你们那里没有另外一个毛三寅吧？"

"有吗？"

"我问你。"

"村里的伙计把我家老大叫宽老倌，把我家老二叫宜老倌，把我就叫成寅老倌。我不喜欢这个名字，没有办法呵。"

小脑袋一脸的无辜。

老柳查了一下对方翻找出来的会议通知，白纸黑字，手续齐全，不好再说什么，带着他去客房完事。客房门有点窄。来人背着四张竹椅别别扭扭，一个椅脚横扫过来刚好刮在老柳的嘴上。"你带这么多椅子做什么？"椅子那边有尖叫。

粒状脑袋还卡在别扭的姿态中："对不起。这椅子结实，凉快，街上的人就喜欢这种椅子，二舅娘一定要我带几张来。二舅娘说了……"

柳老师不关心二舅娘，揉着嘴巴走了，气呼呼来到文化馆馆长面前："那个毛什么是哪个推荐的？是叫他来弹棉花还是叫他来阉猪？什么农民音乐家？我看是只猴子，还没变人吧……"

馆长是本地人，对老寅倒是有几分了解，说你不要小看他，他可不是一般人士，在北京读过大学，五岁就拉得胡琴，鼻子吹得了唢呐，我家的两个亲戚都晓得他的大名。

柳老师根本不相信，鼻子里一声冷笑："他晓得北京是在祁阳还是在麻阳？"这是两个小县的名字，"他晓得大学的门是朝东还是朝西？你看他那样子，长着一个阉鸡脑壳，打嗝放屁都是红薯味。他要是能把七个音符唱圆整，我就倒立着来上班。"

正说着，外面有一道尖叫，是世界末日才能听到的声音。两人出门一看，见馆里的女出纳员一脸惨白，颤抖的手指向厕所："女厕所里有有有一个……"

有个男的吧？是个乡巴佬吧？柳老师冲入女厕所，果然发现是小脑袋在那里用下巴夹住衣角，慢慢吞吞地系裤绳。

"喂喂喂，你怎么跑到女厕所来了？耍流氓呵？"

"对不起，我眼睛不好，怕是看错了。"

"你眼睛不好，嘴也哑了？不能问一声或者咳一下？"

小脑袋走出门来，往墙上嗅了嗅："大事不好，问题严重。"

公共厕所门上的字是墨汁写的，经过日晒雨淋，已经有些模糊。柳老师不想在这一点上纠缠："人家小娄有心脏病的，来个当场晕倒，你麻烦就大啦知道吗？"

小脑袋歉意地笑，越过柳老师，对躲在他身后的女子折下腰："大妹子，你什么也没有看见。我证明。你不要怕……"

"你不要上来！"女子大叫。

"好好，我不上来。"

"你怎么这样无聊？"

小脑袋怯怯退了一步。"我是说，你没看见什么，不打紧的……"

"你放什么屁？我想看见吗？我要看见什么？我当然什么也没有看见。我就是什么也没有看见。我人正不怕影子斜根本不要你来说，根本不要你来证明……"女人越说越乱，被小脑袋的安抚再一次搞得气急败坏。

小脑袋冲着柳老师和文化馆馆长睁大眼睛："我给她赔不是，她火气还这样大？这位妇女同志今天跌了一跤吧？"

这话的意思是：她是不是一跤摔坏了脑子？


二


柳老师是当时为数不多的大学毕业生之一，小县城里的大牌艺术家，经常在剧院舞台一侧指挥乐队。这里有很多人并不理解乐队，一开始并不知道他两手"挠来挠去"是做什么，只觉得他能在那里挠，挠上一两个时辰也不累，想必是个重要的角色。柳老师理论水平也高，经常哗哗哗地甩着扇子，把任何曲子都分析得头头是道，比如分析出一个主题、两个形象、三个发展、四个特点、五个什么什么，用有些学员的话来说，随便捡根草都打得出一锅理论汤。他还特别强调乐生于情："什么时候道白，什么时候开唱，都是有剧情条件的，不能乱来。你昂首阔步走向刑场的时候才会唱《国际歌》吧？挤鼻涕或者撕脚皮的时候唱得出来吗？"

这是他常打的比方，让戏曲作者们茅塞顿开。

柳老师诲人不倦，为人谦和，成天有一张笑菩萨的脸，常把熟人邀到他家去喝茶、抽烟、吃面条，谁要是缺点粮票，他也慷慨掏腰包。自从他从剧团调入文化馆，有些乡下来的业余作者还曾在他家吃过饭，开地铺打过呼噜，就当他家是一个免费客栈。当然，他热情之余也有小小图谋，比方一心等待客人们夸他，而且在进门后五分钟内立刻知晓他的各种美事：最近入了党，荣升创作组副组长，将来当上宣传部副部长也是有可能的。他在恭维之下谦虚一番，算是得到了最大回报。

两天来，他再次受到重用，主持文化馆恢复以后第一个创作班，想到任务重和要求高，一心抓出成效。他翻遍了学生时代所有的笔记本，整理出厚厚的讲稿，给大家耐心讲解调式、和声、动机、小三和弦、革命经典《沙家浜》的总谱配器等。他讲着讲着，正在眉飞色舞，听到一丝奇怪的声音混进了小三和弦，不和谐更不对位，是彻头彻尾的噪音——抬头一看，噪音又是来自教室后排座的一个小脑袋。

"喂！"他忘记了对方的名字。

前排学员一怔，纷纷顺着他的目光朝后看。

"喂，喂，说你呢！"

震怒目光抵达之处，小脑袋一颤晃，醒了。

"你怎么能在这里打鼾？岂有此理，你你你怎么可以打鼾？你吃文化馆的睡文化馆的，就是要来打鼾的吗？"

"对不起，柳老师，我眼皮子好重，好重。"

"我在这里支张床，给你拿条被子拿个枕头来？"

"不不，不要床，要床就开玩笑了。好难得的学习机会，专门来学习的，怎么能在这里睡觉？"老寅在全场的笑声中抽了自己一耳光，揪揪鼻子，咬咬牙，重新抓起笔和纸片。

"同志们，同志们，你们知道我为这些课花费了多大的心血吗？"柳老师委屈地敲敲桌子，让学员们的注意力重新集中，让自己挺胸缩腹不无悲情地重返和弦。但和弦还没有讲完，最重要的理论分析还没有出台，无耻的噪声干扰又冒出来了，当然又是来自后排。这一次，要不是小脑袋身边的人及时推一把，要不是这一把阻止了来势凶猛的鼾声和涎水，柳老师今天讲课的情绪差点就没有了。

"你继续讲，继续讲，没有问题的。"小脑袋察觉出寂静的异常，抬抬下巴，远远地给老师送来鼓励。

"你要我讲什么？你让我怎么讲？"

"讲和弦。"

柳老师今天的情绪已经没有了。他本来还想讲解一下自己的两首作品，让大家了解成功的创作是怎么回事，但心情一坏，也就偷工减料，草草收场，走的时候连折扇也忘在桌上。

学习班的内容不光是培训，更重要的是创作：四天之内，每个学员都要交出一首歌曲，优胜之作将参加地区和省里的大赛。作为督战者，柳老师背着手来回转悠，不时检查创作进度，给这位分析一下结构，或者给那位调整一下歌词。还好，学员们看上去大多比较卖力，常常是两人共一张破桌子，停电的时候还共一盏油灯，各自埋头吭哧吭哧地大写，嘴里不时哼出各种不成形的曲调。有的则去文化馆外的小河边，操着胡琴或者唢呐试奏新作，发出一些不太成熟的声音，让柳老师联想到哮喘或者癫痫，联想到肠梗阻或者便秘的声音。老师有些着急，但着急的时候居然偏偏少了一个人，走到老寅的房间里，只见床上一个大花被子隆起来，罩住了一个人形。旁边散落的衣裤，红薯味或者酸菜味余绪未绝。

太不像话！柳老师踢踢床脚。

阉鸡脑袋从被子里钻出来，打开迷迷糊糊的眼："吃饭……还没到时辰吧？"

"一天五毛钱误工费，都是国家的钱，专门请你来睡觉的？"

"老师来了哦。不是说四天才交稿吗？"

"你算算，今天是第几天？"

"还早，还早。"

"你不急，我都替你急。你看看人家。"

"放心，我不一样，我是只孵蛋的鸡婆，我的曲子都是睡出来的呵。"

"你是不是还要鲤鱼甩籽？天天从这楼上甩下去，才甩得出你的惊世之作，是吧？是这个意思吧？"

"哎呀，你这个人，一讲话就吃了铳药，你不要催，我平生头一件最怕的事，就是催。"老寅吞了口涎水，又往被子里钻。

柳胖子气得差点要晕过去，本想把这只假鸡婆从鸡窝里揪出来，扇上一耳光，冲着屁股头猛踢一脚，让他该去哪里去哪里。细一想，人家毕竟是农民，好歹是革命阶级，轮不上自己过分造次，就忍住了。

他气冲冲地找到馆长，强烈要求领导出面严肃纪律，把那个来混饭吃的小脑袋赶快轰走，有饭也不能给这种人白吃。馆长想了想，说边山峒的人你最好莫惹。柳胖子不明白这话的意思。馆长就说，你没听说过边山峒呵？那里的人最蛮。其他地方的人出门讨饭，送财神，送土地神，又唱又闹的，逼得主家乖乖地掏钱，只有边山峒的叫花子站在大门口，一句乖巧话也不说。你知道这是为什么吗？

馆长见柳胖子还不明白民情，就说起当年边山峒剿匪，说那时各乡的土匪都降了，只有边山峒不降。不管是由国民党来剿，还是由共产党来剿，反正是不降。他们情愿受火刑，皮子都烧炸了，出黄油，臭气冲天，也没有半句求饶。有的受剐刑，剐上一整天，刺刀捅弯了，血溅丈多高，把墙红了一大片，死者也不吭一声。民国那些年，常有人挑着几箩筐人手人脚和人肝人肺，到县城东门挂起来示众，让大家看看土匪的下场，吓得行人都不敢过桥，一个个从桥下走。不用问，人肉肯定是从边山峒挑来的。

馆长一大堆人手人脚人肝人肺，把柳胖子吓得脸色灰白匆匆告辞，再也不敢提小脑袋，说是要去接夫人下班。

接下来的几天，柳胖子一遇到老寅便绕着走。他没有料到的是，四天过去以后，老寅没有交白卷，倒是真在床上孵出了鸡，一只金鸡。八个学员的作品之中，他的《犁田山歌》首屈一指。柳胖子把这首歌拿到灯下哼了一遍，拿到阳光下又哼了一遍，在办公室里哼了一遍，回到家里又哼了一遍，还是不相信自己的眼睛。凭正统科班的见识，他得承认，他得承认，不仅是他自己，就是他经常提到的那些同学，那些经常被他挂在嘴上四处炫耀的同学，不论是在省级院团的专业作曲家，还是什么音乐杂志的副主编，乃至音乐家协会恢复筹备小组的负责人，都作不出这样优美的音乐。如果遮去作者姓名，他完全可能把它误当大师的杰作搬到课堂上去。

田里犁田是何人？

犁田硬要犁得深。

莫云古日犁无三寸土，

如今犁田啰——

四寸浅了，五寸浅了，六寸浅了，

犁下七寸是黄金，

深耕才有好收成……

不过就是这么几句普通甚至浅白和零乱的词，如何可以谱得这样动人心魄？这真是奇了、怪了、邪了！

肯定是抄袭。柳老师恨恨地想着。不过，曲调中明明伏有本地山歌的素材，看上去不大可能来自外地的大师。

他定定神，决定去找老寅查问个清楚。此时，几个学员正在文化馆的食堂里吃饭，密集地围了一桌，谈笑风生，热气腾腾。只有老寅无言语，一脸的庄严肃穆，直勾勾的目光只在碗里生根，伸出去的筷子，稳稳地从容不迫而且认真负责，夹住一根萝卜，在空中停稳了，再运回自己的碗里，停稳了，再运输到自己准备就绪的嘴里。每一个步骤都不能乱。他没有听到柳胖子的招呼。柳老师拍拍他的肩，还拍出他的不耐烦："阎王老子都不差饿鬼。吃饭就吃饭，吃饭人也催得吗？"

旁边一个学员大声对他说："是柳老师找你哩。"见他不理，再喊："是柳老师找你哩。"仍然没有改变他的目不斜视，也没给他的脸增添任何表情。

学员只对柳老师报以苦笑说，他就是这样的，一吃饭就痴了，雷打也听不见。

没关系，没关系的。柳胖子只好以后再说。

## 三

像柳胖子这样的高手，能一眼看得出老寅的深不可测，深知这些曲子里既有泥土风味，又有西洋套路，来路一时说不清楚，不可等闲视之。老寅后来上厕所拿的一张纸，被柳胖子看到了，发现那是一支圆舞曲谱，竟呼啸着一股地道的俄罗斯旋风，流露出中央音乐学院当年的教学风格，跳跃着草原、白桦树、花裙子、红菜汤以及手风琴的异国气息，完全能以假乱真。作者应该是毛三寅斯基或者毛三寅诺夫才对。

看完他的很多曲子，包括他拿去擦屁股的游戏之作，柳老师这才换上一张大笑脸，恭请他到家里去做客，泡上好茶，递上好烟，称呼也变了："喂"变成了"毛同志"。

甚至变成了"毛老师"。

毛老师倒有点拘谨，夹住双膝，直腰端坐，手心朝上地托举一支烟，小心翼翼地抽出嗖嗖气声，不知是哪里在漏气。他不管听到什么，浅浅一笑，缓缓点头，没有下文。即便说什么，不是缺主语就是缺宾语，含含糊糊的呵唔呵唔不知是什么意思。大概是遇到了知识分子，他也知识了许多，土话里夹进一两句抽筋式的京腔，只是还不够斯基也不够诺夫，让旁人的耳朵南北兼顾、城乡统筹其实更加紧张。

"操，社教他妈的最有意思啦！"他炸开一个笑脸，突然想到了话题，"每次下村，说你们不要客气，家里有么几（什么）就吃么几（什么）。三婆婆以为他有母鸡就要吃母鸡，吓得脸都白了哈哈哈哈……"柳老师没听懂，见对方大笑，就陪着笑笑。直到事后很久，经过自己努力思索和其他知情人解说，才明白老寅刚才的意思：老寅是说自己读大学的时候，曾前往农村参加社教运动，认识一个工作队队长，发现他的口音经常引起误会。这一段话，算是回答主人关于中央音乐学院的提问。

"嗨，一个贼养的好地方！"老寅再次炸开一个笑脸，打断了主人的话头，"他们说'群众'是这样的——"他重重的发音像是"昆虫"："有意思呵。有意思吧？花桥人开会就说：东风万里红旗飘，革命昆虫志气豪，我们就是要依靠昆虫，发动昆虫，警惕有人挑动昆虫斗昆虫，坚持毛主席的昆虫路线……"这一次，柳老师还是没怎么听懂，见对方大笑，也陪着笑笑。直到事后很久，经过自己努力思索和其他知情人解说，才明白老寅刚才的意思：他是指自己到本县花桥镇听民歌时，发现花桥人的口音也特别有意思，算是回答了关于音乐素材来源的提问。

老寅笑和不笑，都是急休止，然后便沉默，或者含糊，嗖嗖地吸烟，似乎在寻思下一件好笑的事。柳胖子提心吊胆地看着他那里一截长长的烟灰，急忙给他张罗烟灰缸；又提心吊胆看着他喉头滚动，急忙给他张罗痰盂。

天一句，地一句，掐头去尾，文不对题，云里雾中，牛胯里扯到马胯里，艺术创作交流就这样马马虎虎进行着。柳老师付出了好茶、好烟，还有一顿饭，不免有些失望。他太不了解老寅。很久以后，他才知道老寅既不是心不在焉，也不是在言语容易招祸的那年头故意装疯卖傻。相反，那一天他已经说得够多了，够上腔上板了，没有一头钻到床上去打呼噜，算是很给面子。

那一天他没有喝酒。这是重要的一条。照理说，人喝酒才醉，他这个人怪，恰恰是不喝酒便昏、便乱、便野，便语无伦次信口开河。被烈日晒得晕头晕脑，就是老寅无酒时的思想。把舌头割去一截，就是老寅无酒时的语言。他嗜酒是从壮族山寨里开始的。当时他从中央音乐学院附中读到学院本科，是特招的农民学员，去广西参加社教和体验生活。他那时崇拜广西的米酒，崇拜广西的刘三姐，梦想着写出一部《刘三姐》那样的歌剧。太多梦想灌醉了他，使他在社教结束时竟然擅自离队而去，沿着壮乡歌声的余音去了云南，又糊里糊涂去了什么缅甸以及印度，直到两年后被戴上手铐，满身虱子被押解回国。那时候他只知道音乐，不知道国境是什么东西。如果他不是出身贫农，现在还蹲在大牢里也说不定。

学籍与文凭当然也顾不上了，丢掉了。

他这一段往事，恍恍惚惚，别人说不清楚，自己无酒的时候也说不清楚，因此我们现在也只能知道一个大概。岂止如此，他没喝酒时就是个十足的醉汉，半睡不睡的，半癫不癫的，人家说东，他就说西，人家说上，他就说下。他常常把张局长当李裁缝，把王屠夫当何校长，有时看见自己的老婆进菜园子，跺着脚就开骂，说哪来的疯婆子光天化日下竟敢偷菜！气得老婆不给他煮饭。

当然，不煮饭不要紧，即便穷得无米下锅，他也能以睡当饭，把红薯或者萝卜留给母子二人，自己喝一碗冷水，蜷缩在床上，像蛇一样冬眠，就可以把一天打发下来。他说过，当年在北京读书的时候，饭票子少，有时还丢了，他可以一天只吃一顿，甚至几天不吃饭，还能坚持去上课。他的办法就是不做操不跑步不散步不洗衣不上街不说话不笑，甚至不看和不听，把这一切都变成睡，至少是假睡，在蜷缩中尽可能节省每一个动作，尽可能积攒每一丝热气，留到上课的时候再用上——以致后来一片肥肉就可以腻得他抓心挠肺的要呕吐。他还说过，在国境外跟着马帮到处流窜时，也是常常找不到吃的，要想活下去，睡觉就是最可靠和最简单的法子。说他会睡觉？笑话！缅甸汉子比他更会睡，有时竟可以半个多月不吃不喝，只是昏昏然地闭目养神，靠一缕微弱的呼吸，据说能从虚空中吸取营养，从阳光和月光中吸取精力——他后来才知道，那叫瑜伽。

用他的话来说，瑜伽这把戏没什么了不起，其实就是睡觉，就是装死或者半死，就是对付饥饿的全身蜷缩不动。

他回到家乡以后，大体上能吃个饱饭，但能躺就躺的习惯一时难改，白天黑夜分不太清楚，做什么都不容易让人放心。在乡下当了两年民办老师，被学校辞退了；在供销社收了一年木炭，又被供销社辞退了。生产队长看他百无一用，最后只好让他看牛，算是照顾这个癫人。他倒是乐意看牛，说山上景致好，空气也好，百鸟和鸣，天高地阔，是个养人的去处。他成天在山上吹笛子，久而久之，六头牛全凭他的笛子指挥：吹一个集合调，牛就拢来；吹一个行军调，牛就开步；来一支西洋的小夜曲，牛就齐刷刷地掉头回家。他最为激赏一头小黄牯的乐感，说那畜生绝对听得懂音乐，可以随着节奏摇尾巴、摆耳朵，听到入迷的时候，还可以发出一种奇怪的呻吟，有舒服得要哼哼唱唱的那种劲儿，简直是个牛群里的莫扎特。

在那一段时间里，他的眯眼越来越小，据说是没有钱买灯油，晚上燃三两根香捏在一起看书，看成了这个样子。他的酒瘾也越来越大，宁可无饭，不可无酒，碰到衣袋里布贴布，也三天两头要去酒坊，深深地嗅几下，好歹让鼻子止瘾。有一次，附近中学的老师央求他写支曲子，酬谢他一坛花桥镇的头锅谷酒，足有十来斤。他大喜过望，倚着酒坛一屁股坐下，一边哼哼写写，一边把搪瓷杯迫不及待地伸向坛子。舀着舀着，发现杯子轻了。探头一看，其实是坛子空了，见底了，摇一摇也不再有声响。他吓得跳了起来：奇怪，这坛子没见漏，旁边也没人影，怎么酒就没有了？

明明是满满一坛酒，一眨眼到哪里去了？

他呼了一口气，吹得眼前的一只蜻蜓晕头转向，一条弧线歪栽在地上，是醉翻了的模样。他撒了泡尿，烟头丢上去，竟激得哗的一亮，虽然没有像酒精那样真正烧下去，但已经相当危险。

他这才相信自己全身都流着易燃物质，自己已经成了个酒坛子。

他的眯眯眼睁大，炯炯发光，全身上下泛着红潮，睡意或者癫态一扫而光，连驼背也挺直了许多，连声音也有了更多腹腔共鸣。在这种时候，他不但毫无睡意，不但写得好音乐，还能清醒判断很多复杂的问题，比方说能判断一坛酒是他自己而不是老婆更不是大哥宽老倌喝完的，比方能判断这一天是初一不是初三更不是十五。在这种时候，他还可以伸手踢脚做广播操（在北京学会的），可以去学校里找来报纸字正腔圆地朗读（特别关心缅甸和印度的打仗，可惜近来报纸上这方面的新闻不太多）。若碰上音乐爱好者，他还说得清歌剧《刘三姐》的一切细节，对中外音乐大师的作品如数家珍信手拈来，从老莫（莫扎特）到老李（李斯特），从瞎子阿炳到王同志（洛宾）和雷同志（振邦）和何同志（占豪），全不在话下。不要看他的发声有点尖削，甚至有点娘娘腔，但这个时候的他随口唱出一个音，就是准确无误的中央 C，或者是铁板钉钉的降 B，根本用不着什么定音叉和定音笛，让行内人不得不服。他随手抄起一件乐器，无论胡琴、琵琶、笛子、芦笙还是唢呐，不说玩得天花乱坠，至少也耍得中规中矩。还有手里的石头，脚下的水，嘴里的一片树叶，桌上的筷子和碗钵，都常常能被他折腾出声音。

准确地说，是折腾出音乐。

多少年后，有一个记者想写篇民乐奇才的文章，到边山峒去访他，一进山就有各种离奇的景象竞相入目，让人晕眩和踉跄。一只老鼠居然把老猫追得四处乱窜，不知是来自噩梦还是来自现实。悬崖陡壁的当中位置立着一只山羊，前后无路，不知是如何上去的。有时南瓜地里有一个瓜出奇地巨大，整整有桌面大，但其他南瓜该小的小、该死的死，它们各行其是，从不引起人们的注意。有时还有一大群燕子不知从何而来，栖在几面粗糙的墙上，使白墙突然变成全黑，如此吓人的景观却被人们视而不见，从不瞥上一眼。记者一路上心惊肉跳，发现山里的很多事物不是憨头憨脑随心所欲，就是胆大包天胡作非为，都是醉翻了一般，只能使人们的脑子跟着生乱。他说，他已经知道老寅是怎么回事了，知道老寅的曲子是怎么回事了。

记者后来没有访到老寅，据说是遭遇到了瘴气，两腿立即肿大和奇痒；又据说是糊里糊涂迷失了方向，只好搭乘一辆运木头的汽车出山。

这些说法，也没有得到过证实。

# 四

老寅还玩不了单簧管，钢琴也戳得有点臭，让柳老师稍稍放心了一点。柳老师执意要在钢琴上试奏学习班的所有作品，试完以后又急风暴雨般地来一段赋格，即兴加一点花，好好杀一下老寅的气焰。老寅默听了一阵，抬起眼皮，挤出一句嘿嘿，停了停，再挤出一句嘿嘿，没有说什么。

"你觉得怎么样？"

"好，嗯，就是好。"

"好在哪里？"

"你的记性真是好，身体也好。"

这话怎么听也不像是夸奖。

临出门时，他记起了什么事，回头丢下一句："第二个爱夫有点矮。"

爱夫就是F。柳老师后来才闹明白，他的"矮"是"音低"的意思，指琴弦有点松，该请调琴师了。如果说乐音"瘦"，就是指音有点弱，可能是琴槌有毛病，得想办法修整了。至于某段曲子"没吃饭"，是指动机内蕴贫乏；某段曲子"没长肉"或者"不调皮""打瞌睡"，是指发展缺乏松弛和变化。还有性能不同的各种和弦，在他嘴里就成了"亲兄弟""表兄弟""远房兄弟""桃园三结义"等，听上去很别扭。在这里，他好像不是在谈音乐而是谈人。或者，乐符在他那里从来不是什么声波，不过是一些要吃要喝和有哭有笑的小家伙，是可能犯错误也可能闹别扭的小家伙。那么，每个作曲者不是别的什么，只是子孙成群的大家长，是管理着音符们的饲养员，应该腰扎一个围裙，手里咣咣咣地操一个饭勺。

柳老师被第二个爱夫搞坏了心情，化悲愤为苦斗，化雄心大志为挑灯夜战以及在书橱前对苗、侗、瑶、傣等各民族的紧急流窜——他必须从书本中抓到什么，必须比老寅抓到更好的音乐素材，写出副组长的杰作，不能栽在乡巴佬面前。结果，他的一大堆谱子出手了，但自惭之余，还是没敢往上送。他只能眼睁睁地看着老寅的作品在地区大赛中出线，虽然在最终的评审中，被说成"没有突出阶级斗争""没有充分体现时代精神"，失去了获奖资格，但音乐圈子里开始流传毛三寅这个名字，还有他那有点奇特的来历和习惯。

同行们都在向柳老师打听老寅，包括《犁田山歌》是如何来自他谷酒狂灌之下的清醒。有一种说法传出了县又传回了县里：那一天雷雨大作，又停了电，老寅到了交稿限期的前夜，从被子里钻出来，把四张竹椅子换来的钱，全部买成了酒，三大瓶立在油灯前，如同供上了三尊菩萨。

他正襟危坐，两个嘴角微微往上翘，扯开了一张报幕员登台时的笑脸。他其实没有笑。同他处久了，就会知道似笑非笑就是他酒力发作的表情，是饲养员准备工作的常规表情，只要有了这种表情，就有了主人面对音符崽崽们的现场感，有了面对油灯后面一片黑暗的激情，肯定乐思如涌，怎么写都来神。

地区文化局局长是个转业军人，以前的手风琴手，对音乐有点发烧，亲自就音乐创作召集过一次讨论会，让各县的音乐主创人员参加，还特别点了老寅的将，说"那个酒癫子不要漏了"。荒唐的是，老寅不识抬举，居然不知道这次机会何等重要，把自己一个小娃崽带去了那种场合，据说是这次要带儿子到大城市看火车。他们摸到火车轮子的时候，刚好火车一声大叫，吓了他们一跳，父亲就说："你看这家伙还怕挠痒痒。"

这是娃崽报道的故事。那娃崽一看就是个上天入地的种，在会议室里跑进跑出，嘀嘀嗒嗒地狂叫，一下撕坏了报纸，一下撞倒了茶杯。大概是看到大楼外的其他孩子抱着布娃娃，他善于学习，不知从哪里抱来一块木板，兴致勃勃地给木板喂水，扶木板走路，给木板抽尿，抽得自己的尿急了，便掏出小鸡鸡当着局长的面抛出一线黄水。

在此天下大乱之际，老寅完全不像是一个爹，不加以管教和呵斥，也不知拿一块糖来稳定局面，只是在旁边打哈欠。虽然后来扯上了儿子的裤头，但地上已有了热腾腾的尿渍，实在是不像话。

他扯下自己的袖套去擦尿，会议室里的笑声便更为膨胀肥大。

他踢开木板，狼狈地带娃崽去了厕所，一去便久久没有人影。柳胖子看见局长拉长了脸，还有一再看手表的动作，感觉自己责任重大，只好急急地出门去寻找。奇怪，厕所里没有人，女厕所里也没有人，二楼与三楼还是没有人……这是招待所两栋模样和结构相同的大楼，有廊楼在东头相接，还有走廊与政府办公大楼相通，确实有点结构复杂。柳胖子一直走到饭堂旁的锅炉房，才发现毛家父子在那里东张西望着急万分，看来是迷路了。你是个卵。你才是个卵哩。你脑袋里灌了水。你脑袋里才灌了水哩。我叫你走这边你不信。我叫你上楼你不信。你猪娘养的不记路又不听话。你才是猪娘养的不听话又不记路……他们跟着柳胖子往回走的时候，还在气呼呼地斗嘴，不饶不让，没大没小，纲常全无，骂得既愤怒又认真。

"以后带你出来，硬要带一副牛绳，把你时时刻刻套住才好。"柳胖子气呼呼地擦着汗。

"有绳子就好了，这恐怕是个办法。"老寅认真地同意。

"绳子归我来牵。"儿子也热烈拥护。

午餐铃已响，发言的时间是不够了。"我虚心接受各位老师的宝贵意见，回去以后好好改正缺点，坚持批判修正主义的文艺路线，把各项工作都抓上去。"老寅结结巴巴的这一句，算是结束语，但口气说得大了一些。

老寅低声问柳胖子:"我还想说一句:以后用正确思想的牛绳套住鼻子,永远在时代精神的犁路上拱。你说行不行?"

"这些话就不要说了。"

"这样好的话,说不得吗?"

"人家童局长要吃饭啦,不要说了。"

"那好,"老寅转向大家,"本来我还想说一句,柳老师说不要说了,我也就不说了。完了。"

"你继续说,继续说嘛。"局长还有兴趣。

"柳老师他不要我说。"

"你嘴巴不是长在他身上吧?"

老寅转过头低声问柳胖子:"那我还是说?"

"想说就说吧。"胖子有点不耐烦。

"好吧,我继续说。"老寅转向大家,"我要说什么呢?怪了,刚才看着看着出来了,一下子又进去了。"他抓抓脑袋,意思是要说的话突然找不着了。

大家哧哧好笑。

有人提示了一句:"你刚才说到了修正主义。"

"哦,说修正主义。这么说吧,这么说吧,"老寅咳了一声,小心地寻找着字句,"修正主义确实歹毒,确实无血,不光要谋害毛主席,还害得我们坐在这里开会,几句话嚼过来又嚼过去,耽误了好多瞌睡呵。"

有人捂住了嘴巴,还有人前俯后仰地捂住了肚子,看局长连连敲击桌面,也没有静下来。这使老寅大为奇怪,看看左边又看看右边,"笑什么?我说错了吗?修正主义没有耽误我们的瞌睡?"

笑声总算被哭声打断,原来是他的儿子用一块砖砸了自己的脚。这个挖坟揭瓦的活祖宗,还是很善于学习,大概是看见大楼外的其他孩子玩积木,刚才不知从哪里搬来了一些砖,在会议室门边辛苦地搭砌火车站,没有砌稳,便发生了工伤惨剧。这样,老寅忙着去抢救伤员,修正主义就没有了下文。

# 五

芹姑娘走进了这一个故事，用一副玩具积木换下了小娃崽的砖块。

她是县文艺宣传队（后改名为山歌剧团）的主要演员，演唱过老寅的歌，曾经放出话来："只有毛老师的曲子才唱得有味儿。"后来见到不是毛老师的柳老师，一再招呼，发现对方面有愠色，根本不理人，这才伸伸舌头，知道自己祸从口出。她马上改口，说毛老师的歌只是有味儿，但柳老师的歌更有水平，水平呵，水平这东西不是想有就有的，不喝上几桶墨水是吹不出来的。她抓住机会给柳老师吃一颗酸梅，哎哟哎哟地哀怜自己的肩周炎，要柳老师给她揉揉肩，终于让对方有了笑脸，还有了一种惬意得哼哼的可能性。对方幸好没有尾巴，否则肯定也摇摆不已。

一个肩周炎便能够化险为夷。她就是这样手段高超，有时呆，有时精，有时呆中有精，或者以呆卖精，一句句话让人难辨真假，到处都是迷魂阵，后来被女友们私下里叫作"肩周炎""膝盖炎"以及"小嘴炎"，是圈子里鬼鬼祟祟的取笑。至于业务上，她是队里第一嗓，只是很小就进了戏班，没读过多少书，别说是五线谱，连简谱也啃不动，一见乐谱就冒汗，越冒汗越舌硬，几个音符在嘴里嚼来嚼去，折磨得颈根都要抽筋了，衣衫汗得水洗一般了，还是成不了句。说实话，当年要不是这一条，凭着她的音域宽和气韵长，省里的专业院团早就把她挖走了，若按照柳老师的宣告，柳某人也早推荐她到什么大学去深造了。

台上唱不过她的姑娘们，一般都在乐谱面前找到心理平衡。一见她太得意，就拿一个什么本本来大唱特唱，迫使她闭嘴，无精打采地坐到一边去，闷闷地叠纸船或者钩头巾什么的。她知道，乐谱成了她永远的克星。她的歌喉所向无敌，她的一个眼风或者一条腰胯的线条，足以调动和控制剧场里每一个角落的目光，但她就是没法迈过最简单和最基本的一步。以致在很长一段时间内，她的演唱都得由别人一句句教。这成了行中笑话，成了她最大的污点和心病。

老寅不大看演出，不大认识她，说到她的时候，有时叫她"菜姑娘"，有时叫她"蒜丫头"或者"葱妹子"，不知是从哪里随便抓来的名号，不知是有意打趣还是真在菜园子里昏了头。他说过："蒜姑娘好就好在没多少文化。"这句话没头没脑，差不多是癫语，听者不把它当真，没有往下问。

没人问，他就不说了。

他还说过："芹菜是我们家宽老倌的那只霸王鹅，占了人家的窝，还发脾气。"

这句话还是癫，听者就算想往下问，也没法问。

没人问，他也不说了。

芹姑娘倒是来问过一次。她额头冒汗，拿着老寅的几页新作，说里面这么多升半音和降半音，教唱人都觉得难度太大，她一个乐盲看了更是两眼黑，怎么唱呵？是不是搞错了？要不就是要害死她姑奶奶？她去找过柳老师。堂堂柳老师也教不了她，一上调就晃晃悠悠，好像纸上全是西瓜皮，没几块能让人踩稳。柳老师最后还生了气，说民歌民歌嘛，从来都是唧咯哩咯唧，宫商角徵羽，五音阶当家，怎么能搞得这么多半音？玩西洋套路也不能这样的。柳老师还有了一种警觉：老寅这个人就是骄傲，不知自己八两半斤了吧？资产阶级音乐体系正在回潮吧？

老寅大概还记得芹姑娘的积木，收捡自己的散乱衣物，用袖口在椅子上拂了拂，意思是给来客让个座。"大妹子，莫急莫急，这首歌最合你的口味。"

"你肯定是两碗猫尿灌迷糊了。"女演员看了看桌上的酒瓶，不耐酒气，站到了门边比较通风的地方，用手在鼻子前扇风。

"你小时候喜欢打架。"

"同打架有什么关系？"

"你还比较蠢。"

"你才蠢呢。"

"你说得对，我是蠢。我是蠢人喜欢蠢人，蠢人喜欢唱蠢歌。我同你说，你不要怕半音。半音是什么？半音是你的崽，你怕你崽做什么？"

"你好好地说嘛。"

"我知道你还没有嫁人，只是打个比方。我是说，你听呵，山里的牛叫、羊叫、鸡叫、鸭叫，车子叫、磨子叫、锯子叫、刨子叫，还有各路贩子打吆喝，哪一样没有半音？放个屁也有半音吧？"

"呸呸。"

"好，不说放屁，我们说贩子的吆喝。你听听满街的吆喝，伢崽都学得像，你一个戏子如何就学不会？"

"谁是戏子？"

"好，演员，是说演员，人民的演员。演员的眼里不是夹豆豉吧？你到山里去看，光是一个绿，你看得多了，保不定看出上百种绿。光是一个黄，你往细里看，保不定看出几十种黄。颜色就是音乐。呵呀呀，这里面就有好多半音，好多半音的半音。呵呀呀，哪是五个音阶写得尽的？哪是五个或者七个音阶唱得完的？"老寅已说得眉飞色舞，"说画画只能用七个色彩，狗屁！就像说音乐只能用七个音阶，也是狗屁！世界上好多人成天放狗屁，越放狗屁人家还越说他们高明！"他一股火气不知是冲着谁去的。

芹姑娘似懂非懂："柳老师也是大学生，还会五线谱，又是手风琴又是钢琴，他也唱不出来。"

"柳老师好聪明的人呵，好有学问的人呵，长得又白又胖，衣袋里挂着两三支水笔，当然不会是聋子，起码有两只猪耳朵。"

芹姑娘忍不住笑，注意到老寅的大耳朵，笑得更厉害了。

"妹子，你听过禾凤子叫吧？"

"当然听过。"

"那好，你叫给我听。"

老寅让姑娘学禾凤子，在鼓励之下一次次叫得更悠长，不知什么时候，他接过禾凤子的声流向上一挑，走，向前一带，再走，声音就有了节拍，有了旋律起伏，就成了他乐谱上的句子。芹姑娘大为奇怪。她平时学一首歌，至少得跟唱七八遍才会，这一次她只跟唱了两三遍，一首歌居然就顺风顺水一通百通。遵毛老师之令，她尽力忘记音阶，确实忘记了音阶：不就是牛叫、羊叫、鸡叫、鸭叫的那种味道吗？不就是布贩子、油贩子、糖贩子、药贩子、铜铁贩子到处吆喝的那种劲头吗？升半音，降半音，原来没什么了不起，原来一开始就没这回事。她一头扎进禾凤子的叫声里，顿时回到了童年，回到了故乡山寨，油然生出一股当年的野劲、疯劲，还有蠢劲。

她确实唱蠢了，蠢得快活无比。她觉得自己不是在唱什么歌，几乎是在崩塌、在飞旋、在漂流、在花一样绽放，自由放出的长音不知所来也不知所往，接引和牵绕出心中的种种往事，还有说不清的什么隐情——眼里有了惊喜的泪水。

她惊得一屁股坐在床上，两眼瞪得老大。

"好，懵天懂地，接上地气了。"不知道老寅这话是什么意思。

"毛老师，我……好喜欢你这首歌，真的好喜欢。"

"你非喜欢不可！"

"我……都唱哭了。我从来没有唱得这么痛快过，都唱得一身发抖了。毛老师，你如何写出这样的鬼东西呢？你耍了什么鬼花招？你下了什么迷魂药？我恨不得要打你一顿，活活掐死你才好——"

她当真在老寅背上猛捶了一拳。大概自觉有点放肆，她眼睛往上一转，提着热水瓶去伙房打水了。

# 六

老寅的曲子让芹姑娘越唱越火，自己也越写越上瘾，还迷迷糊糊地撞上了地主老财才有的腐败生活：天天可以吃到一点荤腥。

他是应召来文化馆写曲子的，与一个画画的后生合住一间客房。他嫌那个后生的脚臭，一解开球鞋就天昏地暗，就灭绝人性。那个后生则嫌他晚上磨牙，讲梦话，时不时还开叫吓死人。还嫌他总是穿错别人的衣服，拿错别人的饭盆和筷子，出门不是忘了锁门就是把钥匙锁在门里。更让人不可忍受的，是他好几次开口借钱借粮，借了也不还，完全是个赖皮，无耻的诈骗犯。有人曾经警告过他，说老寅没喝酒时的借钱都是白借，呸，天下哪有这样的混账逻辑？

太阳如今从西边出来了。老寅突然活得容光焕发，衣物和被褥变得干干净净，不知是谁洗的。他床头多了一些水桶、脸盆、毛巾、热水瓶，也不知是谁买的。他居然也用上了高度文明的牙刷和牙膏，一口黄牙渐渐变白，不再喷放出浓浓馊气。当这口扎眼的白牙嚼着豆腐干和小咸鱼下酒，自然引来了画家大为惊异和嫉妒的目光。缩缩鼻子，这间房里有了女人的气息，一股年轻女人才有的体香。这毫无疑义。如果没有女子常有的冷手和冷指尖，这房间里不可能有悚然袭人的整洁。这也毫无疑义。问题是，毛三寅这老家伙（其实还不到四十岁）毫不在乎——甚至不大在乎女人是谁，有时被后生问起来，便含含糊糊地提到什么蒜什么葱，在他的菜园子里没有刨对过几回。

他以为两瓶小曲是画家买来的，连连欠腰："你这样客气，不敢当不敢当，叫我如何是好？"

"我得了脑膜炎还是猪头疯？一定要来孝敬你？"

"不是你买的？那就怪了，未必是何馆长赏下御酒？"

"你这个人真是没有味儿。人家送酒来，你喝了白喝。我借给你钱，你也不还。"

"钱？你是说钱？"

"你看你，前天还差点把胸脯拍烂，说马上就还马上就还的……"

"大兄弟，这种玩笑不能乱开。我这个人一是一，二是二，人穷志不短，前世做鸡也不欠人家的谷，来世做牛也不欠人家的草。你不要乱开玩笑，一开我就发心脏病……"

后生几乎欲哭无泪。

好在癫子十几天后就回乡下去了，谢天谢地，终于回乡下去了。他作品还没有改完，但领导方面觉得他政治上不可救药，交给他的歌词，领导改定的歌词，他不是说被风吹走了，就是说可能被老鼠吃掉了，一听就知道是假话。柳胖子曾经要他写一个检讨，保证再不丢歌词也不乱改歌词。他盯了胖子一眼，不说话，再盯一眼，没有下文了。

到最后，宣传部部长只好说，乡下的革命和生产也很重要，或者说更重要，老寅应该到更重要的地方去。老寅大为不解，说家里的猪没有发病，队上的禾苗没有发虫，他完全可以继续留在这里，不拿补贴也不要紧。但部长慈祥得很坚决，派柳胖子直接去买票，把他送去车站。

癫子当然不知道这以后的事情，比方他的歌是如何打入冷宫又如何解冻，比方芹姑娘是如何把他的歌唱出了大风头，一直唱到在省里拿奖，在省里与首长合影，还上了电视和广播。此时的政治形势已经大变，作品审查不像以前那样风声紧张。像芹姑娘唱出去的这些歌，一变成乐谱，谁看了都觉得难唱；一变成声音，谁听了都觉得易唱，更觉得闻所未闻，完全是不合规则的一手怪牌。这种音乐一新耳目，引起广泛注意，尤其引起省城里一些科班才子的好奇。这样说吧，它是这样一种东西，可以被乐谱引导但无法被乐谱描述，在乐谱之内又在乐谱之外。听了这些歌，一个人可能会多一些幻觉；一声鸟叫，一声风啸，一声汽笛的擦肩而过由厉而钝，都可能让人疑为旋律：原来满世界一直是无音不乐呵，原来满世界一直管弦遍地只是等待你张开双耳呵。

很自然，这些歌立即被有些新派人士誉为新探索，誉为什么主义什么派，引发一些争议，在某份杂志上还形成了专栏。但癫子在边山峒放牛，完全不知道这一切，顶多能从有线广播匣子里偶尔听到芹姑娘的一两段，电流的喳喳声夹杂其中。

镇上出现电视机以后，老寅家里的广播匣子有时呻吟，有时咳嗽，最终成了哑巴，连喳喳声也没有了。

他到坡上去查线，发现大段电线不翼而飞，也没有什么人来管管。

瘟队长居然到城里做米粉生意去了。

关于主义，他只是在墟场上碰到一位中学老师，才从对方嘴里得知一二。后来又碰到两个专程远道来访的同行，从对方嘴里得知三四——他当时挖了几个竹笋，想在墟场上换几个钱，在街边蹲着，没等到买主，倒等来了两个研究生和几个主义。

"什么主义？笑话，写曲子要什么主义？不要主义，不要主义的，只要有酒就行。没有谷酒，红薯酒也行……"他陪着研究生在街边操练京腔，说得对方疑疑惑惑面面相觑，直说得自己的口舌别扭得有些麻木，回到家里以后忘了换舌头，于是卷舌音主义使老婆莫名其妙——把他疑惑地看了又看。

"你没毛病吧？"老婆摸摸他的额头。

他说到了门（门德尔松）家的和巴（巴赫）家的，又说到街上一个疯子，没等客人听明白，还从口袋里摸出两首新歌分送客人，是自己没酒了，就以歌代酒，客气一番。事后他才记得自己未留底稿，那种客气纯属胡来。

但既然高兴过了，既然他都开始主义了，其他一切算得了什么？他喜欢音乐，喜欢所有爱音乐的同行，喜欢所有音乐般让人高兴的事，有时守在家门口心血来潮，邀请过路的陌生人来家里喝酒，一个劲儿地招手，反把对方吓得快步逃跑。实在无人可以说话的时候，他就走到山上，找块石头，找棵树，把它们当作娃崽哄一哄，或者当作妖魔来一番吹胡子瞪眼睛。一个砍柴的后生曾听到林子里人声喧哗，以为有人在那里吵架，跑过去一看，发现茅草那边只有老寅一个人，正在与一根刺藤过不去。"你上次咬了老子，前几天咬了老子，你找死呵？你要咬，就规规矩矩地咬。每次都咬这个老地方，情节也太恶劣了，影响也太坏了，不杀不足以平民愤！"老寅一个人完成了长长的宣判，刀起藤落，把一条刺藤砍得碎尸万段，才气呼呼地住手。

走在山里的路上，他无人说话倒是变得话多，甚至一张嘴巴直通大脑，关不住自己的任何念头：唔呵，我想喝酒了吧？嗯嗯，还可以忍一忍的。我的柴刀呢？怪事，原来在箩筐里呵。不好，又要屙尿了。到茅草后面去屙吧。如此等等都脱口而出昭告天地。他当然还经常碎念着县城，碎念着美妙县城里有牙刷牙膏而且有瓶装好酒的日子，还有那些让他过上好日子的朋友：芹姑娘、柳老师、何馆长以及那个同房的后生画家。真是些好人呵，好人呵，真是让人想念呵想念呵想念呵。他们一别三秋怎么就不见了？怎么就不下个通知来让他再去写歌？歌是个好东西，是个酒一样不得不喝的好东西，是芹菜韭菜大蒜小葱之类姑娘们身上不能不流的血，不能不怀胎和生育的娃崽。

芹菜曾经有信捎来，鼓动他为重新改组的山歌剧团写个大作品。他心花怒放，大张旗鼓，蜷缩在床上一睡就是三四天，像一只豹子收缩着身体，充分地后退，小心地积蓄体力，然后投入生死一扑。熟悉他的人都知道，他从来都把音乐看作体力劳动，重体力劳动，绝不是文弱书生那种纤纤小手做得下来的，因此他的每次下笔都是背犁，都是凿石，都是挑担，都是不要命的生死一扑，一旦扑出去，就是连续几天的夜以继日，直到自己累翻在地，瘦得胸脯上的排骨充分暴露，嘴巴大张着喘气。

他写下了一部名为《天大地大》的八幕山歌剧，为了移动和削平这一座大山，他变卖了自己的猪，自己的房子，自己责任山上的好些林木，几乎砸锅卖铁倾囊而出，把它们统统换成了酒，换成了他的弹药，一直等它们已经十倍于敌，百倍于敌，千倍于敌，再把它们捆绑在一起狂炸出去。对于他来说，《天大地大》不是什么音乐，是他全身酒精燃烧和爆炸的轰轰烈焰。

他不明白的是，本子寄出去以后为何一直是石沉大海？

掐掐指头，至少也有大半年了，居然一直没有消息。还有柳老师王老师李老师那些胖子，如何就不再办什么学习班？就不再关心农民业余作者主观世界和客观世界的改造？就不再来占领农村文艺阵地呢（他不知道这种说法已经过时）？这无产阶级的文艺革命事业（他同样不知道这个政治口号已经废止）怎么就不继续往下抓呢？

有问题。

保不定，是村里那个麻子会计拉痢，混里混账把通知书擦了屁股。他看见会计抽烟，就觉得那是隐藏了通知以后抽烟的模样。看见会计吃饭，就觉得那是隐藏了通知以后吃饭的模样。看见会计打儿子的屁股，更觉得那是隐藏了通知以后的心怀鬼胎——每一下都是高高举起轻轻落下，分明是瞒天过海。

邮递员总是把邮件送到会计家的。他忍不住去了一趟那里，但麻子会计说没有通知，确确实实没有通知。会计还说："寅癞子，你要认命。你耳朵和眉毛都长得威猛，不同凡响，出奇制胜，就是眼睛太小了，伤了命理的根本，只配在边山峒嗅牛屁股。"

嗅牛屁股是放牛的意思。

他抹一把脸，默默地回家。

秋天，发生了一次意外。他带着儿子在岭脚下烧火土灰的时候，有一只黑蜂蜇了他儿子。他狗一样在林子里上蹿下钻，猛追那只罪恶滔天的黑蜂，决不让它逃跑——按当地的说法，挤出这只黑蜂的汁液，原汁化原毒，才能给伤口最快地止痛消肿。他气喘吁吁追踪到一个山坳，发现了一个大蜂窝。蜂群正从一个岩洞里冲出，轰然一声，一道水桶粗的黑流闪电般掠过，飞旋而上时又散成一片黑纱，遮天蔽日，化昼为夜。嗡嗡嗡的蜂鸣时近时远、时急时缓、时扬时抑，有一种浪潮扑来震撼大地的力量，连草叶都为之颤抖。这种巨大的轰鸣他从未听过，使他惊喜入迷，一时忘了火土灰。

他没有听到远处儿子的叫喊。事后才知道，火土灰冒出了一处明火，被风一鼓，有一朵飘到了路那边的杂树林子里，儿子拿它毫无办法，只能坐在地上哭喊。他赶回来的时候，火乘风势，已经噼噼啪啪烧上坡去，浓烟滚滚之处，鸟雀惊叫着四处逃命，烧炸了的竹子则在烟火深处不时爆响，一声声炸得山体震动，震得他腿都软了，心都空了，根本没法挪动半步。

幸好村里的人看见了烟火，赶上山来扑救。也幸好天降及时雨，没有让火势向更大的范围蔓延。一场黑雨夹杂烟尘，在地上洒落出遍地黑泥。

林业派出所的警察来了，宣布他毁坏山林，手铐当啷一声套住他的两手，吓得他老婆哇哇直哭，扯住他的衣袖不放。

他一脸烟灰还没来得及洗掉，也吓得牙齿敲个不停，靠旁人七搀八扶，才别别扭扭地滚进小货车，几乎是一堆烂泥。"救命啦——救命啦——"他吓得大喊不已。

他在派出所的小房子里一蹲一个多月。毁林三百多亩，差不多是大罪，本来足以送他去法院判刑。后来考虑到他癫里癫气的也不宜过分较真，考虑到他是远近有名的山歌王，警察以罚代刑，罚他一千块，再罚他植树两百棵，算是从宽处理。其实，更重要的原因是，他在派出所多住一天，派出所就多乱一天，让人有点受不了。

他闲得无聊，便给自己的检讨书谱曲，画出了好多蝌蚪文，谱出了一曲冗长的认罪语录歌。觉得还是闲，又顺手捡起《森林保护法》的小册子，也当作歌词，密密麻麻地谱下去。哐哐哐哐——嘣嘣嘣嘣——！一段管弦乐的前奏过后，"森林是国家的宝贵资源"成了颤音，"严禁任何人乱砍滥伐"有了和声，"一经发现严惩不贷"成了圆乎乎的男低音美声，忽悠了好一阵，最后一个"贷"字迟迟出壳，让人悬着的心终于落地。第一条，第一条，第一条，大概是为了有所强调，这三个字重复了多遍，声情并茂地有扬有抑。第二条，第二条，第二条，这三个字同样重复了多遍，绕出了悦耳的花样，然后才转入节奏分明的快板："各级政府必须，高度重视而且，狠抓落实贯彻，防火防盗各项……"到最后，一部马拉松式的地方法规由他唱完了，"现予公布实行"一句，余音渐弱，圆乎乎的无限深情送向远方。

警察们开始以为他疯癫，最后才知道那是什么宣叙调，洋人的宣叙调就是唱不太清楚的，就是开唱时嘴里含了个热萝卜。

派出所旁边是供销社的屠房，还有镇上的兽医站、农药仓库以及裁缝店。几天来，居民们从未感受到美声森林保护法的说服力和感染力，倒是毛骨悚然，浑身鸡皮疙瘩。不管天有多热，大家乒乒乓乓地关窗子。

警察去屠房买肉，遭到了严厉拒绝。"你们派出所天天鬼叫，叫得我睡不着觉。你们吃肉的时候就想起我来了？"王屠夫把砍刀一拍，"今天对不起，我补了觉再说。"

屠夫老婆也出来骂人："你们派出所说是说保一方平安，其实是搅一方瞌睡，还让人活不活？"

警察们一合计，只得让老寅赶快走人。

老寅倒是不急，甚至于有点恋恋不舍，走出小房子的时候揉着眼皮："这个地方好清静，是个孵蛋的好地方，补足了我的瞌睡。不好意思，不好意思。"

"你要是舍不得，那就再住三年。"

"走，要走的。客走主安嘛。"

"把罚款赶快交来，听见没有？"

"当然，当然。你们这样看得起我，只罚这一点点，我也要对得起人，不会耽误你们的公事。是不是？"

警察发还一些收押嫌犯时的扣押物。他清点了自己的鞋垫、酒葫芦以及粮票（这些已经没什么用的纸片他还总是带着），笑着说："你们真是太客气，太客气了。不收粮票，天天有茶有饭，三天两头还让我出国观光，实在不敢当。"他说的观光，是指自己看到了电视里的国外风光片。他一口一个"谢谢"，一口一个"再见"，见人就握手，不像是囚犯出监，倒像是领导来慰问。三个警察没来得及躲，被他分别握了一下。一个送柴的汉子正好进了派出所，也被他当成警察握了一下。

"快走快走。"警察觉得手上怪怪的。

"不握一下手，辞行哪有个式样？两军交战，也要以礼相待吧？"

他把警察的脸一张张看去，看得他们不得不点头，这才心满意足。

他是不能急的，是不能让人催促的，待辞行的礼仪逐项完结，才稳稳地朝院门走去。院门那里有熙熙攘攘的闲人，大多是闻讯来见识癫子，也有一两个老寅半熟不熟的人，来打一个必要的招呼。有一个少年大唱一句"现予公布实行——"，当然是模仿老寅这些天的圆音唱法，引发一阵大笑，十几副牙齿全部外露。癫子知道他们在看猴戏，重咳一声，装着没听见，走自己的路。


## 七


老寅忍不住进城去问一问结果，是一年或者两年或者三年以后的事情了（对不起，他常常把我们的记忆说乱）。

他剪了个头，穿上侄儿给的一件武警上衣，袖口上有两条黄带子的那种，然后背着四床细篾凉席急匆匆上路。他一下汽车就觉得眼花缭乱天旋地转。问了好几个人，掐痛了自己的手，才确证自己没有下错站。城街显得窄了，乱了，也浊了，以前一面面寂寞清冷的围墙，眼下全成了密集相连的铺面。电器沙发衣装烟酒之类货品塞满铺面，再从铺面里溢冒出来，挤占着人行道，把人们挤到了车道上，阻碍着黑烟大喷的汽车和摩托。满街都有电声音乐——哪是音乐，分明是一团团凶音把所有过路人打得鼻青脸肿，差点打出了腰肌劳损和四肢骨折。再看电视屏幕里的那些歌手，男不男，女不女，刚才还埋着头神经兮兮地念经，转眼就仰面朝天，用肠子（不是嗓子）大号，然后又久久地弯下腰（像胃痛），或者连连往后蹲坐（像尿胀）。他们卖力折腾自己的眉眼和嘴鼻，个个都痛不欲生，像死了亲爹和亲娘……可怜呵，可怜。老寅看呆了：如今好容易吃饱了饭，这些毛芋头为何还要死要活？

他迷了路，在几条街上游转到下午，才机警地一举侦察到文化馆。其实文化馆不是一条到处跑的船，还是在老地方，只是已被花花绿绿的铺面淹没，不容易看出来。而且馆门已经通向一个录像投影厅，满地纸屑果皮。他原来住过的客房，与另一间打通，变成了照片扩印部，两个陌生面孔在那里忙碌，问他要不要拍彩色婚纱照。他没找到何馆长，只是得知馆长已经退休。他也没有找到柳胖子。柳家一位少年一直盯着电视里的机器人打仗，说爸爸准备开一个餐馆，到省城订购桌椅什么的去了，两天内回不来。

老寅好容易在剧团宿舍敲开一扇门，看见一张熟悉的粉脸探出门来，怕喊错名字，便"呵呀呀"大叫一声，显得热情万丈。

"毛老师！"

"正是，正是我老寅。"

"你没蹲大狱呀？没吃枪毙呀？还在乱说乱动呀？"

"政府宽大，政府英明，要我继续为人民服务。"

"你好久不接见我们了，今天怎么会移銮起驾巡幸寒舍？"

"想你呵，想你这个鬼呵！"

"呵呀呀，我也想你呵。都差点要得相思病了。来来来，热烈祝贺毛老师逢凶化吉平安归来，今天先要亲一口。"

芹姑娘不在乎他记错了名字，真的热拥上来，一条软臂绕住他的头，一对冷唇在他脸上发出脆响，让他呛了一鼻子香水味。

屋里一阵好笑。

老寅揪揪鼻子，才发现屋里坐了好几个男人。有两个比较面生，挂着领带或抹了头油。另外两个是县剧团的演员，以前在舞台上出现过，但眼下做派已变，像是刚从电视里蹦出来的，胃痛和尿胀还没有完全解除，长发披肩，脸色苍白，挂着什么项链，眼光直勾勾的。他们倒还随和，给老寅让座，给他敬上啤酒。芹菜夺过他的啤酒，换上白酒，一副很知情、很贴心的样子。正是靠这一杯酒，老寅才听清了其他人说的话。他们吹捧芹姐的嗓子，说到底是牌子亮，打遍这么多歌舞厅无敌手。他们赞成芹姐向通俗唱法靠，民歌毕竟同港台劲歌是没法比的。他们还建议芹姐以后用燕窝煲粥，唱歌这种脑力劳动，可不比农民种田，不能没有营养滋补。他们大概还说到了花桥镇的女子可笑，不知道皮肤黑的就不该穿浅色衣，罗圈腿就不能穿牛仔裤，酒窝深的人笑起来该把嘴巴抿一点……这些都不懂就抛开了媚眼哈哈哈哈。

他们推着桌上的麻将，清点各自手中增减的钞票。

芹菜穿插其间，不时戳一下这个脑袋，或小手搭在某一个肩头。有时还眉心扭结地发点小脾气。"老娘拍死他！"她不知在什么话题上火了，发出一道娇声的威胁。

看得出，她不让老寅受到冷落，一声声"毛老师"叫得亲热大方，还挤到他身边的柜橱里取什么东西，顺便用低声来点耳语。一次耳语，是说，柳老师离过两次了，候选老婆已经到任，绝对最新消息吧？另一次耳语，是提醒老寅扣好自己裤子的前裆——这虽然让老寅有点狼狈，但狼狈里倒有了感情定位的提升，有了不一般的小默契和小秘密，还有了记忆的涌现——芹菜以前就经常这样提醒。

老寅差一点兴奋了，又喝了几口酒，但发现自己还是鸡群里的一只鸭，只宜端坐在墙角，嗖嗖地吸烟，说不上什么话。他伸了个大懒腰，装装样子去看壁上的画和照片，但觉得这个动作并不合适，也不顶用，搞不出什么下文。他把一个花瓶研究了好一阵，还是搞不出什么下文。

他等待主人提起正事。听她说起当年非毛老师的歌不唱，以为她会说到剧本了，但她嘴一撇，说起了豆腐配鱼头。听她说到剧团改革，以为这次大概要进入正题了，但她舌头一跳，又开始说家具。

老寅已经干咳了几声，最后只得怯怯地开口："大妹子……"

"哦。"

"大妹子，我来问一样东西。"

"什么东西？"

"我的东西。"

"……是你那个音叉吧？"

"不是。"

女主人拍拍自己的脑袋，说该死该死，猪脑子不管用了。"是你那些椅子吧？我帮你卖了，卖了多少钱来着……我都忘记了。"

"也不是。"

"那是……"

经老寅提示，她才呵呀呀一声，说是有个剧本。对，是有个剧本。叫《天大地大》吧？是叫《天大地大》吗？不是叫《天地之间》吧？不是《天上地下》吧？她说事情是这样，本子好是好，一直没有钱排演，在好些人那里转了一圈，后来被省歌剧院的一个魏老师拿去看，一直没有回音，看来不会有什么好消息。最近，听说魏老师还出了国……

老寅的脸色转暗。

"魏老师真的出国了，好像是去了新西兰，不对，是新西兰还是加拿大？反正是个欧洲国家……"

老寅的地理知识也少，不知道这一问为何引起笑声，继而让芹姑娘大惑不解。"不要紧，不要紧，只要东西还在，再远也找得到的。到加拿大有多远？顶多也就是印度那样远吧？唐僧去得，我也去得。"

他不知道为什么旁人又笑。听人说他根本不可能去加拿大，听人说姓魏的可以去但他姓毛的铁定去不成，根本不是什么走水路还是走旱路的问题，不是什么走南边还是走北边的问题，更不是什么盘缠不盘缠的问题，他这才有了眼里的惊慌："那……那他什么时候回来？"

"毛老师，这事只怪我，怪我前一段时间昏了头。"

"他总要回来吧？他死在外边吗？他过端午过中秋也不回来？亲戚朋友摆喜酒摆吊酒，他也不回来？"

"他已经入了外国籍啦。"

"入了月亮籍，入了太阳籍，他拿了人家的东西也是要还的吧？明明是一捆结结实实的东西，既不是一个嗝，也不是一个屁。"

"毛老师，那个本子就真的很重要？"

"我孵出来的蛋，这么大一个。"他比画出脸盆的大小。

"要不，我赔你钱？"芹姑娘说。

"不，不要钱。"

"说句大实话，你没必要去找了，其实，找回来也没个屁用……"女主人觉得不宜说得太直，换上另一种说法："你不必客气，我现在有钱了。

就算我买下你的行不行？你卖到哪里不也是卖？"

"对！毛老师的东西不是嗝也不是屁，要她赔钱！要她买！她在歌厅里赚海了钱的！"有人在恶作剧地起哄。

看到老寅没有吱声，或者不等老寅吱声，其他几位也摆出为农民音乐家打抱不平的架势，想出了高高估价的各种理由，会演和巡演，唱片和磁带，还有编入教材的可能性，一条条搬上阵，使卖价数字不断增大，大到了不认真的程度。

"好哇好哇，你们拿芹姐调口味。"芹菜笑着一拍桌，"十万就十万，还要怎么样？老姐今天认栽！毛老师就是把我杀了，动手拆这房子，逼我当丫鬟，我都认！"

"当什么丫鬟，当妾吧——"

对，当妾！当妾！当妾！游戏到了这一步，笑声和掌声一齐爆出，还有人在桌上拍巴掌。大势所逼，老寅也咧了咧嘴，不像是笑，但似乎已在笑声中就范，只能自己找个台阶下来了。想再说什么，也说不出口了。毒刑已经上完，杀人不过头点地，他还能怎么样？还想怎么样？大家搬一个圆桌面架在方桌上，忙着上酒菜，准备吃饭了。大家传看着酒瓶，觉得酒的防伪措施是接下来理所当然的话题。他们没注意老寅的沉默，没注意到他一直没有动酒杯。不知什么时候，正当大家举杯，他像是醒过来，睁大眼睛，摇摇晃晃地起身，挺出干干瘪瘪的肚子，挤得桌面晃了一下。他不是要致祝酒词（有两个人这样以为），也不是要检查各个杯子里的分量以防有人酒德沦丧（更多的人这样以为），而是冲着天花板发出一声长啸，吓得旁人不知声音是从哪里来的，不知这是什么声音，左顾右盼好一阵，才发现是他在叫。

大家发现他的目光已经空洞，全身有一种电击下的哆嗦："散伙呵——"他公鸡报晓一般再次扯直了喉管。

没等旁人明白他的意思，咣，大圆桌面突然升起来，七盆八碟齐刷刷跃向空中，悬浮了一瞬，东偏西倒落回桌面，再沿着倾斜的桌面乒乒乓乓狂泻而去。鱼片与肉丝共舞，酸汁与辣汤对飞，什么东西滚到墙角，发出零零落落的声音。

他是一只疯了的公鸡。幸亏旁边的人及时闪开，油水没有盖在什么人的头上，但两片菜叶还是溅到了女主人手上。

"你这是做什么？"芹姐愣住了，"你吃了生狗屎呵？你你你真是个癫子？"

"散伙呵——"公鸡拍拍手，出了门。

"你妈妈的——"女主人跺一脚，口出粗言，看到家里遍地狼藉，哇的一声哭歪了脸，朝另一间房子跑去。

她眼泪哗哗地又把两卷凉席抱出来，狠狠地摔向大门外："拿走你的烂席子！去垫你的尸！去垫你爹的尸！臭癫子你算什么东西！你狗屎也不是你听见没有——"她闭着眼睛大骂，祖宗子孙无所不及，直到有人扯扯她的衣袖，说人已经走了。她睁开眼，探头一看，面前果然只有一条空空的楼道。


# 八


老寅走出县城，恍恍惚惚觉得自己刚做了一件大事。这意思是，发现自己的东西变成了嗝和屁，发现自己在城里也只是一溜没有位置和没人注意的空气，倒是一身轻松，无所牵挂，心里有一种踏实。

他没有急着回山里，决意去附近一条河，早就听说那里建了个防洪坝，有几里路长，他想看看那条洋灰田埂是不是真有那么威武。他说过，他从小就喜欢大东西，超大的南瓜，超大的树木，超大的卡车，超大的山峰或者堤坝，凡是大家伙都会让他喜不自禁，摩拳擦掌，流连忘返，甚至得意扬扬扬眉吐气，如同自己也跟着大了起来，有开天辟地的神武和雄伟。

熟悉他的人还知道，大概出于同一种大物崇拜，"你死在火柴盒子里去"是他骂人的常用语：在这里，贬低变成了贬小，小到了火柴盒。

但他未能看到那条超大的洋灰田埂，酒劲儿一过，就开始迷糊，就醒得迷糊，觉得世界有点乱来。他觉得大树踢了他一脚，汽车喇叭声搔了他的胳肢窝，两个红砖窑塔肥胖无比耀武扬威咄咄逼人，暗暗串通一气，总是同他过不去，找他纠缠了好一阵。他八字硬，从来不怕鬼、不信邪，没让它们占什么便宜。最后，一条道路扑了过来，缠得他呼吸粗重，最后沉沉地压在他身上……他一觉睡醒了，天边已透白。

他发现自己躲在石桥下一条干涸了的水沟里，身上有露气的潮湿，嘴上有泥沙。旁边只有一条狗歪着头盯住他。

他挪一挪腿，发现右膝盖剧痛，原来那里有血迹。


　　姐在河里洗白绸

　　举起棒槌泪双流

　　人家问我哭什么

　　丈夫小了不称头……


他邪邪地笑，一跛一跛，唱着小调回了家，路上不知一共花了多少天，不知走出了一条什么路线。脚下一只胶鞋不见了，倒是换上了一只破皮鞋。武警上衣也不见了，但多了一件大红色球衣，不知是捡来的还是什么人给的。

他一路上想睡就睡、想走就走，枕着月光说梦话，披着露水打呼噜，倒也不会受寒。熟悉他的人说，他体内长期来含酒量超高，已经钢筋铁骨和气血强旺，阴寒奈何他不得。他也从来不怕蚂蚁、蚊子以及蚂蟥，不论在哪里落身，身上干干净净，一身威杀之气倒把毒虫们吓得望风而逃。这其中道理，只要想一想酒精消毒的效果，想一想乡下人常常用烈酒掺兑农药的经验，大概不难明白。

他家里从无蚊子，夏夜里的小娃崽们还喜欢藏在他身边避蚊。他对这一点也觉惊讶，曾经告诉郎中，他的血型既不是 O 型，也不是 A 型或者 B 型，一定是"酒型"。两个不大懂西医的郎中，对这一点点头称是。

他穿着一只胶鞋一只皮鞋终于回到了边山峒。往后的日子里，他没有太多的理由出山，他的故事将渐渐消失。新奇事越来越多，人们轮不到来说他。除了贩竹木和偷猎的人，很少有人会到那一片山里去。一旦他不再出山，一旦他老得走不动了，在山外有些人看来，他就会像一个断线的风筝，朝大山深处不断地坠落，直到最后消失。大山里会有野猪和野麂出没，有时还会有山火突然把绿色变成黑色，或者蝗虫突然把绿色变成黄色，但一个人的消失不会有什么动静。

他的音乐还会留下来，只是不再成为一种声音。将来有一个什么人，如果能从压迫目光的重叠山峦中听出交响乐，从飘忽无依的林中流雾中听出独奏曲，从一条小溪的落花数点中听出竖琴和钢琴，那再正常不过。

山里太静了。

也许，寂静里才有歌的诞生。当对面山上出现了一个蠕动的红点或白点，山里人的问候只可能是一声含混的吆喝。当红点或白点渐渐消失，山里人没来得及讲出的话，只可能化作独自无奈的吟唱。他们的听众实在太少了，实在太远了，歌声就会有一种尖厉和悠长，以便升入云天，向山那边似有似无的世界抛落。当年北京的三个老师就是循着这种歌声进山，找到了老寅这个放牛娃。他们听了老寅吹的唢呐，还有老寅拉的胡琴，决定把这个赤脚少年带去北京——有一位老师当即为他买了双胶鞋，告诉他怎样系鞋带。

不知为什么，当年的边山峒到处有歌，除了史歌、情歌、丧歌、下流歌，有时连纠纷都靠歌声来调解。纠纷绝不告官，是他们千年的铁规矩。哪怕打死人了，他们也觉得唱歌比告官更可靠。纠纷双方只是请出各自的"理头"，对面席地而坐。理头唱一段，在麻绳上打一个结，算是记录。待十个结打满，把绳子递给对方。对方的理头唱一段，在麻绳上解一个结，也是记录。若十个绳结全部解开，就是谈判完毕，化干戈为玉帛，不得继续积怨。如果有输理的一方，这一方照例操刀杀猪，炖一大锅"洗脸肉"，无论何人都可吃上一块，洗脸也是洗心。

倒是有了电视机和录音机以后，山里的民歌却越来越少，耳生的现代流行歌几乎是一把猛药，锁住人们的喉舌。定要唱的话，顶多是吊丧守夜的时候唱两嘴，在老人多的那种场合唱两嘴，有点偷偷摸摸的味道。当年的赤脚少年也没有像北京老师们期望的那样，写出什么新的《刘三姐》或者《天鹅湖》。相反，他已经有了皱纹和白发，指头硬得笔都捉不稳了，五线谱上总是戳出了很多破洞。他的歌，不论是开心的还是伤心的，是呆呆的还是凶凶的，还有什么用呢？不论是发表了的还是未发表的，谁还愿意唱一唱？连芹姑娘也不需要了，那它们就真是纯属多余，只能捆成一包扔到仓楼上去，只配在老鼠的小嘴里变成了一堆粉末。胡琴一类玩意儿也只配发霉和生虫，丢入了屋后的粪凼。

后来有人问起那些东西，老寅就用普通话模仿一句俄国电影里的台词："斯大林同志说得好，让资产阶级的艺术统统腐烂吧！"

他对这一格言咯咯咯地笑。

老婆不久前已经离去，在两个儿子中带走了小的，留给他大的。老婆比他大四岁，比他高半个头，曾经同偷牛贼打过架，决不让自己的男人吃亏；曾经在油灯下画过很多空白五线谱，一心让自己的男人做大事。怕他在外丢失东西，还在他所有的物件上都缝下或写下名字，几乎把大小各异的毛三寅毛三寅毛三寅毛三寅毛三寅毛三寅毛三寅毛三寅写满了她的世界。她到处标记毛三寅长达二十年，到头来住在漏风漏雨的窝棚里，连看病抓药的钱都没有，连一块豆腐都赊不回来，实在是很委屈的。

老寅说："你不离婚天理不容。这样吧，家里的东西你随便拿，随便拿。"

后来才发现自己说错了，家里已没有什么可拿，用得着的东西，一担箩筐就装得下，只是自己不知道。

离开前，老婆什么也没拿，只是把"毛三寅"三个字缝入他的袖套，填补最后的空白，完成最后的交代。

他哭了一场，记住了老婆临走时的劝告，不能再癫了，为了儿子，也经不起癫了。斯大林就是他老婆，斯大林的指示就是他老婆的指示：噩梦必须结束，音乐必须腐烂，必须在屋后那个粪凼里腐烂，拌上陈砖土，下到大田里去种谷子。可恶的音乐必须生出蛆，生出孑孓，生出绿茵茵的苔藓和黄锈色的泡沫，永远让他望而生厌。

他开始养羊，喂鸭子，种谷子，种南瓜，编织竹垫，给儿子笨手笨脚地补衣服。集体的田和牛都分到户了，没有牛群让他照看，能做的就是这些。据他儿子说，他洗心革面并不容易，有一段旧瘾复发，差点想把音乐从腐烂中找回来，在学生课本的空白处默记了一些句子。如果不是儿子及时查处，他后来不大可能把那本书丢入粪凼。

儿子倒是鼓励他去戏班拉拉琴，好歹也赚几个活钱。他一心听儿子的话，觉得自己应该去拉琴。不过在他看来，这种拉琴根本不是什么音乐，从来不用过脑子，不过是帮木匠拉锯。但不知从什么时候开始，他发现自己连拉锯也算不上一把好手。手腕乏力，琴弓飘浮，无法拉出结结实实的声音。手笨得像脚，找不准弦上的指位，往上摸不是，往下摸也不对。最简单的西湖调劝夫调哆哆嗦嗦走了调，怎么听也是杀鸡调。活见鬼，当年他旋风般的快弓和抛弓呢，魔术般的碗盆生乐"满堂春"呢，连人家一声呼噜他也能辨出个升C或降F的神耳呢，都到哪里去了？……他恨不得把自己的几个指头一刀斩掉，放到嘴里嚼巴嚼巴吞下去。

他眼前一片昏花，感觉到演员们在皱眉或暗笑。"献丑了，献丑了。"他不好意思地收弓。

"哪里，姜还是老的辣，寅爹到底是见过世面的人，一下弓就是法无定法，有一股仙气哩。"有人这样理解。

"寅爹是故意谦虚，功夫不能让你们随便学的。"另一种不同的理解。

"寅爹是现代派，西洋玩法。"更新的理解也来凑热闹。

他恨不得钻到地缝里去。

"你的眼睛虽然小了一些，但耳朵和眉毛都长得威猛，不同凡响，出奇制胜，差一点就是大贵之相。"人们还研究他成功的原因。大概出于对他北京经历的崇拜，有些拉琴的后生学着他的样子拉锯，拉出各种飘移和模糊，拉出弓无定法，听上去简直是嗡嗡嗡的群蚊乱舞。他只得借口要丢尿，含含糊糊地退出场子。

"寅爹你莫走呵。"邻村的大木匠追上来，递上一根烟，又把整整一包烟往他衣袋里塞。"你不要太那个了，嘿嘿，手艺多少要传一点，乡里乡亲的，你姑妈还是我丈母娘，你家大侄还是我娃崽的同学，上次你在我家歇脚还吃过我的西瓜……"

"送葬吗？你老是跟着我？"

"烟不好，你多包涵。我今天手头紧了一点，改日一定重谢，决不食言。"

"你身上也太臭了！一身汗积了三个月吧？熏得我眼睛都打不开了，都要发炎了。你有话站远一点说，猪娘养的莫让我发炎好不好？"

"不教就不教，你骂什么人？"对方沉下了脸。

"骂你又怎么样？你拿给丈母娘的皮鞋都是假货，纸糊的东西，还能叫鞋？你不忠不孝，以后只配拿苍蝇拍子拍死，死在火柴盒里。"

"你才死在花生壳里哩。"大木匠也不好惹，把一包烟抢了回去。"你有什么了不起？摆什么臭架子呢？不过就是会拉个琴写个曲吧？也就是个混口饭吃的五音师，你上了天呵？以为你上了天呵？你要是做得出飞机，那还不天天对着我们的饭锅屙尿？你要是做得出原子弹，那还不割下我们的脑袋当球踢？"

两人摆开阵势恶语相攻，祖宗三代不可开交，直到各操一条板凳定要拼个鱼死网破。事后老寅心里明白，他眼睛根本没有发炎，对方的气味也从不让他在意，他开骂不过是因为心里的无名火。

他再也不去戏班了。

他只是远远地听一听。

后来，有戏班来热闹的时候，他连听也不听了，总是朝着与音乐相反的方向走去，不管自己会走到哪里，会迷失在哪一片月色中。这一天，他走着走着，发现当空皓月照得天地大亮，远近树木简直就是暴晒在白炽月光之下，拖出一道道清晰的黑影。青蛙躲在什么地方一声不吭，倒是公鸡纷纷拉出了报晓的长啼。时辰是有点乱套了。

他瞥见土墙上有一片暗色的水渍，走得更近时，发现不是什么水渍，是一个活物在土墙上撞得四处飞溅：是一张钉上墙的牛皮，被钉子拉扯出几个尖角。他熟悉村里的牛，尤其是他放过的牛。伸手一摸，很快摸到了熟悉的牛毛旋，忍不住心里一痛：这不就是那个投胎做牛的莫扎特？不就是那头可以应着笛子节拍摇尾巴和摇耳朵的老黄牯？

它的眼睛呢？它湿漉漉的鼻头呢？它那断了一小截的左角呢？天哪，它怎么不去犁田而是挂在这个墙上偷奸耍懒？

他猛拍牛屁股，发现它不动，死死地赖在墙上。

他一定是听到了牛叫，听到了这张牛皮的长长叫喊，才身不由己地来到这里。他心里炸裂，额头重重砸向牛皮，砸向一张又硬又枯的多角形，在牛血的腥烈气息中流出了稀稀拉拉的鼻涕和泪水。憋了好一阵，憋出了女人的尖声，不像是哭，倒像是咳，一声声干咳。

他跳起来大骂："吃枪毙的三老倌，遭雷劈的三老倌，好端端的牛你把它摔坏，摔坏了你又不好好地治。你歹毒呀，你心枯呀，你明天就遭雷打哇……老子要揪下你的脑壳蘸酱豆腐吃哇——"

他骂得太投入，没注意自己这一天正拉肚子，直到发现裤子里热乎乎的一团，才一手提起裤子，尴尴尬尬地回家。


## 九


老柳来山里收购古旧家具，顺便来看过寅爹。据说雕花床和雕花桌椅眼下可以在外国商人那里卖好价，柳胖子精力过剩，已经在这方面下手。他准备把业务做大做强，如果老寅愿意帮忙，他这次就准备在花桥镇设一个收购点，不能落在竞争对手的后面。

他视察了一下老寅家的鸡埘，打算在这里吃个什么土鸡，但看了看老寅床下的一二十个南瓜，还有缺了一扇门的空碗柜，有些于心不忍，就买了两瓶酒，把老寅拉进了墟场上的小酒馆。他不下两次强调，他买的酒好，贵州郎酒，五十二元一瓶。就像他一提到自己的手表，必说五千三的；一提到自己的皮鞋，必说两千一的；每说起自己的手机和组合音响，必说两千八的和一万四的；说到自己的公司，当然更不忘记注册资金八十万……他的舌尖总是弹出很多数字，把物价局成天挂在嘴上。

可以想象，他每天生活在数字里，早上从三千五的床上起来，穿上三千八的西服，对着三百二的镜子，操着五十二的牙刷，挤着四十八的牙膏，吐出一块三或者一块五的泡沫，日子过得十分惬意。那么，他眼下踏着残值不足十元的青石台阶，跨过残值顶多八元的门槛，入座残值顶多三元的木椅，看着老寅身上残值近乎零的衣衫，心情当然也十分舒展。

他打出了一个不怎么好估价的响指。

五点四元或者五点六元的一杯好酒入口，他眼圈红了，真心实意想为老寅做点什么。他劝老寅以识时务为俊杰，这次可要仔细想好，过了这一村没这一店，他肥水不落外人田，但时间不等人。

看对方还在嗯呵嗯呵，他有点着急，真想去掰开老寅的脑袋，倒掉里面的红薯渣子，挤出里面的红薯浆子，塞进一点物价局的简单算法。三十就是三十，三百就是三百，三千就是三千，这都不懂吗？

"我眼睛花了，如何看得清雕花？"老寅叹了口气。

"要不，我还有个办法。你到我的培训班去教点什么，钢琴，电子琴，都可以。你瞎摸一下就行，现在娃崽和家长很好哄。"

"这手哪还是手？猪蹄子呵，摸不得琴了。"

"那你以后就这样种南瓜吃南瓜？"

"你脚路广，看哪里还需要打垫子的人？"

柳胖子摇摇头，脸上浮出一些同情和伤感，"老寅呵老寅，我实在没有想到。老寅呵老寅，你命窄呢。想当初，你表面上嘿嘿嘿，眼睛实际上是长在额头上，眼角里哪里有我柳海涛？你说过什么，你自己可能都忘了。你说我只有猪耳朵，说我的每一个曲子你都能用脚写出来……你以为我不知道？不，这些话我统统知道，统统烂在心里。你知道吗？这些话统统烂在我心里！"他的脸扭曲了，眼里有委屈的泪光。

"兄弟，你喝酒，喝。"

"今天我一句酒话丢在这里：我当时最讨厌你，恨不得一刀杀了你。没把你调进剧团，就是我柳胖子使的手脚。你今天才知道这一点吧？不过你得把它烂在心里。你不要恨我。我其实没有你想的那么坏，只是想离你远一点，让我不烦心。但是我也得告诉你：当年有人要批你的资产阶级音乐观，是我暗中保了你。这事我同你说过吗？当年你欠了食堂里的钱和粮票，是我替你一五一十还清的。这事我同你说过吗？那次你大吐大泻，拉了一裤子，我用单车驮着你去医院，半夜里找不到医生，也找不到水来洗，喊天不应、叫地不灵，这些事……"柳胖子的脸更歪了，眼圈更红了。

"兄弟，对不起了，我一生下来就是个畜生……"

"你得承认，我柳胖子再无才、再平庸、再狭隘，也是你的朋友、你的知音。这方圆四乡八里，这上上下下的人，哪一个知道你是奇人？哪一个知道你是天才？哪一个明白你毛三寅是个稀世之宝？告诉你，只有我，只有我，只有我！你承不承认？就是现在，全县那么多局级领导，也只有我请你喝酒吧？"

老寅突然冲着对方的大扁脸大为惊讶："兄弟，你如何长得好像林业站那部汽车……"他没有说出后半句，不知到底是什么意思。

英雄惜英雄的气氛，被林业站的汽车搞得有点滑稽，让柳胖子很生气："你不要说。你不要发癫。你少来这一套。"

"对不起，我脑子经常跑神。"老寅抽了自己一耳光。

"你癫出了个什么鬼？你是有奇才，你的的确确算得上一个歌王，不，一个歌魔，那又怎么样？你一个阉鸡脑壳还真想搭着梯子上天？告诉你，你气数已尽了，你跟不上时代了，跟不上时代啦。我好歹还睡过几个女人，好歹还赚了个几十万，好歹还混成了个领导干部和企业家，想吃什么就吃什么，想玩什么就玩什么……"他停了停，狠狠吞下了一口酒，发出通肠通肺的人生浩叹："好日子呀，好日子呀……"

他没有往下说，有点自觉空洞的味道。

他站起来，去买了一包烟，然后举目四顾，最后盯住了小街对面一棵老树，目光落点则远远越过了树，穿透了树后的墙，落在更远和更远的什么地方——那是生活后面谁都看不见的地方。

> 田里犁田是何人？
> 犁田硬要犁得深。
> 莫云古日犁无三寸土，
> 如今犁田啰——
> 四寸浅了，五寸浅了，六寸浅了……

一缕声响从他喉头瘪瘪地流出，被他哼吟得惊人的准确和完整，入筋入骨又风味醇厚。这样的老歌不知为何会流出来。这样的老歌无论隔了多久再听，还是让人有一碰即惊的效果——柳胖子没有唱完，叹了口气。

老寅眼皮跳了一下，仍然面无表情地眯着眼，看来不想接纳歌声，也不想知道对方为何能把这首歌牢牢记住。他对过去的事不感兴趣。他打了个哈欠，也看了看老树，突然问起了对方的娃崽。见对方没回话，便说起了自己的那一个："让你笑话了，我家那个相公实在气人，不会犁田也不会耙田，天天只知道骑摩托上街，硬是个血吸虫呵。他天天跟着那个刘所长。姓刘的是个什么人？在饭馆里欠了几万块钱的账，也是个血吸虫。花桥人说革命昆虫是不好惹的。说得好。我们都是虫，有人是血吸虫，有人是萤火虫，有人是鼻涕虫。你说是不是？"

这话似乎是想逗笑，但并不怎么可笑，只有他自己干笑了两声。

他们不再说话。

他们从来没有好好地说过一次话，现在也没法说到一起，东拉西扯的，只是一杯杯地喝酒。也许他们都明白：既明白他们说不到一起，又明白他们不能不说点什么。说，是为了相对而坐，为了保持近距离，能够嗅到对方的气息。这种气息就是以前的日子，不怎么好过但永远让人怀想的日子。

"说到底你是个蠢货。"柳胖子说。

"说到底你也是个烂货。"毛三寅说。

"不要说了，我们都是猪窝的王八蛋！"柳胖子眼里闪着泪花，哈哈笑了。

"莫云古曰犁无三寸土"，于是一抹血色夕阳抹在他们脸上，"四寸浅了五寸浅了六寸浅了"，于是风有些凉了，有些鸦声落归途的凉意了。他们准备分手。柳胖子脚下已有好几团擦鼻涕的餐巾纸，但他收了泪，还有了一丝强笑。他自我解嘲，说他一定有病了，最近两年来一不留神就想哭，得去找个医生看看，当然是省城里那种门诊牌价八十以上的教授级大夫。

看着他的背影远去，老寅在小店里还坐了一阵，把碟子中最后几颗花生米吃完，连花生皮的碎屑也一一捉拿。

店主说，你不会把碟子也吃掉吧？

他默了一阵神，深深吸了口气，起身走人。


十


芹姐也来到边山峒，带来了重要的消息，准确地说是重要案情：老天有眼，老寅多年前那个《天大地大》终于找到了，不过是出现在别人的乐曲里，出现在国外好些城市的音乐厅里。到底是哪个外国，她一时日本一时英国地说不清楚，拍了几下脑袋，说反正是一个外国，你怎么能不知道？

交响曲的作者，就是当年从她手中拿走本子的人，那个姓魏的作曲家。芹姑娘不明白一个温文尔雅的老师怎么可以拉这种臭屁，不明白这种臭屁怎么会沾到自己身上。她就像看见一个娃崽被活生生地改名换姓，活生生地被陌生人牵走，而自己不明不白当了一回拐骗犯的帮凶。当年还有比她更蠢更笨以及更冤的帮凶吗？还有比当年那更欺负人的事吗？她傻呵呵地请客人吃了饭、喝了酒，把大包小包土产送到车站，为对方一行三人买好了车票，再把孩子亲手交给了主凶。

她没有料到，老寅对她的到来并不兴奋，根本不记得什么剧本不剧本，甚至不记得任何往事了，一见到她居然兴高采烈："杨裁缝又来了？"

她心里一凉："毛老师，你莫吓我，你不认识我了？"

"你不是杨裁缝？"

"你再仔细看看。本大姐怎么是个裁缝？应该是个杀猪佬吧？"

"我晓得了，你不是杨裁缝，是信用社的秋姑娘。这下对了吧？"

"毛老师，你就不记得县剧团里有一个芹菜？"

"你是说芹姑娘？"

"对呵，你仔细想想，就是那个没文化的大歌星莫小芹。你的歌差不多都是由我来唱的，你不记得了？你的军功章有我的一半，我的军功章也有你的一半。我们差不多是狼狈为奸，互相勾结，你怎么就不记得了？"

老寅的目光一亮，把来客再仔细端详。"芹菜？莫小芹？不，芹菜没有你这样白，也没有双眼皮。你不是芹菜。你顶多是酸菜。"他干笑了一声，"你不要以为我不喝酒了，脑壳里就只有石灰渣子。昨天我一看那块地，说顶多一亩三，三伢子还不信，结果呢，他敢不服？"

"我真是芹菜……"她急得跺脚，要哭出来了。

老人把客人往屋里带，跨过晒着干豆角的篾垫，跨过屋檐下一只懒懒的老狗，跨过一条磨损得深深下陷的门槛，一路上自说自话。"芹菜，芹菜是个好仁义的姑娘，去年还来接我去城里做客，太客气了。她要带我去看什么公园，呵呀呀，坐什么转转车，吓死人的。她晓得我喜欢吃猪脚，一锅猪脚焖得烂烂的，还放了茴香。她晓得我最喜欢一碗苋菜梗子炒辣椒，硬是给我炒了两大碗，一定要让我吃个厌。她晓得我平生就好一口酒，把头锅大曲准备了一坛子。可惜，可惜呵，我没有口福，血压太高，戒酒已经八年啦，不能喝了……"

他没忘记递来一碗茶——缺了口的破碗里，有一圈黑垢印子，还有一只漂在碗边的苍蝇，差一点让客人当场翻胃。他没有注意到这一点，也没有注意到自己头上的蛛网，手上的血口子，还有白花花的胡桩。他半张着牙齿不全的嘴，朝着阳光花花的门外无限神往，似乎阳光深处有昨日的苋菜梗子炒辣椒。

女人咬住嘴唇，急急戴上墨镜，但已经有点来不及了，一颗泪水从墨镜后滚落了下来。

"你好没意思！毛老师，你都成这样了，怎么就不递个话呢？你还真癫呵？不把自己当人，也不把别人当人？你哑巴啦？你痴呆症吧？哪有你这样不够朋友的？你连猪都不如，猪还晓得叫一声。你连狗都不如，狗还晓得认个路。你就不知道还有一个芹菜吗？你死要面子活受罪，你会死无葬身之地你明白不？……"她骂到恨处，朝老寅身上挥拳猛击，像要把对方乱拳捶醒。

老寅呵了两声，看来没听明白，老牙错杂的嘴僵在那里，差一点流出涎水。

女人为主人做了一顿饭，还去溪边洗刷主人的衣物，洗得自己两手已经酸痛得举不起来。她看了一眼水中倒影，觉得自己不过是老了一些，不过是做过一两次整容，老人怎么就不认识了？一个神经兮兮的老人，当然也会忘记她的种种劣迹，比如舞台上裙子垮落的笑话，比如商店里的大打出手和赔礼道歉，比如要把所有小男人都搞疯搞废的出口狂言，这倒也好，应该说很好。她不知道信用社的秋姑娘是什么人。老人问起一笔粮食款，当然是问秋姑娘，她含含糊糊地回答了。老人又问起一个姓黄的什么人，大概还是问秋姑娘，她也支支吾吾混过去了。她只是擅自做主，把主人两件太破的裤子甩到林子里去了，好像这种裤子太让她丢脸。

"反正是秋姑娘扔的。"她把责任推给别人。

她发现屋里除了床下一堆南瓜，除了猪食和猪粪的隐隐酸味，不会有她要找的东西，连一张纸片也不会有。一个朋友曾经告诉过她：找到原稿才算拿出了亲子鉴定的基因样本，抓住拐骗犯才有希望。

"毛老师，你硬要害死我了。你仔细地想一想，你就不记得一个叫《天大地大》的山歌剧？是你自己写的，你一点印象也没有？"

"记得的。"老人笑了，"曲子不都在省里的杂志上发表了吗？他们好客气，寄来的稿费，五角钱，还得到花桥镇的邮局去领。你说我的面子大不大？我走到那里要半天，走回来要半天，名声好听得很：领稿费。"

芹姑娘哎哟一声，像遭到电击，但还是不死心，"你还记不记得歌剧《刘三姐》？你以前一提到就眉飞色舞的歌剧？你把脑袋拍一拍，搅动搅动，再想想。"

"刘三姐？就是电影里那个刘三姐吧？"老人抹了把脸，"了不起的劳动模范，不容易呵。一个婆娘，带着大家开公路，回来还受老公的气。她老公像个鸦片鬼，没有什么用的。"

"不行，不行，你是真癫了，痴呆了。以前人家还说你是刘三弟，你看你看，现在你连刘三姐都忘记了……"

老人没再回话。来客一看，他大概是答得太疲惫，已经耷拉眼皮，歪着头睡了过去，脸上还僵住了一个浅浅的笑。

女人翻了个白眼，出了口长气，知道奇迹不可能再发生。她一肚子邪火发在旁人身上，比如陪同她前来的乡政府秘书，还有后来陆续赶到的乡长和书记——曾经都是她的戏迷。她把这些人骂了个狗血喷头，扬言要让税务局来罚款，要让法院来判刑，看到底是谁在虐待知识分子和艺术大师。骂来骂去也没什么政策水平。

临走时她还扯出两张钞票给秘书，令他给老人代买几条裤子和一袋大米。对住房如何改造，如何消灭苍蝇，她也做出了很多指示。

不久以后，芹姐再次来到这里，带来了录音机和磁带，还带来了一个据说法力无边的巫婆，想帮老寅捉捉鬼，让老寅恢复回忆和辨认的能力。但她来迟了一步，得到的消息是老人已经去了医院。她在扑空之地喘了口气，看见地上还有苞谷，还有红薯，在等待主人来收获。她看见一张犁插在地边，在等待主人来把扶和推动。小路上堆放着一些刺柴，据说是堵野猪的路，防止它们来吃苞谷。地头的一个草人，据说是阻吓鸟雀，不让它们来啄菜籽。一抹阳光从山头投照过来，使草人的一件小红衣耀眼夺目，勃发出呼啦啦的一团红光——这是一件女装，大襟式样，用一条旧背心改成的，看上去精神得很。如果芹姑娘没有猜错，草人的小斗笠下，棕绳是两条大辫子，一块塑料布是随风飘荡的围巾。尽管日晒雨淋已经模糊了色彩，她还可以依稀看出草人脸上的一抹口红。

如果不是草人的眼睛画得太像两颗煤球，如果再给它加一个双眼皮或者一对耳环，它简直就是绝代佳人，而且让人觉得似曾相识。

小草人的背景，是一片遮天蔽日的山林，有积云之下的灰暗和浓重，也有雨雾洗刷出来的清晰，远远的一片树叶似乎都纤毫毕现。正因为看得太清楚，山林就给人一种正在逼近的动感，恍惚之际，像是大地突然立起来，推过来，要把草人一口吞下。

什么人来了。她听到了嚓嚓的脚步声，吃惊地回头，发现路上什么人也没有。只有一阵山风吹过，清凉，湿润，甘甜，还杂有一丝新草的辛辣。一条大胡子黑狗跟在她身边，偶尔舔一下她的鞋跟，似乎认识她。

"你听到什么了？"一个女伴注意到她的紧张。

"我刚才听到了脚步声。"

"我什么也没听到。"

"是我听错了？"

她们带着巫婆在老寅家四周烧了符、念了咒，还在可疑的位置泼洒鸡血，朝更可疑的一个方向砸碎了两个瓷碗。

在做这一切的时候，芹姑娘又听到了身后嚓嚓的声音，再次回过头去，发现路上还是什么也没有，连狗也不见踪影。


# 十一


芹姐这些年日子过得有点含混，说不出个一二。自从柜子里的衣服都窄小得没法穿，加上有一批更野更浪的歌手出现，她在歌舞厅风光的好日子已经结束。她去柳老师的公司混了一段时间，后来说生意场上没有什么意思，很快就扬长而去。不过，这只是她的说法，另一种说法是柳老师的新夫人大骂狐狸精，操着一把剪刀把她赶出了公司。

她也去中学代过课，后来说学校生活太呆板，校领导不重视艺术，虽然一直想把她正式调过去，但她考虑再三，不想舍弃自己热爱的舞台。不过，这还是她的说法。另一种说法是她不识谱，不能胜任音乐教学工作，在文化测试中又分不清法院与公安局，把克林顿当作一种冰箱的牌子。即算她不曾带着学生们去喝酒，校方也根本不打算留她。

有两年来时间，她甚至销声匿迹，去了什么地方，去做了些什么，比方是不是真去了省里参加业务进修，也是说不清的。或者说是说了，口气不怎么肯定。只是她喝酒的本事见长，罚别人喝酒的本事也见长，一上桌，要大家用舌头舔鼻尖，要大家靠着墙拉大顶，做不来的，你输啦，喝，给老娘喝！

她好像还是剧团的一员。此时的剧团好像也还存在着，只是大不如前，一旦发不出工资，几个女演员就临危受命，身上穿少一点，香水喷多一点，到领导或老板的办公室里扭一扭，或许能啄回一点赞助。到了后来，钱啄不动了，剧团门口加挂过"艺术幼儿园"的招牌，还加挂过一块"艺术殡葬服务有限公司"的招牌——虽然晦气，但进出大门的人也只能忍着，装作没看见，就权当是烈士家属的光荣匾，虽与死人扯上关系，但没有什么不光彩。这个世界总是要死人的吧？死人没有什么不正当，而且总是要有个丧礼吧？丧礼也没有什么不正当，而且总是要有人哭甚至有足够的哭吧？

这就对了。

没看见吗？如今天大地大不如钱大，有些家户相互讨账的争吵越来越多，丧礼上的泪水却越来越少，演员们刚好填补感情空白，洒向人间都是泪，接管了千家万户的悲痛。他们不仅有一口可以出租的水晶棺材，不仅有布景、乐器以及音响等全套行头，还有表情专长，很快就练就一套本领，包括催哭、领哭以及代哭的熟练技能。刚才还大唱《亚洲雄风》和《年轻的朋友来相会》，一换曲子，男声部，女声部，预备，走——眼泪说来就来，悲声说放就放，比有些孝子孝女们还要尽责。他们即便有时过于疲劳或者疏忽，忘了哭词，或者哭走了题，但节骨眼儿上一般不会失手，能准确及时地涕泗交流扑天抢地。男声女声提起来，再提起来，泪水是真的，鼻涕是真的，真像死了爹娘，这一条令人惊奇和满意。他们常常哭得女人们鼻子发酸。

哭得好！用本地人的话来说，这文艺道场真合算，不像和尚道士那样偷工减料，也比老式道场更现代化。

哪个能哭出那么多花样？大家都觉得花钱很值。

芹姐有时参加演出，有时也参加哭丧，有时又不见影子，不知去了哪里。她已是半老徐娘，但兰花指一挑，粉面恰到分寸地一倾，手帕在空中划出一道弧线，一开腔还是能令人心动。哀调是她的拿手好戏，能唱出很多套路。"霎时间天昏地又暗，爹爹爹爹你死得惨……"歌剧《白毛女》里的哭诉，有时也能成为临时即兴，一顺心就给客户们免费加演。长哭当歌，她手帕捂脸的时候，每一个哭音入腔入调，转上七八个弯，上下游走，牵肠挂肚，酣畅淋漓，完全是创新一代哭风，是孝悌情感音乐化的嘎嘎独造——不愁人们不来围观，不怕别的殡葬公司来抢业务。

凭着这一条，她名角架子还能留下几分。根据明码标价，别人一个"点"要哭四十分钟，她可以少哭一半；别人有时需要披麻戴孝地跪哭，她从来只挂一条黑纱坐哭。如此等等，是一位哭星的特权。

她还有些特别的讲究，比如见遗像上獐头鼠目歪瓜裂枣的，就决不出场迁就，而且陪死人不陪活人，卖哭不卖笑，不像有些人什么钱都赚。有一次，一个来路桥建筑老板不知趣，自称以前是芹姐的歌迷，仗着曾经对剧团有过赞助，下巴始终抬得高高的，没等丧礼结束，就要拉她去"卡拉呵嗬（OK）"。她装作没听见。对方后来又请她到包厢吃酒席，谈笑之间，把她的手偷偷摸了一把。芹姑娘本可以装糊涂，可以假惊讶或者假生气，把场面敷衍过去，捞一把也未尝不可——一杯酒一百块哪，半老头子要她陪十杯。

但这一天她特别烦，突然揭了对方的假发，在他的秃头上大摸了一把。

对方吓了一跳。

"你摸我的手，我就摸不得你的头？"她瞪大眼。

"你你你……怎么能这样？"

"没见过吧？你是摸手爱好者，我是摸头爱好者呵。"

酒席上一片大笑，使半老头子的脸涨成了猪肝色。别说是占便宜，这个曝光秃头逃都来不及了，谁知道这个疯婆子还会怎样？下一步不会大庭广众之下揪住他的耳朵骑上他的头吧？

"喝酒喝酒，"她决不让对方逃走，打定主意进一步调戏，"你的一百块钱呢，拿出来呀，让我看看，是真钱还是假钱？"

大概是护主救驾有责，一个管家似的男人冒出来了，"芹姐，我原来一直以为你羞花闭月沉鱼落雁，以为你们文艺工作者五讲四美……"

"停，停。"她伸出一个指头，"更正一下：赚死人钱的，不是什么文艺工作者。"

"难怪，死人钱赚多了，一开腔就像是棺材里跳出来的，人不分上下，话不分好歹。"

"是呵，我一睁眼就看见死人，看你也是个半死不活。"

"你们看看，一张嘴是茅厕板子。"

"不光是茅厕板子，还是毒药罐子。"她突然扭扭腰，挤出一脸媚笑："大哥，你那癌症心肌梗什么的，还没查出来呵？还有你那肝硬化、脑血栓，不赶快去查？再不查就晚啦。我就等不及啦。"她看见对方的脸色已经由红转白，"大哥，你再忙也要想想后事了。你不要骗齐老板的钱，不然的话，到时候齐老板哪会来哭你？你也不要到外面拈花惹草，不然的话，到时候你的老婆只会找你的存折，也不会来哭你。你尤其不要得罪下面那些打工仔，到时候你总要有人抬棺材吧？总要有人挖坟筑墓吧？"她兴冲冲地喝下一口，看见对方的脸色已经白中有青，寒光闪闪，硬邦邦的，是从冰箱里搬出来的冻肉模样，"到那一天，要是不请本大姐来假哭几声，你麻烦大啦……"

她字字割血，一口气把对方呛得结结巴巴。那堆冻肉瞪大眼，挣扎着站起来好像要动粗，但吧嗒一声，自己先摔了一跤，哎哟哎哟地没起来，发现手机也摔在地上，于是忙着找手机。

看到这样的狼狈和混乱，她大出一口粗气——什么东西？想同老娘过招？

她得意扬扬地走出店门，被冷风一吹，快意里不免又有几分委屈。其实，摸摸手也不是什么大事。她今天似乎太邪，一开口就是大粪腔，如果再跳起来一叉腰，不是个母夜叉是什么？她并不愿意这样。在很长的时间里，她讨厌男人但也愿意逗男人们玩玩，但她知道自己已经与男人越来越远了。她的举手投足可能还有点形，还不那么难看，但目光肯定已经粗粝，脸色肯定已经僵硬，浑身都是灵堂里的香灰味、蜡油味以及爆竹味，挎包里还藏着经常要用的黑纱。有了这条黑纱，全身就断了电。

没有电的假笑，怎么说也是操着玩具枪抢银行，是拿着假钞票做买卖，人家可能行，但她不行，心一虚，只能夺路而逃。

一个同事来找她，要她上车再赶一个场子，于是她和同事们嚼了些方便面，撑着雨伞上路，在车上颠簸了一阵，掐着时间赶到另一个灵堂，看到了另一张遗像：其实是以前的一个同事，前不久死于车祸。她心里一动，想起自己当年的剧团和舞台，想起死者曾经在舞台上的种种，禁不住痛痛快快真哭了一场。她哭自己如今却落到了代人哭丧的地步，哭自己的男人既不同意离婚又不断欠下赌债，还哭自己的女儿个子矮小、脾气古怪……哭过点了，还止不住泪流，一条手绢已经湿透。

主家没注意她哭乱了词，不知她如何这样伤心，大为感激，往她衣袋里多塞了一个红包。

红包就红包。红包是个好东西。她已经赚了很多红包，然后把红包一次次花出疯狂补偿的快感。面膜一次做两轮。冰淇淋一次吃两个。皮鞋一次就提回三双。衣服是眼都不眨地买回来然后眼都不眨地送出去然后再眼都不眨地去买。一百块一件的衬衣，太便宜了。六十块钱的丝巾，那不是白送吗？要命的是，也许是带黑框的遗像看多了，眼下她看任何人眼里都闹鬼，一走神，视野中就有阴阴的黑框子就位。她揉揉眼睛，发现一个个陌生的面容都像是遗容，在黑框子里迎面而来：一个可能将要死于车祸的遗像卖给她冰淇淋，一个可能将要死于毒大米的遗像给她做面膜，一个可能将要死于中风的遗像正在推销皮鞋并且打出一个喷嚏。他们的悼词会说些什么？他们的享年将是二十岁？三十岁？五十二岁还是八十六岁？……她一走神，不是给遗像多付钱，就是给遗像少付钱。

"你是一个能够偷看未来的巫婆吧？"女儿有次突然冒出一句，吓了她一跳，发现女儿正翻着一本外国卡通书。

她眨眨眼，黑相框也出现在女儿的肩头。

她大叫一声，捂住了自己的眼睛。如果她有足够的果断，这一刻很可能就抠下自己的眼珠，丢到河里去。

女儿不知一句话为何这样吓坏了她，把她摇了半天，才使她醒过来。女儿更不知道母亲为什么后来总是不拿正眼看她。

女儿学习成绩不好。母亲就是在为女儿寻找教辅材料时，无意间瞥见了电视屏幕上的交响乐《山鬼》，不，不是《山鬼》，是她完全知情的《天大地大》。如果一开始她还只是好奇，觉得曲调有些耳熟，一旦看到作者姓名，就完全知道是怎么回事了。半睡半醒的笛声，又巫又仙的唢呐声，突然坍塌或突然迸发一样的大鼓大钹……她都能回忆得起来。一个山鬼掉了脑袋，以乳头为目，以肚脐为嘴，恶战天兵天将……这些内容也似曾相识。稍有不同的是，《山鬼》多了些新的曲目，多了一群白胡子中国老艺人，还多了一些大钟大磬的排场，更容易让外国男女们惊奇。那个姓魏的，同王室成员和音乐同行们握手，在闪闪钨灯下被那么多人围着献花和采访，看来是理所当然。

后来的事实证明，她的震惊和愤怒基本上没用。有谁会相信一个国际当红音乐家，一个拿了洋文凭的魏博士，会改头换面地抄袭一个乡下农民的作品？更进一步的问题是：一个乡下人能有作品吗？那个乡巴佬是谁？……就连老寅自己，也把以前的事忘得一干二净了，忘记了自己曾经是谁。

这事还可能说得清楚？

她找过一些朋友，还有朋友的朋友，但拿不出抄袭的证据，也就无法让人相信她的神经正常，只能越说越乱，把天气时装音乐零食法律等胡扯一通，刚好把别人的注意力引向神经。

特别是省城里的一个小毛头，差不多有多动症，眼珠是四处乱蹦的壁球，一张嘴无法在任何话题上停留五分钟，说任何一个五分钟也会被手机电话打断七八次。他同上一次见过的小毛头一样，也是个报纸娱记，娱乐版记者，一听到魏博士的名字都睁大眼，好像这个大名一经说出，就有魏博士魏博士魏博士魏博士呵呵呵的层层回声，就有空旷大厅里神圣感和历史感的嗡嗡共鸣，决不可随便冒犯——虽然他坦陈自己从未听过魏的杰作。他对农民根本不感兴趣，充其量，只对一个女演员的愤怒感兴趣。你什么时候认识魏先生的？说说吧，你们以前是什么关系？他是否伤害过你？说说吧，不然的话你为什么对他耿耿于怀？……

他肯定有了想象中的大标题：名人情缘，名人孽债，都是特大字号。

小毛头打开了录音机，录下了她的大笑。

"大姐，您不要太激动。过去的事情已经过去了，没听说过一句话吗？痛，并快乐着。过去的事情是痛，但也是快乐，是我们回忆的宝贵财富……"

"你们当记者的就是词汇多，一句话可以说成十句话。"

"难道不都是你的心里话？只要我们都勇敢地面对过去，星星还是那个星星，月亮还是那个月亮，走过了似水年华，感情还是涛声依旧……"

"你说得好感人，把我感动得要哭了。"

"大姐，谢谢你的鼓励。我虽然对你没有太多了解，但相信你是一个勇敢的女性，月亮代表你的心，大雁带走你的情。我甚至对你有些嫉妒，你想想，小城故事多，你同魏先生鲜为人知的一段，是你今后多大一笔无形资产……"也许发现对方脸色发白，他刹住话头，"你没哪里不舒服吧？需不需要我叫救护车？……"

她喝了口水，拍拍小毛头的肩，临走时丢下一句："小兄弟，你的鼻毛该剪剪了。"

她扬长而去，气得要哭，觉得自己实在无法忍受对方嘴里那些歌词，也怀疑自己神经确实不够正常。不是吗？她把记者见一个得罪一个，而且烧完汤总是忘了关煤气，买小菜则买进了局长办公室，看到邻居杀鸡居然去打电话报警，最后，她在自己最熟悉的十字路口迷了路：街道突然变得无比陌生，前后左右都是楼房，前后左右都是汽车，前后左右都是人，她不知道自己该往哪里走，不知道自己为什么一定要这样走而不是那样走，为什么一定要走走走走而不能停下来就躺在这里……这天傍晚，丈夫喊了几个人，把她一绳子捆起来送入医院。

医生给她打针，总算让她安静下来渐渐入睡。

柳胖子来看过她，劝她不必太为难自己。过去的事情，就过去了，现在只能向前看。毛老师他自己都是那个样子，皇帝不急太监急，你又何必？柳老师眼下说话，有网球场和健身房的雄厚底气，笑几下也是学院派低音美声："你跟我学学网球吧，对保持体形绝对有好处。网球可不是羽毛球，更不是乒乓球。它们根本不在一个档次上。不会打网球，说不上是一个现代人，你看桑普拉斯那个角度之刁，你看格拉芙那个优雅……哇哇哇，她的个人财产已经一亿马克啦！"

“柳老师，这个事情你真不打算管？”

“我哪有时间管呵？你知道，魏博士也算是我老同学，再说我生意也太忙了。下了班还要去健身房，六百块钱一张的月票。早上还要练网球，八百块钱一张的月票。你看看，哪有什么业余时间？我实在……这样吧……”

“你帮我卖点白粉吧？卖摇头丸也行，我们五五分成。”

“你什么意思？”

“你不是要做生意吗？我帮你做呵。”

“你……你怎么说白粉？”

“我还有批黑枪，明天你来看货吧。”

“你开什么玩笑？”

柳胖子吓了一跳，立刻像是舌头割了一截，结结巴巴溜走了。

她吓走了胖子，大笑一阵，发现家里重归宁静，只有录音机里飘来的《山鬼》，像来自遥远的地方。

不久，柳胖子又折回来了，一口答应为芹姑娘做证，参与状告魏某的集体签名。他不敢不这样做。因为他在折回来之前，他老婆每天都要收到一封信，一纸复印件，都是他当年写给芹姑娘的酸词和疯话。这日子还能过吗？如果他想逃避老婆的哭闹和毒打，就不得不带着脸上的青一块紫一块，回来向芹大奶奶求和。


# 十二


公路修进山里以后，很多乡亲喜欢热闹，去公路边盖楼房，用水泥瓷砖铝合金组成了一个个新村。新房大多有一个铺面，摆上了货柜货架，虽然眼下空空如也，但一个全民经商的机会可能到来，人们的准备还是必不可少。老寅说公路边离田太远、离山太远，不愿同兄弟一起搬到那里去。邻居们便留给他一条寂静山谷，还有一些空空的旧土房。

土房已经没有人迹，像演员离去后舞台上的布景，有时候给人一种不真实之感。在这样一些布景里，老寅留守着山谷里的全部白天和黑夜，被过于浩大的白天和黑夜一次次深埋，有时十多天不见人影。眼看着路上的足迹渐渐模糊，耳边的余音渐渐消失，走进邻居的任何一张门，都只有尘封的桌子、尘封的床以及尘封的碗。一个屋檐下的老风车，爬满了牵牛花，已经成了鼠窝。不知什么时候，山谷里出现了很多老鼠。老寅家的胡子狗以前可以捉鼠，老了以后，扑不动了，看见老鼠冒头，只是吹胡瞪眼做做样子。

这一天，老狗昏昏欲睡的时候，一只老鼠猖狂地钻到老寅床上，在他的愤怒扑之下昏了头，钻进了裤子，在他大腿上咬了一口。

他起初没有在意这小小的伤口，没料到伤口后来越来越红肿，开始变硬和变黑，开始散发出脓臭。呵呀呀，是个妖怪缠上来了……

人们后来听到他家的老狗跑到公路上狂叫，才有一点领悟，急急地去老山里看他。

但事情已经有点来不及了。他的大腿肿得裤子都退不下来，只好用剪刀剪开。乡下的郎中看了一眼，说要赶快送去县医院。县医院的大夫看了一下，说要赶快送省城大医院。边山峒的人对大医院没有什么兴趣，倒不是说有病不看，只是觉得有病不必大看，不必过于大看。特别是老年人，多活几年少活几年不是什么大事。人生一世，草木一秋，叶子到时候要落的。有钱人花上十几万修一根肠子、补一个脔心，保住一片叶子晚落几天，在他们看来大可不必。

何况他们也没有那么多钱去治病。就算有亲友资助，就算有芹姑娘拿来的存折，也在医院里撑不了几天。他们只好把老寅抬回边山峒，抬入他二哥老宜的家。

二哥让他吃足了肉，还破戒喝上了酒——那个日子反正已经不远，血压不再值得提防。侄儿的一个手机，现在也成了老寅的新玩具。这个东西确实很神，戳几下，就是个顺风耳，再远的人也可以叫到面前来说话。老寅按照侄儿提供的号码，给几个乡亲和亲戚打了电话。一旦打上瘾，忍不住天天打，只是没有什么事要说。"福矮子，是你吗？是你呵。"电话就挂断了。"王麻子，你在呵。"电话随后也挂断了。

他这样笑眯眯地打下去，对方不仅莫名其妙，而且心痛手机接话也得付费，火气发在老寅侄儿的头上，一次次把他叫到电话面前开骂。侄儿一脸苦相，劝叔叔以后无事不要打手机。老寅似乎听懂了，嗯嗯呵呵一番，说不打了，打它做什么。但躺在竹床上无聊，忍不住又戳，只是记住了侄儿的警告，说上了一些正事："王麻子，你吃饭了吧？今天吃了什么菜？你这个老家伙，没偷树吧？没偷茶籽吧？我就要死了，以后哪个来监督你这个落后分子？"或者说："福矮子，你晒辣椒没有？今天好太阳，你还不晒呵？我就要死了，你还不快快送点白辣椒来孝敬我？你快点来，快点来！"

他还想给国务院总理打一个电话，要侄儿给他找号码。听侄儿说不可能找到这个号码，便大惑不解，"这么好的东西，总理也不挂一个？"

"他认得你是老几？要听你的电话指示？"

"我们三天两头都见个面的。"

他信心十足的理由是，总理几乎天天来到他家里，来到他家的电视里，一次次接见他，怎么说也是老熟人了，有事应该可以说上几句的。

"你也要问他今天吃什么菜吧？"

"磨盘湾的竹子都要被蝗虫吃完了，他住在北京怕是不晓得吧？"

"这算什么屁事。"

"赵菲菲那个疯婆子，还不赶快埋到粪凼里去？"

赵菲菲是省电视台某频道娱乐节目主持人，近来名声大噪，最受一些后生的喜爱，但在老寅看来，纯粹是电视里的一团毒，不会唱不会跳，只会疯和痞，小屁股扭来扭去，扭乱了思想和风气，实在是第一个该枪毙的家伙。

说起这事，他还迁怒于多年前的武打片《霍元甲》，说好多干部以前都不贪污的，就是被这个片子教坏了样。那个什么警察，嘴里说不要钱，但转过身子，把衣袋亮给你，让你把钱塞进去，他装作没看见。现在刘所长王局长都是这号动作，不就是从《霍元甲》学来的？

他没有说出这些，因为侄儿已经挑粪去了，没有兴趣听他控诉。几个老邻居也差不多是饭桶，没有什么文化，同他们说不清楚。他相信只有总理可能懂得他的一片忧国之心。

他叹了口气，喝着已经久别的谷酒，却喝不出什么味，便说他这一辈子喝了太多的酒，以后儿子给他上坟，不要上谷酒，也不要上红薯酒，上点茶就可以了。

老宜点点头，说，好的好的。

他说儿子一定要记得他娘，记得他弟弟，秋收以后，拣好糯米打一担送过去，拣好鸡婆捉两只送过去，当伯伯的到时候得提醒一下。

老宜又点点头，说，好的好的。

老宜对弟弟倒有些嫉妒，说老寅你这一辈子该知足了，北京去过了，什么广西、云南、国外也都去过了，哪像他老宜，只去县城里拉过一次石灰。到现在，你屁股一拍，说走就要走，三亩田的谷子还要他老宜来割，坡上的红薯还要他老宜去挖，连上坟这些啰唆事也是别人操心。人比人，气死人的。

老寅不同意这一点，"我到过国外吗？我什么时候去的？"

他们有时还争辩一点阴间的事情。老宜说："看你那柜子里，还攒了一堆发霉的粮票，怕是想带到棺材里去呵？好笑好笑，你不如多带两双鞋，这一辈子鞋子穿得少，一双脚吃了亏。"

"你们以为阎王爷也改革开放了，不用粮票了？"

"说不定老阎一看就相中了你，一心要栽培提拔你，让你一去就当上干部，吃上国家粮呢！当个什么局长呢！"

"给阎王当干部，你以为有什么好差事？今天锯这个的脑壳，明天抽那个的脚筋，戳心。"

老宜想了想，"你一不要灵屋，二不要冥钱，光要些粮票有什么用？人家花桥镇的人想得周到，灵屋里还有电视机，还有摩托车，扎得好漂亮。给你也扎几个吧？"

老寅瞪大眼："变电站呢？"

他的意思很明白，如果纸灵屋不带个变电站，光有电视机有何用？

老宜说："那你那些粮票又有什么用？阎王爷那里有粮站吗？就算你可以去买米，也要带一担箩筐吧？你要吃饭，还要碗和筷子吧？还要蒸锅菜锅吧？你不烧一个百货公司，恐怕也吃不成。"

老哥一阵大笑，笑弟弟理屈词穷，得意地去端盅饮茶。

正在这时，毒疮痛起来了，老寅的五官缩成一撮，咬牙切齿地呻吟一阵，身子一软，轻轻地呼出一口气，再一次昏昏睡去。这一睡，便是他体温的最后消退和流失。他蜷缩身子，走得非常平静，甚至有点轻松和愉快，笑眯眯的眼睛一直盯着墙上一个虫眼。儿子侄儿来叫他，老哥老嫂来叫他，他都不答应，只是满心欢喜地紧紧盯住虫眼，像盯住棋盘上最后一个棋子，盯住世界最后的一个出口——虫眼那边也许有另一个美妙的开始？有一片霞光万道的五彩天地？

山里人说，很多动物也是这样，一旦知道大限已到，没有什么悲寂，没有什么惊慌，只是悄悄地去寻找最隐秘的角落。我们从来找不到它们的尸体，从来不知道它们在什么时候在什么地方走完最后一步，不知道它们何以懂得珍惜世间的整洁。

老寅的消息传开以后，乡亲们忘记了他借钱不还或者臭气熏人的诸多劣迹，都变得胸怀宽大，感到有些惋惜。县里一位退休的供销社主任，以前是老寅的同学和崇拜者，发动诗友们写了好些古体悼亡诗联，决心把丧事办热闹些，包括请来县剧团的哭丧队。同样是出于他的热心张罗，人们还凑钱去定制了一些特别的冥物。一个特大的纸饭碗，有桌子般大小。一个特大的纸辣椒，要两个人才抬得动。一双特大的纸鞋子，每只都像条小船。还有一对特大的纸眼球，像两个溜溜转的大灯笼……据说扎匠为了扎出这些大家伙，光是做糨糊的面粉就用了两袋，牛皮纸也用了几担。到后来，它们中的有几样大得无法挤进院门，人们只好七手八脚，搬梯子搭桌子，把它们从院墙上递进去，再搬入灵堂——

不用说，人们送来这些巨型冥物都是投老寅所好：他不就是喜欢大东西吗？

在吓人的大饭碗大辣椒大鞋子大眼球面前，死者躺入水晶棺材，身体已有些萎缩，换上了一套新的西装以后，衣服显得太大，是一个套在小学生身上的成人装。过于卖力的化妆师在他脸上抹上了浓重的胭脂和口红，使他双颊艳若晚霞，嘴唇红似鲜花，满脸泛着油光，活脱脱就是一个大耳朵娃粉墨登场。

在那一刻，他两个嘴角似乎微微往上扯，僵住一个人们熟悉的微笑。

　　让我再看你一眼
　　不知何时才能相见
　　让我再看你一眼
　　把你永远记在心间
　　……


香烛闪烁，旌幡飘摇，喇叭里播出了流行歌曲。作为剧团的例行程序，这是第一道工作——催哭，铺垫情绪一般都很有效。随着导演的一个响指，音乐被音响师调弱，一男一女以手帕掩面，一道惊心的战栗从天而降，便是演员领哭的开始，其目的，无非是力图把有些人欲流未流的泪水再狠狠推一把，把有些人欲空未空的心胸再狠狠地掏一把。看到两个孝子已经哭了，死者的亲属们也哭了，还有各路吊客都面容瓦解，抽泣之声四起，悼亡的情绪高峰即将到来，导演比较满意，随即向乐队一挥手，喇叭里的哀乐按部就班地轰然加强，鼓号之声大作，形成新一波冲击，于是满世界的沉痛都砸了过来，满世界的悲怆都压了过来，在场人都被打入了天昏地暗的痛感。

该芹姑娘出场了。她走到灵堂前，看着棺材里那个浓妆艳抹的大耳朵娃娃，出人意料地跪了下去，重重三叩头。她揪住了胸口，但没有哭；撩起了手帕，在空中划了一道弧线，还是没有哭。最后，她用手帕捂住了嘴，一头向夜色撞过去，大家以为她会哭了，结果还是没有动静。

她好容易挤出一声长号，好像是一句歌唱，大家都感到陌生的唱词，不是"三杯酒"或者"七拜爹"那些套路，而且声音又直又干，而且沙哑，大家一听都觉得不对味，与她平日的婉转浩荡大不一样。她的眼窝子干枯，没有泪的迹象。只是全身在哆嗦，不知是怎么回事。她的双手无法自制地抖动，连一个话筒也接不住，两手使劲地互相搓揉、互相掐，直到掐破了皮，流出了血。

"你的手怎么像是一只死人的手，这么冷呵？"一位同事走上前去大为惊疑。

"我好冷。"

"我给你加一件衣。"

"我哭不出来……"

"那就唱吧。大家都等着你哩。"

"也唱不了……我喘不上……气来了。"

"你一定是病了，今天不要上了。"同事转过头对导演说，"芹姐病了，换人吧，换人吧。"

"怎么搞的？"导演皱皱眉头，叫另一个女演员顶上去，随手塞给对方一张纸，是备忘的哭词。

芹姐退下场来，躲入了厚厚的棉大衣，由一位同事搀扶，退到大灯照不到的偏僻角落。她今天太让人们失望，也让自己沮丧和惊慌。从她一丝不乱的发型来看，从她一套黑色衣裙最为准确的剪裁来看，从她精心搭配的披肩、耳环、手链以及丝巾来看，她今天一心冷艳逼人，来一次最隆重最激情的出场，以万籁俱寂时的一道惊弦，让所有人都在惊弦之下崩溃和消融。但她眼下一只手缠着纱布，搂着个临时借来的热水袋，大概刚喝了两口酒，喷出了混浊的酒气。她的指头还在不断敲击膝头，没法停下来，像拍发一个长长的电报。

事后，一个头戴白孝布的妇人来给演员们发红包，看了她一眼，把这个电报员跳过去了，红包发给了她身边的人。

再过二十年，我们来相会，

伟大的祖国，该有多么美，

天也新，地也新，春光更明媚……

　　到点了，导演安排结束音乐，一般来说，还是安排较为欢快豪迈的那种，以便人们收哭，从丧礼的悲痛中走出来。亲属和吊客们果然止泪，甚至有了说笑。一些人支起了桌子，准备打麻将扯扑克守夜。另一些人走出老宜家的院子，跨上了摩托，上了拖拉机或者汽车，一时车灯纷纷打开，发动机纷纷震响，浓浓的尾气味道中，他们准备驶入以后忙碌的日子。最后一轮鞭炮开始炸响。

　　临上车以前，芹姐拿出一个 Y 形音叉，据说是死者遗物，烦请人们拿去随死者一同入葬。她还拿到一纸药方——医生是吊客之一，县城里的一位老大夫，曾给剧团里的很多人看过病。他摸了摸她的脉，望了望她的舌，说她没有什么大病，可能只是一种职业现象。原因嘛，很简单，假哭太多以后，真哭就很难了。

　　这种病对身体倒没有多大危害，用不着太担心，休息一阵就会好的。大夫只给她开了点维生素和安神丸之类的药。

　　她呆呆地收下了药方，"不会毒死我吧？"

　　一个同事推推她："你怎么说话的？"

　　她眨眨眼："我说什么了？"

　　"人家好心给你看病开方，你狗咬吕洞宾呵？"

　　"哦，该死该死，我总是乱说。我的意思，我本来的意思，是说我快死了，什么药也救不了的。"

　　她意识到自己再一次胡言，说出如此不吉利的咒语。但她已经说完了，说完了就怎么也吞不回去了。她看看周围的同事，不知道该怎么办，只是拍了拍自己的脑袋，傻傻地笑起来。

2004 年 5 月

# 赶马的老三*

## 找个四类分子来

老三出任村头，怎么看怎么不像，起码不那么知识化，比方既不会用电脑也不懂 OK 的意思。他黑头黑脑，毛头毛脑，一只裤脚长而另一只裤脚短，还经常在路边呆呆地犯晕，比如盯着一只蚂蚁、一根瓜藤、一个机修师傅拆散的拖拉机零件，一盯就是大半天，直到旁人一再大叫，他才"哦"一声，像从梦中醒过来。

"老三，你的手机响了。"

"天要下雨吗？"

他又经常这样答非所问。

虽说也外出打过工，但他没学回太多文明，只学回了几句牛屎样的普通话。有一次在城里进小饭店，他开口就找女店主要"妇女"，见对方

---

* 最初发表于 2009 年《人民文学》杂志，2010 年《人民文学》杂志年度优秀作品奖，2011 年获首届萧红文学奖，有英文、西班牙文译本境外出版。

063

先是愕然，接着啐一声"下流"，便满脸的困惑不解："我吃饭的时候就是喜欢妇女啊。我又不是不给钱。你这个人真是！"

其实他要的不是妇女而是"腐乳"，即村里人说的毛乳或霉豆腐，只因口齿不清，才让女店主万分紧张，差一点跳起来操刀抗暴。

当上村头以后，老三的一张大嘴还是常出乱子。特别是在乡上开会，任乡长说要建设"小康社会"，他没听头也没听尾就插上一嘴："小糠社会有什么好？我看还是不如大米社会，更不如猪肉社会。社会主义搞了这么多年，怎么还要吃糠呢？"任乡长提到"唯心主义"，他不知道什么意思，居然兴冲冲发表感言："对对对，任乡长说的就是好。做人就是要凭良心，一个齐心要在胸口里端端正正地放好，严严实实地守住，不能被狗吃了。我这个人几十年来没有别的本事，就是喜欢唯心主义。"

乡长受不了这种胡言乱语，更讨厌老三造谣——当时是小组讨论，老三愤愤声讨县林业局一个刚刚案发的贪官："王眼镜要吃就多吃点，要喝就多喝点，拿那么多钱干什么？邓小平说的嘛，男人有钱就变坏，女子变坏就有钱……"

乡长敲敲桌子："何大万，何老三，小平同志什么时候讲过这话？哪本书上有？哪张报纸上有？"

老三注意到乡长的脸色，手对门外指了指，把责任推给门外一片青山。

"你亲耳听见了？"

"我们村的国少爷，给我发短讯……"

"国少爷？就是那个偷牌照的？什么人放屁你都信？"

"你的意思，是邓小平他没有……"

"你呀你……"

乡长觉得村干部的文化素质太成问题，只好再一次耐心宣讲，让大家知道"一忠二孝"这类口白都得改改了，更重要的是："小康"不是"小糠"，"唯心"其实是黑心和闹心，邓小平更不会说什么男人和女人——他老人家连国内外大事都管不过来，还会来编这种无聊的三句半？

会后，他还把满头大汗的老三留下来，找了几本理论学习资料，比较通俗易懂的那种，让他带回家去好好读一读。又忍不住把改革形势和干部职责说了一通，把信息与流言的区别说了一通，恨不能把对方那个猪头割下来，狠狠灌上一些科学与文化，再装回他肩膀上去。"你读不读诗？"他不知道想起了什么，还随口问一句。

老三听后抹了一下嘴巴，啧啧感叹："看不出，你年纪比我轻了一轮，原来还是个四类分子。"

"你说什么？"

"我是说你好学问，装一肚子文章，了不得，了不得。"

"学问就学问，怎么扯上四类分子？"

"徐矮子就是四类分子啊，最会写对联、办书函、看风水、讲古书，没有什么字不认识的。"老三再一次兴冲冲。

乡长事后才知道，对方是指村里一个老地主，以前的阶级敌人，划入"四类分子"的那种，但那人中过秀才教过私塾，开口之乎者也，让你不得不服。

"你怎么不夸我是陈水扁呢？怎么不夸我是恐怖主义呢？"乡长没好气地大吼一声，摔门走了。

老三挠挠脑袋，明白自己再一次祸从口出。他不大明白的是，"四类分子"大多是以前的有钱人，读过书的人，难道读书有什么不好？这不是眼下最时兴的事吗？徐矮子早已不吃田租了，已死去多年了，他那顶帽子莫非还是不怎么干净？……要是在村里，他一看到报纸上难懂的语句，看到牌匾或碑刻上的繁体字，头昏眼花之际，总是习惯性地大喊一声："找个四类分子来！"

意思是找个有文化的老先生来。

看来新时代的很多东西，确实需要他认真学习了。光知道蛇如何偷蛋，鸟如何偷蜜，木匠如何凿榫，铁匠如何打链，是远远不够了。光是看看电视农业频道里的新技术也远远不够了。生活真是山外有山和天外有天啊。

这以后，他在村里是条龙，到乡上是一条虫，严防自己的嘴，在没有把握的情况下尽量不说话，以一种万能的笑脸广结善缘，算是礼多人不怪。如果有可能，他能不见官就不见官，一听到乡上通知开会就装耳聋，或是冲着手机连声喂喂喂，似乎手机没电了，或者信号不好。一见乡干部上门来，他就从后门溜出去，紧急上山砍柴或下河放钓，躲避各种危险情况。实在躲不过，被人家堵在路上了，他就往太阳穴贴两块黑膏药，再在鼻梁上拔出一道红红的痧痕，到时候响亮地咳上两声，咳出吐清水的样子，然后笼起袖子坐在墙角，双目无神，唉声叹气，气若游丝，要多可怜就有多可怜。

任乡长觉得他的病态十分可疑："老三，你怎么开会就病？要不要我给你挂急诊、请医生？恐怕是思想病吧？"

"鼻炎……"老三笑一笑。

"争扶贫款的时候，你的鼻炎到哪里去了？找我要茶园的时候，你的鼻炎到哪里去了？那时候你惊天动地，张牙舞爪打得鬼死，大嘴巴吞得下一头牛。现在要你们做点贡献，你不是鼻炎就是牙痛，不是血压高就是牛皮癣，连电话都不接。"

"对不起，手机坏了……"老三又笑一笑。

"想搞独立吧？台湾的民进党挂绿旗啊？"

"我哪敢挂绿旗呢？嘿嘿，乡长你有的是导弹，今天丢三个，明天甩五个，不早把我炸一个粉身碎骨？"

"你晓得就好。"

财政所所长在一旁接过话头："你说说吧，这一次，你们村能集资多少？"他是指乡政府开发旅游的集资任务摊派。

老三望望自己身后。

"你不要望后面，就是说你呢。"

老三又看看左右两边。

"你不要看旁边，就是说你们村，你们小湾村。"

老三指指自己的鼻子。

"对，说你们村。听明白了吧？要开发旅游就得修路，要修路就得集资。这个道理同你们说过一百遍了。这是为了大家好。其实我们并不想收这个钱，但应该收。"

"你们不想收？"

"你说什么？"

"你刚才说，你们不想收钱，是应该收钱？"

"对啊，应该收钱。"

"这就怪了。昨天说你们要收钱，今天又推给了什么应该。应该在哪里？怎么我没有看见他？"

台下发出一片哧哧的笑声。

财政所所长差一点气歪了嘴。"你长着什么耳朵？你不明白'应该'的意思？'应该'不是一个人。'应该收钱'这句话的意思就是……"他也不知道该如何才能解说清楚。

老三仍然满脸的无辜和认真："既然不是人，那他来收什么钱？收肚子、收肠子、收骨头啊？大家的几个血汗钱，凭什么要给这个家伙？"

台下的笑声更为浩大了。乡长敲敲桌子："何大万同志，这是开干部会。你有意见就提，不要装疯卖傻。你未必连'应该'这个词的意思都不明白？"

老三继续谦虚："乡长，你是大学生。但我是个农夫子啊，读的几句书都还给老师了。不过的但是……"他一激动就情不自禁地多用虚词和滥用虚词，大概是想加强自己的文化。"我还是一心多学习，争取提高觉悟。我刚才不正在请教所长吗？我问谁收钱。他说是'应该'。这话你们都听到了吧？所以的因此，我非常想同这位应同志会个面，谈一谈，交个朋友。这有什么错呢？既然的而且，如果的可能，乡领导都说不想收钱，那么凭什么这家伙比乡领导还大？常言说得好：有理走遍天下，无理寸步难行。他姓应的有什么话不能当面说？这位所长又说，'应该'不是一个人。那就更怪了。他不是个人，未必是只狗？是堵墙？是个变形金刚？是个激光化学原子弹？……"

会场上已经笑得东倒西歪，笑出了仿鸡、仿鸭、仿蛤蟆的音响，笑出了电击、蛇咬、冠心病发作之下的动作。但老三还是文绉绉地申诉下去，时而京腔时而土语，时而虚词时而科技，只是口齿呼噜呼噜的一锅粥，不大容易听清楚。

这已经是第三次集资动员无果而终。前两次是另外几个村官叫苦，这一次是何老三搅局，而且搅得很恶劣，让财政所所长大为冒火。"你还说老三没文化，我看他一肚子坏水，是个最大的刺儿头，非拔了不可！"他事后对任乡长抱怨。

乡长也觉得老三说傻就傻、说刁就刁，不是一只善鸟，也早有换马之意。他亲自下村了解情况，但访过来问过去，发现可以取而代之的人选并不很多。原因是年轻人大多进城打工，高学历者有的当砖厂老板，有的跑钢材生意，赚了个盆满钵满，连老婆孩子都接进了城，哪还愿意回到村里领这个一百八——穷困村的干部补贴就这么一耳勺。有个叫国华的复员军人倒是主动请缨，而且能写会算，见多识广，玩得了电脑上网，说得出 CPI 和 PPI。不过此人刚偷过乡政府一台小面包车的牌照，转眼就笑嘻嘻地伸手要官，真不知道世上还有"羞耻"二字！

这样，乡长只好把换马之事暂时压了下来。


# 几代鸡由几代人赔


伸手要官的国华，外号国少爷，个头很高大，眉眼还漂亮，自认为一直壮志未酬，对农事怎么也看不入眼。他遇到热天就说太阳烤死人，不能做事；遇到寒天就说冷风吹坏人，也不能做事。早晨露水太重，当然做不得事；傍晚蚊子太多，肯定更做不得事。反正算下来有八个不能做、九个不可做、十个做不得，家里的扁担和锄头几乎与他无缘，用他爹的话来说："这个小杂种懒得屙蛆。"

老爹怕他真的厨蛆，曾把他送去部队锻炼，没想到他有一次诈称奶奶死了，骗了连长三千块钱，去广州找朋友玩了几天，挨了部队一次处分。复员后在省城混了些时日，有一次又诈称自己遇上车祸，骗了妹妹两千块钱，其实是打了麻将和洗了桑拿。到最后，他打电话回家，说总算遇到贵人搭救，他朋友是银行的科长，招他押送运钞车，还配了一支枪——他为此得送科长太太一条金项链，不还这个礼是不行的。老爹不知这有关银行的大事该怎么办，请同村的何老三接电话。

老三在电话里问："真给你配了枪？"

"那还有假？"

"长枪还是短枪？"

"短枪。我当队长的，哪用什么长枪？"

"木枪还是竹枪？"

对方这就不说话了，后来也再不说金项链了。

国少爷回到村里，对老三这个堂叔很不满意，烟都不给对方敬一根："你就是把我看瘪了。这不，害得我保安队长也当不成。"

老三笑了笑："我倒是想把你看圆，但你得先把你娘的耳环还了，再把她的锅盖补上一个。"

"哼，等我以后当了百万富翁，你莫找我借钱。"

"到那一天，我就头戴尿桶去看戏。"

少爷哼了一声，扭头走了。这以后，他除了热心打野猪和抓鱼，还是不大务正业，三天两头就偷鸡、偷羊、偷瓜菜、偷汽车牌照——要不是老三去乡上求情作保，这一次案发差点让他蹲完派出所还要蹲县局。但国少爷属猪，命好，福气大，两个心软的妹妹在外面打工，总是给哥哥的卡上划一点钱，于是少爷不但有钱打麻将，还有钱玩电脑和养小狗——他牵着一条奇怪的白色长毛犬在村里游走时，经常夸耀："我这条狗只吃白糖拌鸡蛋，其他都不吃。"见旁人不怎么关切，又说："它根本不吃饭，它连肉都不吃，嗅都懒得嗅一下。"直到说得大家都奇怪了，再大张旗鼓推介："维西都，正宗的英国维西都，没听说过吧？它爹妈那都是听音乐、喝咖啡长大的，到了冬天还要穿鞋子、穿毛衣、睡鸭绒被窝。"

村民们都听得大惊失色。

少爷对国外情况知道得多，这个东洋，那个西洋，天下大事像是他脑子里的一册书，无论什么时候翻出来，一清二楚头头是道，足以吸引一些后生。这一天，他正在家门口同两个后生闲吹，从韩国美女说到美国导弹，再说到全国股市的全面翻红，忽听维西都大吠，顺着狗眼看去，见大路上一个陌生人急停摩托。车轮下有一只小鸡崽，已经奄奄一息。

少爷精神大振，起身迎了上去，"兄弟，你今天发财啊？"

"这是你家的鸡？对不起，对不起。"对方看了他一眼，"我认赔，你开个价。"

"我怎么好开价？你自己看着办吧。"

对方赶紧掏出一张钞票给他。

"你家的票子真是大。"少爷捏了捏钞票，吹一声口哨，"知道这是什么鸡吗？知道它从哪里来吗？知道它爹叫什么名、娘是什么号吗？知道它过了多少山、过了多少河吗？知道它的时代背景、科学含量、学术价值以及神圣使命吗？……"

对方已经傻了一半。

国少爷是这样算的：良种母鸡，祖籍澳大利亚，国际高科技产品，眼下虽小，但吃得多，长得快，下蛋足。长大以后能下多少鸡蛋呢？少说也是两百。那么两百个蛋能变多少鸡呢？少说也有一百六七。那么的那么，每只鸡崽长大以后又能下……同你说实话吧，这只鸡就是国华同志脱贫致富奔小康的希望。看在初交的情分上，打个折扣，直接损失加间接损失就是五百吧。这个价说到哪里不是菩萨价？

陌生人脸色变白，转而变黑，龇几颗板牙大叫："你抢钱啊？把我当冤大头啊？你为何不说你的鸡是下金蛋拉银屎的呢？……"

看他挂一副眼镜，戴一顶遮阳帽，背两根新款钓鱼竿，大概是教师或小老板什么的，进山来钓鱼的。但此刻他已被几个山里人牢牢地钓住了，喊天不应、叫地不灵。三个后生团团围住他，扯得他衣襟斜、领口歪的，差一点就拿工具来敲他的车轮和后视镜。叫声引来了更多的村民，老三也夹在其中探了探头，发现形势显然对外来人不利。有些村民不是不知道国少爷刁，但眼红那些来来去去的钓鱼者衣着光鲜，吃饱了没事干，还喝什么"营养快线"，又痛恨他们把烟盒子、饭盒子、饮料瓶子丢得水库岸边到处都是，便故意跟着起哄。

眼看着外来人差一点要哭了，老三这才咳一声，表示他有话要说。众人也都安静下来，给村头让出发言席。

"依我说，一只鸡嘛，确实是不一般的鸡，了不起的鸡，赔一万块也不算多。"老三首先抹了把脸。

在场人都愣住了，似乎不相信自己的耳朵，连国少爷也惊喜万分地眨巴着眼睛。

"不过的但是，赔一块钱，也不算少。"

几乎所有人都愣上加愣。刚才明明是说一万，怎么突然就少了个万字？这一个筋斗也翻得太远了吧？

国少爷尤其着急："三叔你这是什么话？"

老三对侄儿笑了笑："你想啊，他赔你一块钱，你拿去买彩票，中了一百万，不就等于他赔了你一百万？你未必还打算退他九十九万九千九百九十九？"

"你……你怎么保证我能中头彩？"少爷口舌不大利索了。

"那你怎么保证这只鸡不发瘟？"

"我……我家的鸡……从不发瘟。"

"不会被黄野狗吃？"

"告诉你，我天天扛杆铁铳守着，专打黄野狗，专打老鹰！"

"好，要是你国少爷吃得了这个亏，守住了黄野狗和老鹰。那这五百块钱就赔得合情合理，赔得没话说。这样吧，五百块。你来签个协议：他赔你五块；他儿子赔你儿子五十块；他孙子赔你孙子四百……是好多，你等我算一算。"

"慢点，慢点，我要现钱，一次性付款，与儿孙有什么关系？"

"怎么没关系呢？"老三瞪大眼，"你刚才算了鸡生蛋，又算了蛋生鸡，一算就好几代啊。好几代的鸡，由好几代的人来赔。这个道理没错吧？未必你不是这样算的？那你是要减一代，还是要减两代？"

外来人不懂本地土语，也没跟上老三的严密逻辑，还是一脸困惑。但旁观者们已经笑起来了，笑得前仰后翻，五官一次次发生重组。国少爷脸上红一块白一块，嘴皮跳了两下，像要说什么，终究没说出来，最后一脚踢飞了小死鸡，牵着维西都走了。"老子今天一脚踩了牛屎……"他的悲号和怒吼远远传来。

外来人见他背影远去，终于恍然大悟，一把捉住老三的手："大哥，谢谢你，太谢谢你啦！来，抽烟，你抽烟。"

老三其实不想接这支烟，甚至后悔自己今天又多管了一件闲事。像他自己说过的，斗老不斗小，斗小有仇报呢。自己已年近半百，眼看着离天远、离地近，前面的日子不会太多。要是把村里的后生都得罪光，自己到了闭眼的那一天靠哪些人抬上山？难道从棺材里钻出来自己爬上去？哎呀，想不得，想不得……他抽了自己一嘴巴，再一次不明白这张嘴为何说着说着就自行其是。

他重重叹了口气，走了，让感恩者一直莫名其妙。


## 一个人十分钟轮着咒


国少爷经常借钱的对象是戴庆生，外号庆呆子。在这个小湾村，田少山多，林产品又缺乏深加工，庆呆子开的一个锯木场就算是罕见的企业，一台大卡车也算是村里最耀眼的固定资产了。照理说，庆呆子占了这两个头彩，再加上两个身强力壮的儿子，一家人的日子过得超殷实，连鸡鸭的叫声都气足韵长。

但庆呆子也有烦恼。他婆娘茉莉成天一个野人样，坐无坐相，站无站形，已经是做奶奶的人了，还经常不做饭、不烧茶、不带孙子，更不喂鸡养猪，一出去就是头上插两朵野花，大半天不见影子。儿子收工回来发现家里空锅冷灶，一次次到处找娘，发现她不是在张家看杀猪，就是在李家看裁衣，更多的时候是去了学校电教室，一边嗑瓜子一边看国少爷教娃娃们玩电子游戏。"娘哎，你当神仙不打紧，我们要吃饭啊。"儿子们总是这样说。

"饭有什么好吃？天天都吃的东西。"茉莉很不情愿地跟着儿子回家。

茉莉看多了电视和电子游戏，走路时也经常哼哼唱唱，与树影或山影展开互动，有时是打拳的动作，有时是打枪的动作，有时更像洗澡或招魂，让外人十分疑惑，还得了一个绰号："莉哈性"——就是莉疯子的意思。村里人都知道，她的疯其实是多功能。比如有人来借钱，明明只借六角，她掏出一块就一块，硬要疯疯地塞给人家。比如有人在晒谷或种菜，并没叫她帮忙，她也操起家伙前去疯疯地干上一阵。她不怎么搓麻将，但经常喊这个、喊那个，喊得惊天动地，逼着女人们去牌桌边快活。有一次差不多都半夜了，她带着人串了好几家，最后到老三家捶门打户，硬把主家夫妇从床上揪起来，凑成一桌搓麻将，自己站在一旁观战，然后去灶房里烧茶水和炒豆子，只是一不留神钻到床上睡着了，发出呼呼的鼾声。

村里几乎没有哪家的床她没有睡过，而且一睡就怎么也喊不醒，撒手叉脚，歪七倒八，睡出了对角线或横切线，霸占了辽阔的床位，害得主家无论老少和男女，到后来扛不住哈欠，只能小心翼翼地钻缝隙。更重要的，每次这样睡过以后，这位四海为家的婆娘身上常有陌生的袜子或毛背心，自己的镯子或手电筒却不知去了哪里。

庆呆子只得一次次去商店买手电筒，被店主取笑："庆呆子，你们家把手电筒当饭吃啊？"

庆呆子苦着脸嘿嘿一下。

有时还冲着杂货店评点时局："新社会好是好，就是解放妇女过了头啊。"

他在婆娘面前从来不敢高声。比方说这一天，他只是多了句嘴，说菜里放多了盐，就引起莉疯子柳眉倒竖，不但夺了老公的饭碗，还不准老公的两个连襟吃下去，说既然嫌饭菜不好，你们就去上馆子，快走快走。可村里哪有什么馆子？再说这一天请来客人帮工，就是要建两间偏房。重要时刻误了工，还不是自家吃亏？

大儿子见父母吵闹不休，气得直指父亲的鼻尖："爹哎，你如何找了这么个疯子婆？真是搞得我好没面子。你当年好歹也是初中毕业，还混了个生产队长，七不找，八不找，偏偏找来一个老虎凳。你没本事，就去倒插门。再不行，就去当和尚啊。"

二儿子去给外公打电话："外公，外公，求你做点好事，赶快把你的疯子女搞回去。你要是少了米，我给你送点米来。你要是少了油，我给你送点油来。你莫让你的疯子女在这里横闹，吵得我们连饭都吃不成了。"

两个儿子对父母的婚姻都愤愤不已。

庆呆子送走了两个连襟，又接受了岳父在电话里的歉意，还是觉得郁闷，忍不住去找高人讨主意。一个漆匠，一个酒坊老板，一个小学教师，都是他小学同学，又都是同姓远亲，听了这事都愤愤不平，决心为他讨回公道，于是结成一伙前来谈判。国少爷找庆呆子多次借钱，欠下了人情，也自告奋勇前来帮一把。哪知道他们一行人刚进地坪，就听到莉疯子开骂："哪来这么多是非人，想到我家来开斗争会？有屁快放！"

她一手叉腰，又出一个茶壶姿态，雌威凛凛封住大门，吓得来人全体愕然竟不知该如何谈起。

好半天，国少爷才鼓起勇气："茉莉嫂，不是要开斗争会。你老公这么会赚钱，要放到城里，恐怕二奶、三奶、四奶都有了，你可不要身在福中不知福……"

"放屁，你们都想当种猪哇？"

"我庆叔每天都是起早贪黑，有哪点对不起你？他哪有福气当种猪？当奴隶也只是个非洲奴隶。"

"我前世被他欺了，今世要还报！"

"现在新官不理旧账，还管什么前世呢？"

"我骂我自己的老公，碍了你哪根肠子哪块肺？他成天同狐朋狗友鬼混，不骂还能成人？我岂止骂，还要打。"

国少爷急红了脸："你这是什么话？我们怎么都成了狐朋狗友？你不是心理变态吧？不是更年期综合征吧？开口就是语言暴力，坏了江湖风气。来来来，我们今天还非得同你PK一场不可……"

国少爷真是帮倒忙，扯出什么PK，什么更年期，什么语言暴力，时髦倒是时髦，但根本不解决问题，还让莉疯子觉得特别戳耳。她杏眼圆睁，一拍大腿，操起大扫把扫鸡粪，扫得说客们在粪雨之下招架不住抱头鼠窜。走在最后的国少爷慢了一步，屁股上挨一扫把，蛤蟆镜也掉了。疯子见对方捡眼镜的狼狈样，愣了一下，捂嘴哈哈大笑起来。

邻居们面对这种大笑，没一个不摇头叹气的。大家又说起庆呆子他爹，当年不知为什么事冒火，给过儿媳一耳光，立刻被儿媳还了一耳光——这种忤逆之人可以上房揭瓦、下地刨根，你十个国少爷捆在一起恐怕也不是她的对手。还PK？你咳屁（KP）吧！

第二天上午，在国少爷家躲过一宿的庆呆子，惦记着家里的鸡和猪，更惦记未完工的两间偏房，硬着头皮去看一眼，没想到一进家门就难逃严惩。按莉疯子的说法，这家伙居然带人来家里开斗争会，是不是还想开宣判会？是不是还要开追悼会？吃里爬外的货，狼心狗肺的贼，连自己婆娘的更年期也广告四方，不剥一层皮他还真不知道痒了。于是两人又揪头发又掐脸，又抢拳头又抄扁担，闹得家里桌倒椅翻鸡飞狗跳。

待国少爷叫老三前来平乱，庆呆子已气喘吁吁夺路上山了，蹿得比狗还快。莉疯子则披头散发咬牙切齿在后面一路狂追。"我崽呀我崽呀——"这似乎是她最严厉的咒语。

"哪个敢拦我，我的砖头不认人！"她用手里半块砖指着老三，似乎看出了对方的来意。

老三吓得退了两步："我拦你做什么？我是来帮你的。"

"不要你帮，一边去！"

"你一个人打得下来？"

"你看吧，老娘要砸碎他的狗头！"

"你要砸，就好好地砸，莫砸个半死不活，害得大家来抬担架，送医院，端汤送水，跟着你们吃亏啊。"

莉疯子无心开玩笑，脚一跺，冲着山上大喊一声："你有种的站住——"

"我看你根本没下决心。"老三搂起一个大石块给她，"来，给你换个大的，一下就砸到位，砸他一个满园开花万紫千红！"

莉疯子正在豪气冲天的状态，不能不表现决心，不能不升级自己的恶毒，也就不得不丢了砖头，接过沉沉的大石块。但她毕竟是个妇人，搂着大石块，立刻弯了腰，追赶速度明显放慢，跌跌撞撞好一阵以后，眼看着离前面的小黑影越来越远。

老三在她身后大叫："快追呀，你没吃饭吧？你裹了小脚啊？怎么放他跑了呢？快点快点，我抄小路到前面堵住他……"

其实是抄小路上山挖笋子去了。这一天，老三在山上挖了几棵笋，查看了几处杉林的生长情况，与雇来的挖土机师傅算了算土方，又在好几家喝了茶。当然一路上也接了不少电话。先是庆呆子要求报警，老三的回答是："亏你胯裆里还有四两肉！哪有老公挨打要报警的？你不丢人，我都嫌丢人了！小湾村的男人，以后出去还讲得起话？不用裤子罩脑袋还出得了门？"接着是莉疯子强烈要求离婚，老三的回答是："离什么婚？两根老黄瓜藤还想移栽？我看移也移不活，你打死他算了……没打死吗？那好，我明天再来帮你打。"最后还有当事人各方亲戚前来威胁或声讨，诉苦或央求，乱成一团。娘家派与婆家派势同水火，都护着自己的人。不过这也好办，老三见人讲话，见鬼打卦，不是摸顺毛，就是没正经，反正胡言乱语一通，说了些什么自己也不大知道。

他对所有人几乎都许诺明天，说明天一定来严肃处理这件事。但明天还有明天，明天的明天还有明天。老三去城里买电线了，去岳父家帮工了，去王家河放鞭炮吊丧了……每件事都理由充分无可指摘，一连好几天没露面。直到锯木场的电锯声再次响起，庆呆子家的炊烟按时升起，莉疯子甚至重新有说有笑出现在村口了，他这一天才大大地"啊"了一声，拍拍自己的脑袋，像记起了什么。

他放下手中的尿桶，隆重地穿上皮鞋，戴上手表，带着不常用的笔和本子，重重地咳两声，代表村委会去升堂办案。他来到锯木场这一家，进门后东张西望，先检查电视机、电冰箱以及电饭锅，指派莉疯子的两个儿子分头把守。

有人问："你这是什么意思？"

老三说："两公婆吵架，不摔东西有什么味儿？等一下好戏开场，你们只守住这几样，其他东西随他们摔，千万不要拦！"

对方问："那被子、枕头就往他们手里送吧？"

老三点点头："你这个娃，聪明！"

大家都笑了起来。

他又指派另一个后生："你去窑场里搬几个烂瓦罐来，去何漆匠家里找几个油漆桶来，那些家伙摔得又响又不值钱。"

笑声更多了，连莉疯子也翻了个白眼，一副忍笑的样子。

老三在正堂居中坐下，两边各设一张椅子，让纠纷双方相对而坐。应他的要求，一壶茶水和两只杯子也由邻居备好，拿来摆在屋中央。待一切停当，全场肃静，老三看看手表，表示时辰已到，郑重地开始发话："今天祖宗在上，领导在位，乡亲在场。鉴于戴庆生与刘茉莉俩同志经常相骂，今天就请你们好好地骂，过足这个瘾。一个人骂十分钟，轮着来。好不好？这不，茶水都给你们备好了。你们口舌干了就暂停，喝足茶水以后再接着来。现在——计时开始！"

这场阵仗前所未见，镇得纠纷双方有点不自在。时间一秒秒地过去，他们或是摸鼻子，或是扯衣角，都说不出话。

"开始啊。"老三瞪大眼，又朝观众挥挥手，"你们都支起耳朵好好听。哪个想学骂人，今天就是机会。"

说得双方更不自在，特别是庆呆子连汗都出来了。

"是不是要找面鼓来，找面锣来，配上锣鼓有味儿一些？"

莉疯子红了脸，指了指众人，又指了指茶壶："他三叔，你看你这是……你这不是耍猴戏吗？"

"你以为你们平时不是耍猴戏？是放电影？是扭秧歌？"

大家又笑了，莉疯子不知是与哪位婶子的目光相遇，想做个鬼脸，忍不住鬼脸也成了偷笑。

"严肃点！"老三瞪她一眼。

她再翻一个白眼。

老三再一次看手表："你们都不讲，那就我来讲一句？"

好，你讲，你讲。

"真的要我讲？"

当然，当然。呆子与疯子都鸡啄米一样点头。

"请你们咒，你们不咒，老鼠肉上不得席啊？以后谁也不能咒。知道吗？再咒，我就不烧茶水了，只会挑一担大粪来灌嘴巴！"

他把笔记本合上，站起来一举手："散会！"

村民们意犹未尽，似乎不大想离去。不知是谁带头鼓掌，屋内外终于响起一片掌声，吓得茉莉伸伸舌头，三脚两步往人后钻。来自婆家派或娘家派的几个助攻手，本来准备大干一场，见此情景也就兴致索然，无精打采，各自散去了。

据说锯木场这一家以后还真是平静了些，莉疯子即使有高腔，但也稀薄了好多，至少不再抢砖头追上山，不再闹着要离婚。用老三的话来说：要她打吧，她打不出个结果；要她骂吧，她骂不出个样子——还好意思来找我？


## 阎王的加油站在哪里


几年前，老三在路边撒过一泡尿，撒完才发现前面有一土地公公，就是杂草掩盖的几块砖瓦和几根残香。他本应该说一句"大人不计小人过"之类，或许就没事了。但他那天头顶烈日热昏了头，加上在生姜老板那里亏了钱，便在公公面前耍狗脾气："嘿，你未必还真能咬我鸡巴？"说完扬长而去。

不料几天之后，他的阴处开始生疔，痛得他满头大汗，呼天喊地好几天，连撞墙的心都有了。

自那次以后，老三的世界观发生变化，有点相信八字、风水以及报应，对非同一般的巨石和老树都比较恭敬。他当然也相信科学，比如相信抽水机、钻孔机、推土机、挖土机以及电视台农业频道，甚至对相关高人特别崇拜，侍候得很殷勤，但村里改建土地庙的时候，他还是偷偷捐了一份钱，不觉得这与机器时代有什么抵触。没料到这事后来遭乡上查办。任乡长追究个别村干部带头"反对科学"和"复活迷信"，摘走了这个村的一面流动红旗，气得老三虚火上升，嘴巴肿了好几天，去医院打了三次吊针，还是一个猪嘴巴。当时要不是玉和爹劝住他，说争荣誉不是打架，不能斗狠和赌气，这个猪嘴巴差一点要拱到乡上去，在乡长的小面包车上砸几团牛粪。

但老三不论世界观怎么变，还是看不起皮道士。这皮道士有什么呢？蛇也吃，猫也吃，还把自家的老鼠烧了吃，算什么人呢？明明连道士都没当出个样，还结巴，又口臭，就凭着同县里什么王主任搞好了关系，居然拿回一张介绍信，接管了莲云庵，插手佛门事，这不是鸡崽进了鸭棚吗？再说庵不是寺，只能住尼姑的，阴气重的地方，一个汗毛森森、汗臭烘烘的汉子戳在那里，好比男人出入女厕所，是何道理？成何体统？小湾村这些年又是虫灾又是旱情，祸根子就是这家伙乱了阴阳吧？老三还有十足的理由怀疑庵里的那尊菩萨。他记得很清楚，看得很真切，当初庆呆子那里一根老梓树，一锯裁成了两截，上一截由皮道士拿去做了菩萨，下一截由庆呆子解成木板，垫了自家的茅厕。那好，问题就在这里：同一根木头，难道只灵这一头而不灵那一头？要是皮道士的菩萨灵，那床呆子的茅厕板子灵不灵呢？

莲云庵很小，也破败，没多少香火，闲着也是闲着，很长一段时间里没人管，现在有个人就近打理一下，当然不是什么坏事。退一万步，既然现在政府提倡男女同校，那寺庵不分也不是不可以通融。不过，皮道士占了这个码头以后，近来越活越神气，穿上一件皱巴巴黑油油的法袍，就以为自己不是挑粪的皮二结巴了，谈生说死，卜凶占吉，口水溅出几尺远，俨然一个博古通今之士。特别是自从任乡长的老娘来卜过一次儿子的前途，虽然乡长本人不一定知道，但皮道士从此就以半个国师自居，有一种官场红人的气焰，有一种干预党政大局的劲头，对谁都敢指指点点，动不动就夸口："我找任家老太说一声……"

村民们在庵前修路，他居然连茶水都不烧一壶来。村民们给庵里架电线，他连烟也不摆一包。不知从什么时候起，他收来一些旧啤酒瓶，装一点来路不明的水，就说那是圣水、仙露、太君玉液，卖到八十八块钱一瓶，优惠价也是五十八，赚得自己红光满面的，腰身肥了一圈。

人家不买，他就说："福祸由人，功罪自取，法眼在上，随意无妨。"

吓得信徒们还是只能买。

这一天，庵里出现治安事故。皮道士发现一只铜壶不见了，跑来找老三报案，说你们村干部得管管这事。老三怀疑是国少爷手脚痒，但一时没有证据，只是冷笑了一声："你的那个菩萨不管事啊？不是连乡长、县长的官帽子都能管吗？怎么连个小偷也管不住了？既不管事，天天坐在那里吃什么冤枉？"

"无上神君法力无边。可能是我前几天诵经的时候没漱口，才有这个报应，不不不不是什么别的原因。"道士一急就更为结巴。

"我不要你漱口，只要你去把供品搬到这里来，我就帮你抓偷壶贼。"

"罪过，罪过，贫道做不得这个主。"

"你那仙水价格一涨再涨，未必是无上神君做的主？"

"信众自愿的，贵一点嘛，恭敬呀……"

"那是，如今送礼走后门，红包也是越大越好。"

"差不多，差不多的意思……"

"二结巴，你好大的胆！"老三突然一拍桌子，"我要是你的圣祖，今天一雷把你劈死在茅坑里。你把圣祖当贪官啊？钱多多办事，钱少少办事，没钱不办事，那不就是林业局的王眼镜吗？"他是指最近案发丢官的一个知名人物。

皮道士羞得面红耳赤，夺路而去，再也不提铜壶的事。

莲云庵的圣水也从此不见了。不过，没过多久，皮道士又找到一个新的营生，与纸有点关系。这样说吧，送亡灵要烧冥宅，驱疫鬼要烧阴兵，祈神求仙要烧灵台，如此等等，都是纸制品，出自镇上一个扎匠，即皮道士的一个妹夫。大概是与时俱进，这位扎匠的产品越来越摩登，比方说阴兵不仅是纸旗、纸马、纸刀、纸枪，还有纸糊的飞机和坦克，打的是现代化战争，不怕他疫鬼不降。冥宅也不仅是纸院、纸楼、纸桌、纸椅，还有五彩纷呈的电视机、空调机、摩托车、小轿车一类——这种地府流行的好生活真是让人眼红，让人觉得生不如死，慢死不如快死，等死不如找死。

"这里最好还扎几个三陪小姐，穿皮短裙的，穿高跟鞋的。"国少爷还曾如此建议，只是被哈哈大笑的莉疯子猛踢了一脚。

"早晚要阉了你们这些货！"莉疯子又啐他一口。

皮道士没有国少爷那样轻薄，一般都能恪守纲常之礼，但也赚得盆盈钵满，在村里村外名气日盛。他的出场费越来越高，而且一台小号的"万福仙境"或者"千寿琼园"，相当于小户型低档楼盘，也起码开价三千，根本不还价。其他阴阳师来定日子或者选地方，与东家还是可以打商量的，定个不远的日子，选个较近的地方，就可以偷偷为东家减少成本。但皮道士说一不二，颇有客大欺店的味道。这一天，村里有个叫何子善的死了娘，皮道士明明知道这一家穷，但掐掐指头，打一个哈欠，竟把出殡的日子定在五天之后，吓得孝子差一点当场尿了裤子。这事也就算了，村里人帮上一把，好歹把这几天的花销撑下来。但皮道士的服务项目也太多，设坛招魂，打醮驱鬼，加上冥宅一台五千八。如此算下去，子善他老娘还怎么死？还怎么上山和入土？就算上了山入了土，身后一家人的日子还过不过？

老三前去吊香，放了一挂鞭炮，接受了孝子的跪谢，还有告知亡灵的一声惊天锣响。他注意到孝子家连张好椅子都没有，一只碗橱也只有三条腿，另一角由砖石垫着。热水瓶里倒出的是冷水。日历还是挂的前年的。柴灶上方该挂腊肉的地方只有几个空铁钩。他刚才带来的一桶白豆腐，看来很必要也很及时。

庆呆子在这里当提堂官，就是主持丧事的人，正指挥几个人打灶、杀猪以及搭棚子。他把老三拉到一边："不得了，不得了，十个锯木头的还不如一个裁纸的。"

老三知道对方在说什么。

对方又说："这号事乡政府又不管了？"

"他们说，现在还没有具体的条文。"

"怪事，每个月是他们领工资，又不是条文领工资，如何一办事就找条文？"

正在这时，皮道士指挥几个后生把琳琅满目的巨大冥宅抬入大门，引起一些娃娃的兴趣，似乎把冥宅当作了巨型积木。一个娃娃伸出手指："我坐这张椅子！"另一个娃娃伸出手指："我坐这张椅子！"又一个娃娃说："那张床是我的！"直到大人又来揪嘴巴又来打屁股，娃娃们才纷纷伸舌头，不再争先恐后地在冥宅里预定享受。

老三背着手，也挤在娃娃们中绕着地府幸福生活细细看了一圈："皮师傅，以后等我伸了脚，你也要给我烧一台，让我好好过一回瘾。"

"那没问题，我给你烧三宫六院十八房，一套中式的，一套洋式的。"对方兴冲冲地说，"再给你烧个办公室，你下去还是当干部。"

"你说当干部就当干部？"

"要是你多积点德，还可能提拔，到县里当个副局长也不是不行。"

老三观察得很仔细，"当干部至少得骑个摩托吧？"

"摩托车？到时候你肯定坐汽车。"

"我还想坐飞机呢。不过飞机也好，汽车也好，摩托也好，总得加油吧？你不烧一个加油站，到时候我扛着摩托走？"

"加油？……"

"你这里也没个变电站，这些电视机、电冰箱、空调机如何开动？"

"变……"

"你至少还得烧个银行，不然你这些信用卡往哪里刷？再说，阎王那里怕是没有百货商店，你这些冥府美元也好，冥府港币也好，都只能拿去糊壁头啊？"

"难怪，"庆呆子一拍大腿，也恍然大悟了，"皮道士，上次你在我家发了十万阴兵还是无功而返。当时我就想，有刀枪，没茶饭，阴兵怕是不肯卖命啊。"

国少爷更加见多识广："光有加油站也不行。加油站的油是从哪里来的？恐怕还得有运油车和炼油厂，还得有中石化和中海油吧……"

"你们真会开玩笑，真会……嘿嘿……"皮道士脸额上冒汗，看看手表，像有什么急事，拔腿就往屋后溜。

老三料定对方没什么急事，大步追赶过去，在屋后菜园里抓住皮道士："你是要种菜还是要摘菜？走错园子了吧？"

"三哥，三哥，你莫逼我……"

"我逼你什么了？我的摩托要加油，你指个地方就是。我又没有要你出油钱。"

"那也就是……就是……意思一下嘛。"对方苦着一张脸。

"你说清楚，到底是好大的意思？你没有加油站，没有变电站，让各位归天之灵如何意思？二结巴，我要是工商局，就要到阎王老子那里举报。这活人嘛，用点假货也就算了。死者为大，死者为尊，死鬼的事情还能咿呀咿吱呀？"

"哎呀呀，这些事是不能太……太认真的。"

"既然不认真，你为何要来？"

"东家请我来，我有什么办法？"对方一脸的无辜。

"这还算一句话。"

"你要吃饭，我不也要吃饭？"

"这也算得上一句话。"

老三点了点头。

这天晚上入殡，皮道士诵经时几次忘了词；颠着步子绕棺招魂时差一点摔倒；一揖三叩时多了一叩，被娃娃们数出来了；莲花步走得没有平时那样好看，更让观众们大失所望。有人在嘘声中朝他投了纸烟盒和塑料空水瓶，表达极大的不满。事后，虽然老三并不在场，道士也没敢开口说钱，接过提堂官手里的红包，是多少就认多少，夹着法袍匆匆而去。一柄法剑居然也遗落现场，被娃娃们抢着拿来玩耍。

老三其实在场，只是有点乏，坐在偏僻处听老人们唱夜歌。他觉得唱夜歌还是好，不像城里人只是鞠个躬、献枝花，丧事也太冷清了，让后人们没什么想头啊。


# 上门服务的合理收费


葬下老娘以后，何子善一园板栗挂了果，山上林木也进入间伐期，家境终于有所改善。放在前几年，他是村里著名的困难户，今天卖一根柱，明天卖一根梁，后天再卖一担瓦或一担砖，眼看把青砖祖屋拆卖一半，再这样下去，以后可能就得住山洞了。他平时出门，已提前有了山顶洞人的模样，一身破衣烂衫，手上扶一根棍子，头上缠一条毛巾，走在路上哎哟哟地呻吟，似乎生命已到尽头。

村里人见他可怜，每年年终都会给他评上一份补助。好心人还会把几根柴或几棵菜放在他时常经过的路口，让他拿回去。庆呆子锯木场里那一堆堆的杉树皮，也三天两头地免费给他。但也有人说，他卖了杉树皮，拿着钱去打牌，打牌的时候从不呻吟。回家时如果发现周围没有人，把棍子一扔，把头巾一扯，撸两把汗，咚咚咚走得比哪个都快——不知这种传说是否属实。

有一段时间里，他想发大财，跟着邻县一个什么人到处找文物、贩银圆、买彩票，还参加了什么耶稣教。家里的责任田里草比苗深，总是成了野鸡窝和野猪窝。村里用扶贫款给他买的三头小牛，也被他赶到山上以后撒手不管，结果三头牛几成野牛，在山上找不到水，渴坏了内脏，死掉一头，另外两头也一直不长肉，最后被他吃掉了一头、卖掉了一头。人们要是数落他，他就委屈地说："我一个眯子，眼睛里少了油，哪看得住牛呢？"

　　"你眼睛里没油，又看得清文物？"老三没好气地说。

　　善眯子在这种时候总是装耳聋。

　　老三知道善眯子的小肠子不少，但不忍心他真的成为山顶洞人，更觉得他一家老少几口是个事，有时候也就马虎一下，并不求个水落石出。有一次，派出所打电话来，说那个叫子善的借口贩文物，其实是伙同不法分子做庄，发行违法私彩，必须立即严加法办。老三在电话里连忙说，抓不得，抓不得的，他老娘动不动就发猪头疯，以前还上过吊、投过河、喝过农药，你们要是为这些事逼出人命，如何收得了场？这一吓，算是给派出所出了个难题，逼他们手下留情，只是把善眯子叫去训了一通。

　　又有一次，两个警察带一辆警车怒气冲冲下村，说有人举报善眯子偷树，这一次属于屡教不改，必须严查重办了——他老娘不是已经过世了吗？不是不能发猪头疯了吗？老三这一次拿不出劝阻理由，只好说："好好好，我换一双鞋就带你们去。"其实他借口换鞋，溜到屋后打了个电话，让村里一后生赶快开上推土机，把进山的路口给堵上。这样，等他们的警车开到那里，面对大铁疙瘩无可奈何，找不到推土机的司机，只好弃车步行。可怜两个警察平时爬山少，不一会儿就汗如雨下，东偏西倒，张开大嘴出气。手遮烈日朝前面望去，盗伐现场据说还在两个山头之上……我的天！事情到了这一步，不用老三开口，警察自己就找台阶下坡。"这样吧……"他们交代老三，"这一次人就算了，但你们村委会必须重罚，罚他一个倾家荡产！"

　　"你们不是要抓人吗？"老三佯装不解，"快快快，你们再这样蜗牛爬门槛，他贼骨子早就跑得没影啦。"

"我们，我们，我们还有更重要的案子……"一个警察差一点要哭了，忍不住上前敬烟，有讨好和求饶的味道。

老三其实不是隐恶护短，也不是不知道依法办事的重要，只是觉得抓人不是办法，尤其善眯子万万抓不得。这臭眯子的确惹人嫌，但好歹是家里唯一的劳动力，抓了以后怎么办？你官府是执法严格了，但他一大堆娘娘崽崽以后找谁去要吃要穿？家里总得有人挑水吧？总得有人打米吧？到头来，善眯子在牢里舒舒服服白吃饭，倒是全村人来帮着他养老又养少，这样的法律糊涂不糊涂？……更重要的，老三受不了那两个警察的没大没小。看上去比老三的女儿大不了几天的家伙，见面只有一声"喂"——哪个是"喂"？姓"喂"的在哪里？百家姓上有这样的姓吗？就凭着这一条，老三也必然恶向胆边生，不让他们尝尝推土机的厉害，不让他们在烈日下脱一层皮，恐怕是说不过去的。

这一年年底，老三叫挖土机师傅转一个方向，让一条新路改道经过善眯子的林地，以便这一家今后倒树出料时省些力资，多一点收益。清账决算时，老三在算盘上打到善眯子的三千元罚款，同村会计商量了一下，觉得还是减免五百为好，免得那一窝娃娃吃不上过年肉——他那个耶稣菩萨管天管地，怕是管不了菜锅里的油腥啊。

两人来到善眯子家退钱，不料对方大大方方接过票子，凑在鼻子前数了数，一个"谢"字也没有。

"错了吧？哪止这一些？"善眯子说。

会计眼光发直："减这五百，已经是很照顾你啦。"

"五百没错，但你们至少还差我……"善眯子用指头掐着数字。

"什么钱？"

"利息啊。"

"什么利息？"

"你们减免五百，就证明这五百本该是我的。对不对？我五百块钱借给你们大半年，为何没一点利息？"

"你……开钱庄放高利贷啊？"会计差一点晕了过去。

"就算没有利息，你们来一趟又一趟，同我结丝绊经，耽误我好多工。怎么说也得算我一点误工费吧？"

老三跳起来咬牙切齿："善眯子呀善眯子，你快到城里医院里去照片子，看你贩银圆是不是贩得脔心多出了一个窍。你为何不再收点茶水费？不再收点进门费？你老人家变成了千年古尸，起码也是一个兵马俑，是吧？我们来看一眼也要买门票，是吧？老子——"他两只牛眼珠差一点暴出眼眶，"恨不得一丁公，锄得你脑壳从屁眼儿里出来！"

从这一家回来，他再次虚火上升，肿了半边脸，在门前劈一竹筒发出毒誓："老子要是还理他，下一辈子就去睡青石板。"

这意思是下一辈子去做猪。

他为此还迁怒整个洋教，一篙子打翻一船人："你看他们神不神经？一有事就对着壁头叽里咕噜，就算是做功课了，连香火也没有，连个菩萨也没看见。那只是一个壁头啊，未必你信的是壁头教？"又说："什么这一戒那一戒，有什么新鲜？不就是三大纪律八项注意吗？不就是摸着胸口办事吗？一句话不好好讲，不照实讲，背上一个簸晒盘装乌龟啊？"不料这话得罪了自己的姑妈——他后来才知道，姑妈一家也是信了"壁头教"的。

这些话，皮道士倒是很爱听，有时候还在一旁乘机落井下石："他们信耶稣菩萨的不吃血只吃肉，还不是尽拣好的吃？"

但日子还得过下去，还得在这个地方过下去。眯子的房子就戳在这个村，不是一条船可以划走的；眯子的田和山也睡在这个村，不是几片波浪可以流走的。老三既为一村之首，怎么可能躲得了善眯子？躲得了初一又怎么躲十五？初春时节，一挂鞭炮炸响，善眯子的婆娘从娘家回来了，抱回了第三胎，一个喊声特别脆亮的男娃。按规定，这种违反计划生育政策的偷生和超生，至少罚款五千元。善眯子当然舍不得掏票子，缠了老三好几趟，一会儿拼命往对方衣袋里塞香烟和塞板栗；一会儿站在门口高声威胁："我今天一起床就磨菜刀，看哪个敢同老子结子孙仇！"

老三不怕菜刀，但也学会装聋，"啊"几下，"哦"几下，没有什么下文，一捉住机会就闪身出门，欺他善睐子眼里少了油。善睐子说着说着，发现面前没有动静，仔细瞅一瞅才知自己一直在对墙壁说话。

可以想见，他闹到乡上的时候，累得黑汗滚滚，气不打一处来，一根竹棍扑得窗台叭叭响，也不大记得在胸口画十字求上帝了。"哪个要灭我的族，我就要绝哪个的后！我不怕你们头上有角，有角老子也要拔！我不怕你们皮上长刺，有刺老子也要锉！就算你们是九头鸟，我何子善今天也要剜下你的蛋子下酒喝……"他冲着乡长大骂一通，后来发现对方不是乡长，不过也是一个穿红色球衫的胖子，据说是来讨债的什么砖老板。

任乡长终于出现在他身后："喊什么喊？道士门前鬼唱歌啊？你是不是超生？"

"超……是超了一点点……"

"一点点？计划生育是基本国策。你有几个脑袋来对抗国策？"

善睐子真见到乡长，气劲已耗去大半，口气稍稍放软一些："五千块也太吓人了吧？你们何不剐我的肉、抽我的血？"

"霸王价，一口清！"

"农资公司卖水泥也打得折的。"

"那你去找农资公司。"

"你怎么说也得给我减免两三千。"

乡长懒得理他，向秘书要钥匙什么的。

"那……你们就让我赊一半。"

"你以为政府是饭店？是小卖部？"

"你们不减又不赊，那就是逼我死！"善睐子狠狠地一咬牙。

"好啊，中国什么都缺，就是吃饭的多了。河里没罩盖子，你赶紧去。绳子到处有卖，你赶紧去。"

善睐子没料到乡长一书生，居然句句话是下刀子。忍不住全身一软，坐在台阶上，闭着眼睛哇哇大哭起来。天呀地呀，爹呀娘呀，你们看看这些当官的，欺侮我一个病人呀。我几十年的贫下中农，从没挂过牌子、站过台子，今天是冤深似海呀。你们都睁眼看看，那个娃根本不是我的，凭什么要我交罚款？他们不去抓野老公，反过来要抢我的钱啊？他们当官不为民做主啊……他哭得泪一把、涕一把，一只鞋子也踢出去了，左右抽打自己的耳光，大骂自己是畜生、是蛆虫、是粪渣子，惨得旁观者有点看不下去。

事情的另一方面，是哭诉之词让人大为吃惊，更让几个乡干部忍俊不禁。他们听过各种抗罚理由，说前一个娃是聋子啊，说避孕环不管用啊，说老爹抱不上孙子就要上吊啊，说自己刚刚遭遇虫灾或者盗贼啊……说什么的都有，还就是没有归罪野老公的。这一理由看似好笑，却有点麻烦。照理说，冤有头债有主，事情如果真是他说的那样，你能找出一个他必须顶罪的理由？

"你说你婆娘那个，那个……有什么证据？"乡秘书也一时不知说什么好。

"你们也不去看看，那样白的皮，那样尖的鼻子，怎么会是我的种？"

秘书差一点笑出声，"那……这样吧，你把野老倌说出来，我们就去找他。你要是说不出个人，那就对不起！绿帽子也好，黑帽子也好，戴多少顶是你的事。"

"我是要找出这个白皮鬼。"善睐子嗖地一下跳起来，用头巾撸了两把汗，恨恨地再补一句，"我今天还真不信这个邪！"

说着说着，他就把在场者一个个开始打量，特别是把肤色稍白者打量仔细，睐睐眼差一点压到对方鼻尖上。这种显微镜式的紧盯细瞄不怀好意，照得对方先是想笑，继而不无恐惧——这家伙怎么到处找野老公？有这样的找法吗？他不会胡言乱语血口喷人吧？财政所所长大概是想到自己的皮肤，想到老婆就在不远处洗衣，已经吓得往后退："何子善，你看清楚点，这种事不能乱开玩笑，我与你前世无仇来世无冤……"

还好，善睐子的目光离开他，盯向别处了。

另一个也急了："善眯子，我是才调来的，你看什么看？"

还好，捉奸者的目光也离开他了。

片刻之后，善眯子在乡政府大院转了一圈，所到之处无不人心惶惶如临大敌，直到他回到了乡长的办公桌前，顺手把门关上。

"算了，我今天不麻烦别个，只找你。"他摇摇杯子找水喝。

"出去，出去！"乡长正在接电话。

"你莫给我装蒜，慧梅这笔账你赖不掉的。"

"慧梅？什么慧梅？"

"去年在你们这里帮过厨的，你敢说不认得？"

"帮厨？梅嫂吧？她就是你……老婆？"

"当然是我老婆！我出了彩礼的，办了酒席的，雇了面包车装来的。任家的，人做事要凭良心。你鱼肉吃多了，想娱乐一下，其实不算什么大事。但你好汉做事好汉当嘛，还要别人倒贴钱，就太不义道啦……"

"你胡说什么？"

"你做都做了，人家还不能说？"

"你——你他娘的找抽啊？"乡长居然动了粗口，居然拍了桌子，顺手抓起一本书就砸向对方。

善眯子逃出房间时大喊救命，更无聊的口号随即响彻大樟树下："你们看啊，什么世道啊？野老公打家老公啊……"

大院里已成为迫害与反迫害的战场，只是正邪定位一时还不大分明。乡长满腔怒火已经高压临爆，一张白脸憋成了粉红色，再憋成猪肝色。他冲到派出所去喊人，不料后来没什么结果，原因是对方觉得口角毕竟不是打架，实在不便出警。他掏出手机再找县里什么人，不过没叫通就自己挂了机——这种事闹到城里去，七嘴八舌，风言风语，也不大好看吧？直到这时，他才发现事情严重，痛悔自己今天没下村去，没关起门来上网下棋，碰上了这么个烂货，惹上一身腥臊。不错，那个帮厨的大嫂是帮他洗过两次衣服，可他连对方姓名也不大清楚，怎么就要对她的肚子负责？善眯子，王八蛋啊！是不是觉得大学生好欺侮？是不是想敲一笔竹杠？是不是知道他一贯铁脸办案，这一次有组织、有计划、有目的地挟私报复？……

幸亏其他人把捉奸者暂时拉走了，"野老公"之类全方位高音广播暂时消停。但从人们交头接耳指指点点来看，王八蛋的威慑和捣乱已有效果，真是一石激起千层粪——乡长不能保证没有人信谣，没有人看险，没有人恶作剧，没有人但求自保。即便有些人愿意帮他擦粪，即便是擦干净了，他也会臭烘烘的余味难消吧？

他开上小面包车来到医院，发现自己并不是想来这里。一打方向盘改了道，在路上蹭过一堆乱糟糟的茅竹，刮出了汽车面板上刺耳的声音。走进老三家门时，他一把散发耷拉在额前，看上去已经老去十多岁。

老三提来一壶茶，做出很着急的样子："不得了，你还真是白脸皮、尖鼻子，同他家三娃仔比较配套的。"

"胡说！我坐得端、行得正，怕什么怕？验个血，验个DNA，一切就会真相大白！"

"但要是她说你摸了她，掐了她，抱了她，如何验？再说，野老公也不一定都下种，没下种的不一定不是野老公。"

"她她她……总不能无中生有吧？"

"你们两个人的事，何为无，何为有，如何说得清？"

"何大万同志，你这样说太没良心！"

"我是想帮你啊。不过这事……还真是个死案。"

大学生此时肯定想起了烈士和冤狱，恨不能扒开自己的胸口，一腔冤屈和一生清白苍天可证。他是一头掉进陷阱的咆哮雄狮，走过来又走过去，每一步都踏着悲愤，最后指着门外大骂："小人——刁民——你看我怎么收拾你——"

老三很想大笑，实在忍不住，假装去了一趟厕所。他甚至假装接了个电话，说自己坚决不相信乡长犯错误，坚决又坚决地不相信乡长有野种，坚决更坚决地不相信乡长夫人会寻死寻活……其实这都是高声大气说给乡长听的，让他知道电话那头的流言沸腾已到了何种程度。刁民？

哈哈——乡长大人现在也知道刁民了？恐怕还不知道刁泥鳅、刁老鼠、刁虱子吧？平时下指示的时候，你指挥棒敲得嘣嘣响，就没想到下面一堆乱麻、一个刺窝、一片大泥潭，具体办事有多难？一辆汽车冲过来冲过去威风凛凛，一副黑眼镜摘下来戴上去牛气冲天，你小胖子也有被一根烂绳子绊倒的时候？

他从厕所出来，发现乡长已经走了，震怒和绝望的发动机声远去。他再次幸灾乐祸地大笑，哼着小调去后山割牛草，只是割到第二捆时，忍不住还是打了个电话给国少爷。他为什么多出这一事，事后自己也不大明白。

他以两包烟为许诺，让国少爷去睐子家跑一趟。一两个时辰以后，善睐子果然就慌慌地来敲门了。

"……你看现在的人无不无聊！"他一进门就口水四射地告急，"街上那个郑瞎子、罗瘸子，还有那两个白粉鬼，都无皮无血地要来认亲子！"

老三知道国少爷已经把事做到位了，只是佯装不知，故意好奇："看不出，你家慧梅还有这么大的本事？"

"听他们放屁！我家慧梅，好规矩的人，怎么会同那些家伙扯皮绊？她到镇上卖几次菜，都是拉她嫂子一起去的。"

"管他呢。只要有人来认账，就有人帮你交罚款，你不就省钱了？你反正是个不要脸只要钱的货。"

善睐子一跺脚："他们还要抱娃走！"

"抱娃？那倒也是……"老三挠一挠脑袋，"这事有点难办了。你想啊，你下了黄瓜种，黄瓜就是你的。你下了萝卜种，萝卜就是你的。照我们山里的规矩，我山上的竹子要是跑根到了你山上，在你山上当了一回野老公，长出来的竹子还是我的。是不是？因此的所以，还有的而且，你家那个三娃……"

"慧梅是我的啊！她十月怀胎，东藏西躲，做贼一样，容易吗？"

"慧梅当然也有贡献，那是事实。国少爷没告诉你吗？那些街痞子说了，不抱娃走也可以，但有一个条件……"

"什么条件，你说。"

"唉，我还不好怎么说。"

"说，你只管说。"

"那我就说了？"

"爷哎，你要急死我了。"

"配种费。"

善眯子没怎么听明白。

"他们要收配种费。明白了吧？你想啊，良种站来上门服务，配一头猪是多少钱？配一头牛是多少钱？今年就不是去年那个价吧？这配人，价格就更不好谈了。像郑瞎子、罗瘸子那样的还好说，一般品种，要架子没架子，要肉膘没肉膘，要面相没面相。碰到任乡长那号大学生，高级干部，跨世纪人才，威武得像戏台上的，几十年都是吃的精米细面，就算拿到联合国去鉴定也是超级良种，天乖乖，这个数恐怕还得翻一倍啊……"

老三晃了晃三个指头，吓得善眯子结结巴巴，半边脸抽搐："如何能这样打比方？我家慧梅又不是一只猪、一头牛……"

"你到处喊喊叫叫，出她的丑，未必是把她当人？"

要不是主人赶快给客人灌下一杯茶，再掐掐人中、揪揪耳朵，善眯子两眼翻白，差一点就瘫倒在门槛上了。

善眯子这天回家还真是走不动了，真是一步三喘了。第二天，任乡长高兴地给老三打来电话，说善眯子已老老实实交了罚款，什么话也不说，不知被什么魔法给治了。他想问问情况。老三不是不想说情况，但一听电话里得意的口气，重新出现的拉腔拉调，就一阵"喂喂喂"，似乎手机没电了。

他关上手机时冷笑一声："卢州的鱼只能卢州人钓的。你懂个屁啊？"

他现在最重要的事情，是让莉疯子带两个婆娘去看住慧梅。那女人失了面子，又没省下钱，可千万不要想不开。

# 好容易有了次出名的机会

后来的有一天，老三万分不幸，被查出是个假党员。

没错——假党员，就这么回事。事情的起因，是任乡长一高兴，把他推荐到县里开什么会，表彰他带头修桥、开路、化解纠纷一类优秀事迹。没料到喜事办成丧事，县里说党员名册上根本没他的名字，乡上随后的清查也让人目瞪口呆：当了五年书记的这家伙确实没有任何入党手续——这玩笑也开得太大了吧？用财政所所长的话来说：他收了头房又讨二房，抱了儿子又抱孙子，到头来发现自己是个阉太监。

事情可能是从老三他爹那里错起，这是很多人后来的看法。那一年，他爹去砍树，大概是碰到了老树精，明明已经锯透了，但老家伙吱嘎吱嘎只是叫，硬挺着不倒。到最后倒是倒了，但左跳一下，右撞一下，踩出了梅花步，闹腾好一阵才哗啦啦惊天动地，垮塌出一片刺眼的天空。人们听到了一声"哎哟——"，扒开枝叶赶过来看，发现老三他爹一只脚已被树干砸成肉泥，当时就痛晕过去。

他醒过来后，再也无法下床和出门，但他是一个老党员，能背诵好多革命口号和领袖语录的，把光荣责任看得特别重，经常到东家说一通"三天不学习，就赶不上刘少奇……"到西家说一通"只有落后的干部，没有落后的群众……"再到南家说一通"内因是变化的根据，外因是变化的条件……"说得大家迷迷瞪瞪，似乎受到了很深刻的教育。现在，他觉得人残志不能残，人在阵地在，遇到党员开会，他不能去，就叫三儿去；到了交党费的日子，他不能交，就叫三儿去交。如果党员们组织突击队去打山火或者筑堤坝，他不能上阵，就叫三儿去上阵，反正不能让突击队里有一个空岗。幸好老三很孝顺，不想去也还是去，特别是一听到旁人叫好，挖土一定拣大钯头，挑土一定拣大箢箕，每次都累得张开大口出气，在手上或脚上留下伤痕。老爹对三儿很满意："老大被罗医师的针打坏了，耳朵不灵便，不适合开会。老二呢，气虚，身上不着肉，不适合下力。只有老三什么都顶得上，给老子当党员算了。"

当党员就当党员，有什么了不起？老三在初三那年辍学回家，一干就是十几年，全面接管了老爹的柴刀、牛鞭、破算盘以及全部党务，包括该鼓掌的时候鼓掌，该举手的时候举手，该发言的时候发言，还去乡上光荣了一回，在台上戴了大红花，领回了一顶新草帽——他后来以为那就是入党，至少是再次入党，其证据是草帽上明明写着"优秀党员"四个大红字，不可能是开玩笑吧？但那一次到底是什么，村里人也没怎么闹明白。有人说那次是"总结"，有人说那次是"比赛"，有人说那次是"吃肉饭"，有人说那次是"领草帽"，还有人说那次只是"领毛巾"——因为当时草帽不够分，后到的只领到一条小毛巾。但不管怎么样，大家都觉得那一回很热闹，热闹就是好事。

老三他爹是八年前去世的。不过在那以前，村党支部开会点名，也只习惯性地点到老三了。有时候发现老三没来，便理所当然地奇怪，然后派人去找，或打开广播器在喇叭里喊，把他从被窝里或电视前揪过来——倒是把他爹忘得差不多了。"你作为一个党员明天绝不能睡懒觉……"这一类派给老三的说法不胜枚举。这样，改选支部书记的时候，在大家的一阵起哄之下，老三只觉得自己读书少，一张嘴说不出四言八句，再加上鼻炎发作时的呼噜呼噜有失体面，倒没在其他方面谦虚。

玉和爹当时有点生气："你爹瘫了十几年，靠集体补助养大了你兄弟几个，还欠了几千块钱医疗费。这事你看着办。"

老三想到这笔人情确实不小，只好不再嘴硬。

他回头咨询过姑妈。姑妈说："玉和爹开了口，你得给人家面子嘛。当年你爹出门吃个饭、喝个酒，都是靠人家玉和背进背出和背上背下，好不容易的。"姑爹也在一旁插嘴："没文化怎么的？皮二结巴读了多少书？他当得了道士，我看你就当得了书记。"表妹在一旁更是加油鼓劲："好多战斗英雄没有手、没有腿了还是一往无前，你鼻炎算什么？顶多是一个轻伤员。"

这些道理很有说服力，事情就这么定了下来——只是多年后任乡长听到这一过程，如听天方夜谭。

"事情果真就是这样？"

"你们没记错吗？"

他向知情人一问再问，问得对方有些紧张，东拉西扯反而更说不清了。到底是不是有个女乡长特别赏识老三，是不是档案资料在那年洪水冲击之下全部丢失，是不是老三在外地打工时入过党，都变得闪闪烁烁莫衷一是。

乡长知道少数农村基层组织不甚规范，甚至听说有的人以为入党就可领工资，或者以为退党就可以拿赔款，但还没听说过这种假党员的荒唐。显而易见，这足以构成全乡、全县乃至全省的重大丑闻。正是考虑到这一点，他采取紧急减灾措施，一是派人去县里收回已报资料；二是派人清理、修补以及重建档案；三是向下面发布封口令，严防新闻媒体借题炒作——秘书今天早上已经告诉他，外面已有很多电话打进来了，那些平时八人大轿也抬不来的记者，眼下比老鼠还蹿得快，肯定是来者不善，要来大掏粪渣子！

乡长没料到的是，老三不觉得大难临头，倒是像一只乐颠颠的大公鸡，一只以为自己可以下蛋的大公鸡，梳了头，刮了脸，可能还抹了头油，穿上新崭崭的西装，差一点飞到树上去扑打翅膀表演一番朝天打鸣。掏出手机时，他还耍起了京腔，提前进入外事活动状态。"……你顺着公路跑，向南，再向东，再向南，一条笔直的弯路，翻一个小小的大山，就到了。"他正在给什么记者指示路线，只是不知道对方能不能理解他"笔直的弯"和"小小的大"。

他家厅堂已经打扫干净，摆上了茶水和糖果。老婆正在厨房里杀鸡。"乡长你来得正好。等一下一起吃个便饭，你帮我陪陪客。"他乐滋滋地说。

"你以为你十分光彩？"乡长有点气急败坏，"这件事捂都捂不过来，你还要到全国去打锣？"

老三眨眨眼："你是说……这事不能说？"

"有什么好说？人家做假还只是米啊、油啊、烟啊、酒啊，我们造出了假党员、假书记，名声很好听是吧？"

"不是这样说的吧？乡长，不就是我给你们党员帮了一下工吗？在我们这里，你家要建房，我给你帮一手。我家要割禾，你给我帮一手。多帮一点，少帮一点，不算细账的。"

"怎么成了帮工？你知道入党是多么严肃的事！哦，一个菜园子，你想进就进、想出就出？"

"我哪一点不严肃？我偷了你们党员的钱？睡了你们党员的婆娘？"

"你是真不明白还是假不明白？"

"怪事，怪事，我给你们糊里糊涂多帮了十几年工，你还找我的癫子。"老三摇着头，又接电话去了。

如果现在下跪能解决问题，乡长愿意下跪。如果现在喊祖宗能解决问题，乡长愿意喊祖宗。面对这个油盐不进的猪脑袋，乡长差一点急得要抱着对方去跳崖，宁可来一次同归于尽。同来的秘书更觉使命重大，立即向乡长偷偷建议，敬酒不吃吃罚酒，干脆把老三抓起来关几天，罪名就是赌博——他未必没打过牌？未必在牌桌上没有个输赢？这事一逮一个准儿，绝对不会有冤情的。乡长说，这个不靠谱，老三平时还真不怎么打牌。秘书又说，赌一次是赌，赌十次也是赌，你管他呢，过了这几天再给他宽大就是。乡长还是犹豫，说就算他赌得多，这样做也不大服人吧？也过于阴损吧？秘书挠挠头，只好回头再找老三，又是递烟，又是拍肩，又是毫无必要地给对方整衣领，还猛夸对方的新西装特时尚，然后摆出沉重和悲痛的全套表情。哎呀呀，你老三当然没有癫子，但事情是这样的啊，这样的啊，这样的啊，出现假党员毕竟是工作上的大差错，让乡领导的脸面往哪里放？还有县领导、地区领导、省领导的脸面往哪里放？你是最义道的人，总得考虑一下全局吧？至少的至少，不要毁掉任乡长的政治前途吧？他在这里干了整整六年，六年，不容易啊。

每次开村组干部会，他说卖裤子也要办好招待，肉不能少，酒不能少，对你们可是够意思的吧？年关送温暖，他哪个山角落都跑到了，鞋子都磨烂哩。那次打山火，他头发都烧焦一块，衣衫都挂破两件。这些你也都看见了。还有搞蔬菜大棚，搞野猪家养，虽说不是太成功，但没有功劳有苦劳。这件事一曝光，一炒作，一惹上面生气，你说任乡长这六年不就……

乡长听得有些鼻酸，扬扬手："不说了，我们回去！"

"任乡长家里还有一个守寡半辈子的老娘呢……"

"听见没有？"乡长大喝一声，"回去！"

老三看见乡长眼里的泪花，听到对方沉重而悲壮的深呼吸，似乎明白了，似乎又没明白："你是说，要我帮他一下？"

秘书说："就算……就算是这么回事吧。你刚才不说帮工吗？对，帮人就帮到底，救人就救到头。"

"那你们怎么不早说？真是！"

老三是个好商量的人，愿意给面子的人，尤其吃软不吃硬，遇到人家砸过来几顶高帽或灌下来几盆米汤，可能先晕了一半，最容易大拍胸脯豪情满怀两肋插刀。没说的，多大的事，封口就封口吧——尽管这实在是忍痛割肉。用老三事后的话来说，他看了十几年电视，从未上过一次电视。这次好不容易盼到机会，差一点要当上名人啦，偏偏被乡领导拆了台。他女儿翠萍在外地打工，只是个吊车司机，也上过两次电视，这叫当爹的如何有面子？据翠萍说，当名人好处多得很哩，进馆子吃饭可能被店家打折，上中巴、坐的士还可能免票，到学校去更是被学生娃娃围着要求签名和照相……老三眼看就要实现的这一梦想，居然被乡干部搅成了猪尿泡。他们，也真下得了这个毒手啊？

根据乡上的安排，他叫婆娘关了大门回娘家，自己上山躲了几天，就像被警察盯上了的贼，就像生育不遵计划的大肚子超生婆。他孤零零待在一个守野猪的草棚里，被蚊虫咬得心烦，被歪风斜雨打得冒火，翻来覆去睡不着的时候，忍不住翻肠子倒胃地号叫了几声，然后给乡长恨恨地打电话："喂，那个茶园的事……"

这是指当年乡上解散集体茶场时截留的一片，多年来小湾村一直要求退还。老三已经纠缠过乡领导多次。

乡长知道对方找准了要价的时机："这样吧，你书记是当不成了，但乡企业办或者林管所那里，不是不可以安排……"

"不，我什么都不要，就要几片茶叶。"

"要不然就给你一次性补偿？"

"不行，你莫吊胃口，我就要几片茶叶。"

"你不再考虑考虑？"

"不行，我这里蚊子咬死人，烟也快抽完了……"

"好好好，"乡长怕他擅自下山，急急地说，"你得给我一点研究的时间吧？你就待在那里，我马上就派人给你送烟去。"

知道对方的让步已成定局，老三喜不自禁，搔耳挠头，想了想，又打去一个电话："喂喂，你就挂什么机？上次我同你说过修桥补贴的事……"

"你得寸进尺啊？"对方差一点叫起来，"胃口也太大了吧？你是不是想搞垮乡政府？那你明天就带着推土机来——"

对方关机了，气得老三直骂娘。

几天之后，记者们终于不再来了，假党员一事有惊无险，总算大体上掩盖成功。小湾村悄悄换了书记，如此而已。老三被一棒打回原形，从此只能专心务农，经常赶着一匹马，用他的话来说是成天闻马屁，为一些东家驮运水泥或电器进山，驮运树木或药材出山，一线马铃声零零散散地洒落山林中，播入一缕缕白色云雾。

他太熟悉这一片山地了，闭着眼睛也能翻山越岭，收收鼻孔就能嗅得出脚下是何地方。前面是箕子沟，那里的井水最甜。再前面是霸王庙，那里的野杨梅最大。再前面是老云界，那里的石头又粉又韧，随便取一块都是上好的磨刀石。再前面是雁泊湾了，那里的野鸡最憨最笨，你在草丛后拉屎也可能顺手捞上一只。从雁泊湾往上就是蘑菇砚，那里最怪的是只长公竹，一根母竹也没有，一山的光棍竹子哗哗地开会。从蘑菇砚往下三里半就进了赵家坊，那里已经迁走大半人口，到处是空空的老屋，但一个叫五妹佗的大嫂还住在水磨边和垂杨下，经常在出门不远的小溪前举槌捣衣。她最会唱山歌，一开嗓门儿就是百鸟噤声，流水止步，人不知今夕何夕。老三的几段"黄色歌曲"都是在那里学来的——其实是指民间情歌。

> 丈夫打我你莫慌，
> 娇姐越痛越想郎，
> 剁了脑壳还有颈，
> 剁了肝肺还有肠……

这样孤独的"黄色歌曲"唱得真是山河黯然，让老三伤心不已，听完或者唱完以后一次次揪鼻涕。

不唱歌的时候，马道上有些马伙计曾找老三打趣。比如说："你怎么也来闻马屁？一个尿壶不冒充酒壶了？"

老三笑道："你以为那是什么好酒壶？喉咙里都结了蜘蛛网，几年里没唱歌了。我的娘，出门就要带两个肚子，一个肚子装饭，一个肚子装气。头上还要顶三把糯谷草，任人捶来任人踩。"

对方说："少说乖巧话。当初是哪个天天抹头油？还到处说矮子上楼梯，一级硬是一级？"

这时候的老三咧开河马大嘴嘿嘿一下，没词了。

又过了几天，乡政府让小湾村得到了他们的老茶园。据说新任支部书记放了一挂鞭炮，提议办几桌酒席，唱一台大戏，酬谢老三多年来的谈判之功。老三说，红包就算了，大戏就算了，如果大家真要奖励他和高抬他，真要了他一个心愿，那就资助他与几个老伙计去韶山看一下毛主席的祖坟。

要得，要得，很多人都想去看那个祖坟。他们虽然说过老人家的一些坏话，但乡政府这次发还的茶园，还有其他田土山林，不都是老人家当年给穷人们争来的？这个恩德还不大上了天？有些人最喜欢看战争片，最近看了什么电视连续剧，对老毛指挥三大战役佩服得五体投地，认定真命天子毕竟是真命天子，他家那祖坟一定非同寻常大有奥秘。

出发的那一天，庆呆子的大儿子开车，莉疯子在一旁陪驾兼指挥，老三和另外几个汉子在卡车厢里抽烟、喝啤酒、嚼饼子、打扑克，身旁是他们备好的大香大烛。

任乡长在路上遇到他们，上前看了看香烛，嗅了嗅车厢里残留的石灰味儿和猪尿味儿，"你们怎么不去看深圳，不去看广州？那里的高楼大厦比山还高，肯定看得你们花眼。"

老三兴冲冲地说："先看祖坟，先看祖坟。"

乡长皱皱眉，纠正对方的说法："你应该说，去了解伟大领袖毛主席的革命事迹。"

"事迹？他的事迹我们一清二楚，这次就是去看祖坟。"

"你至少应该说，是去观赏一下韶山的美丽风光。"

"风光？哪里没有好风光？这次就是去看祖坟。"

"你为什么一定要说看祖坟？"

"这句话又说不得？"老三睁大眼，"你们清明节不都是去看祖坟？也没看见政府把清明节废了啊。"

乡长叹了口气，没话说了。他有一个要好的同学在韶山当官，本来可以打个电话去，让对方招待一下这群老少疯子，但看老三那模样，怕又闹出什么大洋相，只好打消了掏手机的念头。他挥挥手走了，回头对开车的秘书只说一句："看祖坟也就算了，我怕就怕他们下一次到天安门去敬香。"

2009 年 7 月

# 风吹唢呐声*

## 一

当时，我在队长家里开铺，听见窗外有一串不成调的唢呐声，转而又变成"嗷嗷嗷"的吼叫。声音闷，像喉管被掐住，有点喊不出来。我探头一看，见地坪里有个中年汉子，腰间插一支唢呐，手里搂着两小捆湿甸甸的生树丫，正在同两个拿柴刀的小孩争吵。他那声音，那手势，那急得跺脚的样子，说明他显然是个哑巴。

小孩不怕他，指他的鼻子："假积极！假积极！又没砍你家的！"

他笑了一下，想摆脱对方，发现被孩子拖住了他的衣摆，便沉下脸做出要打人的样。小孩被吓跑了，一边仍嚷着："假积极，死聋子！""聋子聋，我是你的老外公。聋子聋，我是你的老祖宗……"他没反应，得意扬扬地把树丫拖到猪场去了。这是干什么呢？也许，他是看山员？怕

* 最初发表于 1981 年《人民文学》杂志，后收入小说集《飞过蓝天》等，已译为英文、法文、韩文等，并改编为电影，由潇湘电影制片厂 1983 年拍摄出品。

队上失去那几枝树丫？

但聋子能够看山吗？而且刚才是他吹唢呐吗？

他看见我，走上前来，咧开嘴嘿嘿地笑了。从他头上黑白夹杂的麻色头发来看，老年与少年交织，大概三十岁的模样。他肩头开花裤打结，蒜球形的鼻子有点翘，口腔向前面严重突出，笑起来脸上浮现出一派天真。像有些农民一样，劳累使他的肢体有点变形。如果没有衣服和那双浅口套鞋，你完全可以把他想象成一只大猩猩。

他冲我嗷嗷叫了两声，做了一串令人眼花的动作：指指他自己又指指我，双手转动方向盘，指指手腕，手划一圆圈，竖起大拇指，又笑了笑。

见我不懂，他急了，又把动作做了一遍，瞪大眼睛，像是问：还不懂吗？

正为难，幸好队长抱着一捆铺草来了。"袁同志，不晓得他的洋文吧？他是说，他晓得你是坐汽车来的，是县里的干部，姓袁，是个好角色。"

原来如此——手腕上表示手表，手表又表示干部，画圆圈则表示袁（圆）姓……这种特殊语言引我笑了。

哑巴也笑了，显出一种宽慰和高兴。

队长又介绍："他叫德琪，小时候害病成了个哑巴，娘老子又死得早。不过，你莫看他样子蠢，还蛮有灵气，晓得的天文地理多着哩。"说完，对着哑巴伸出小指头，问："喂，哪个是奸臣？"

哑巴的五官缩到一堆，极端鄙视地伸出四个指头——嗬，四人帮！

我更觉得有意思，哈哈大笑。

德琪大概觉得展示了自己的成绩，心里特别舒畅，像喝醉了酒，脸上泛起一阵红润。他背着手大摇大摆地走进我的房里，视察了一阵，比方指指窗子，要队长帮我把窗纸糊严实，又指指油灯罩，要队长把破灯罩换成一个好的。最后做了一些切肉和搓丸子的动作，意思是要我过节的时候到他家去吃肉和糯米团。

"谈"兴未尽，他接下来指指上屋场方向，竖起三个指头——指上屋场的三老倌；捏了捏自己的鼻子，做打牛状——意思是三老倌把牛打得太狠；晃晃小指头——表示不好。

　　队长做了翻译，我自然表示重视他反映的情况。他这才心满意足，拍拍我的肩膀，背着手高高兴兴而去。

　　我们就这样相识了。春风秋月，地北天南，当时间长河流过了九曲十八弯，他至今还留在我记忆的沙滩上——尽管我现在已远离那个山谷，坐在明亮的窗前，面对一沓空白的稿纸发呆。


二


　　还是从头讲起吧。

　　哑巴是村里的一个好社员——那里人都这样说。他听不见广播盒子响，但每天起得最早，实在等得无聊了，就去敲队长的窗户，催队长给他派工。他身有残疾，是唯一有权不参加任何会议的人，但不管开社员会还是干部会，不管有好多人溜会，他却是积极的到会者，看看这个，看看那个，不知是想凑凑热闹，还是羡慕那一张张嘴和一只只耳。吊壶水开了，他吹掉壶盖上稀稀的一层柴火灰，自觉地来给大家筛茶。看见有人抽出纸烟，他急忙用火钳夹一块燃炭，给人家点火。

　　有些人觉得他头脑简单，好支派，常把一些重活推给他，犁滂田啦，进榨房啦，烧马蜂窝啦，总是把他使在前面。东家要盖屋，西家要出丧了，代销点要进货了，还有大队学堂要洗井了，人们都会记起他。他似乎不知道什么吃亏不吃亏，只要手脚闲，随喊随到，一做就满身汗。做完了，有饭就扒几碗，没饭就拍拍手回家。下一次你叫他，他还会来。知道他有个喜欢奖状的嗜好，有些人请他时还会比画出奖状的样子："聋子，有奖状，你去吧？"

他一见这种比画就笑，就眼睛发亮，马上跟你走。即使你给他的奖状没有盖公章，或者那不过是你儿子的"三好学生"奖状，上面仅仅改了个名字。

他收藏了很多奖状，从县政府发的一直到上屋场三老倌发的，甚至有一张根本不是他的——得奖者是办高级社那年来的一位干部，是哑巴经常为之得意的一个老朋友。他与哑巴同睡一床，出钱治好过哑巴母亲的病，请人给哑巴做过一双棉鞋。那一年丰收了，哑巴有了吃不完的糯米粑粑，还有钱买票第一次坐上了汽车，随那位干部到县城做客。在县城里，他什么也不想要，什么也不想看，独独爱上了主人家里一张大奖状，目光一落上去就拔不出来。主人没办法，只好割爱，把奖状转赠给他。

现在，他奖状成了堆，珍贵的褒奖和廉价的欺骗混在一起。一碰到新交结的朋友，尤其是碰到新来的办点干部，他就会笑嘻嘻地把那一大捆拿出来，一张张铺给你看，想让你每张都看到。旁人发出笑声时，他也只是笑笑，并不知道旁人在笑什么。

总之，他是这样一个公共的人，一个社会所有的人。敬重他的人不多，需要他的人却很多，需要他的汗水，也需要他带给大家的笑。


三


他与大哥德成住在一起。

好几次，哑巴帮人家做事，德成赶来一把拖住他就走，还破口大骂主家："你们这些没天良的，把一个哑巴当蠢崽盘，心里也安稳？不怕头上生疮脚底流脓呵？"哪个要是抓着哑巴取笑太过分，被德成碰到了，也免不了挨一场恶咒："你们这些短命鬼、绝代根、穿心烂的烂冬瓜，以后要不得好死！"

吴德成大脸盘，腰圆膀壮，眼珠一转就计上心头，用当地话来说，是个"百能里手"。他从小就跟着叔叔开屠坊、贩牛、烧窑，脚路宽见识广，两只手都可以打算盘，因此把家里盘得十分殷实，总是纸烟不断，猪油不断，芝麻豆子茶不断，做起一栋两包头九大间的瓦屋，玻璃窗子亮晃晃，队上人说像半条街。走到他的大屋前，人们都会感到一种财富的威严。

放在前些年，这种人当然是"资本主义绊脚石"。大队没收过他的猪婆和一窑砖，拆过他的几间屋，还逼他成天下水田闻牛屎臭，气得他直骂无名娘。好在他负担不重，加上有哑巴弟舍得下力，他不至于饿肚皮，作为矮子中的高个，娶媳妇还能挑金选玉。

嫂子来得比较晚，名叫二香——至于姓，像这里的媳妇们一样，那是无关紧要的，似乎从来无人打听。接亲那天，好多人来看，里外三层，风都吹不进。人们凑在一起叽叽喳喳，议论新媳妇的嫁妆，议论新娘子那脸，那脚，那手，那衣角布边，那叫人羡慕的雪肤花貌。人们觉得村里的这一天特别明亮。

德琪似乎比哥哥更高兴，成天笑着，忙碌着，又是杀猪又是洗菜，又是搬桌子又是擦椅子，稍有停歇就吹响唢呐。

"闹茶"开始了——这是一种残存的乡俗，带着远古的痕迹。胆大的一声喊，男客们就开始起哄，不但对敬茶的新郎可以百般刁难，还可以把新郎哄出门去，然后对新娘来点放肆和亲热。据说一轮茶恶闹下来，有的新娘不论如何事先充分准备，紧紧实实裹上三层棉袄，事后还发现全身青一块紫一块的。

要命的是，这种胡来意味着欢迎和喜气，主家万万不可见怪，否则就是坏了规矩和冒犯客人。二香当然知道这一点，一见几个后生子开始挤眉弄眼，一听有人浪浪地喊闹茶，脸就唰地一下变得惨白。但她完全无能为力，眼看着自己任人摆布，被一个汉子抱在腿上，在一片欢呼声中又被抛向对面另一个后生，扎进不知是谁的怀里。

哑巴没有听见新嫂子的尖叫，但男人们放浪的神色使他眼里透出迷惑和不安，继而透出恼怒。他冲上前去，把东偏西倒的新娘一把抓住，拉到了自己身后。

"聋子，你发癫呵？"

"你也来闹茶？嘻嘻……"

"你莫挡路，站开站开……"

嗷——他大吼一声，毫不退缩，像一头两眼发红跃跃欲斗的牛。

客人这才明白他的意思。有一个后生颇不甘心，要把这个障碍清除出门，没料到他翻脸不认人，迎面就是一拳，把后生打翻在婚床旁，牙齿都碰出了血。"你今天吃了生狗屎吧？"那后生大骂。

事情闹到这一步，没什么意思了。尽管有新娘子出来赔礼，找毛巾给伤者擦血，大家已兴致索然，只好另外找找乐趣，比方喝喝酒，吃点花生和红薯片，讲讲什么笑话。有人放出一个哈欠，开始找自己的小把戏和灯笼，准备起身回家。

他们走出大门时还在抱怨：

"碰鬼呵，今天就是死聋子来插了一杠子。"

"把他嫂子当糖捏的吧，碰都不让人碰。"

"嘻嘻，又不是他自己的堂客，他心疼什么？"

"他还有堂客？有猪婆吧？天老爷写姻缘册，只怕没工夫想起他！"

……

人们这样说哑巴，他当然没听到。他这一辈子恐怕与女人无缘，大概也会是事实。他似乎对此没有什么苦恼。每当别人收亲嫁女，他总是脸上放出红光，换上一件新衣，好像也成了准新郎，在人群里钻来窜去，一高兴就呜啦呜啦大吹唢呐。

客终于散尽了，二香软软无力，倚着墙长长松了口气，目光投向正在门外扫地的哑巴。"今天多亏了你弟……"她对德成说。

"唔……"德成没注意听，正清点着刚收下的礼钱。

# 四

新嫂嫂过门不久就下地干活。这一天洗过碗，她同两个邻家媳妇结伴，准备到坳背冲去寻点猪食，挎着篮一步走出堂屋门，一个媳妇突然捅了她一下。

"做什么？"

"你看，你快看。"

"看什么呀？"二香其实已经看到了。

"你看聋子——"

"怎么啦？"

"你装傻呵？你看他在做什么！"

顺着手看去，德琪在阶基那边对着竹篙上晒的衣服发呆。那是二香一件大襟布衫，起着淡红色的杏花点子，色彩鲜艳，明丽夺目，显现出一个女人的身体曲线。真要死！那呆子早不摸，迟不摸，居然在这一刻伸出手来，小心翼翼去触摸那花布衫上的胸口部位，接下来是腰身部位……

咯咯咯——邻家媳妇大笑起来，差一点笑翻。

二香没法再装眼瞎了，脸一红，咬出一句"死聋子"，快步赶过去，把哑巴的手一把打下来。"使牛去，使牛去！使牛，懂不懂？这样大的人，还死不明白！"

哑巴一见嫂子，又见在场还有别的女人，闹了个大红脸，不自然地搓着手，脸上裂开几道深深的肉纹，不像笑也不像哭。

"快——"嫂嫂威严地挥挥手，然后把一篙衣收进了自己的住房。

看见哑巴抄着牛鞭慌慌地逃窜，两个邻家媳妇又一次爆笑，捂住自己的肚子哎哟哎哟。"香嫂子，哪个要你长得这样乖致呢？""活该你费衣服！还不是被人摸溶的？""你要小心呵，小心呵。你喝过水的茶杯，说不定有人去亲。你坐过的凳子，说不定有人去蹭……咯咯咯，哎哟哎哟！"

两个婆娘还是笑得东一撞、西一窜。

二香给她们一人来一拳："撕了你们的臭嘴。快走！"

这天上午，二香早早赶回家，到哑巴的房里仔细检查。果然，几天前她不翼而飞的一条花手帕，还有更早以前她怎么也找不到的一只袜子，眼下都出现在哑巴的枕下，揉成了一团。她隐约知道了什么，吓得脸色发白，呆呆地不知坐了多久。直到哑巴的嗷嗷声出现在地坪里，她才全身哆嗦地跑进厨房，一进去就不再出来，更不敢再看哑巴一眼。

哑巴也像做了亏心事，以后好多天里都不敢看她。他成天埋头干活，铡薯藤，挑井水，打草鞋，补箢箕，把木柴劈得一堆一堆成了山。

精明的德成不知道家里发生过什么事。他奖给弟弟一根烟后说："嗯？聋子这几天还算勤快。"

二香没说话，给丈夫的鞋缝上了最后一针。


五


随着德成的骂声增多，乡下日子是越过越紧巴了。秋收以后，人们用土车吱吱呀呀地把稻谷运往国家仓库，换回一张征粮工作奖状，引得小把戏们抢着看，但好些村寨都留下了一声声长吁短叹。

队上实现工分制。一人劳动一天，大概可得十分工，年终时队上再按总工分核算分配。因为分值太低，扣除粮油之后，队上现金所剩无几，于是欠钱户苦着一张脸，进钱户也高兴不到哪里去——他们知道要进钱就得靠欠钱户还钱。德成当然是进钱户，但决算张榜几个月了，还没真正进过一个钱，等于拿了一堆白水工分。他找到小队和大队的干部强烈抗议，要求干部们上对欠钱户出狠招，说，不拆掉几间屋，不给点厉害，老糠里能出油吗？

干部们都抽过他的纸烟，再说分配不兑现也说不过去，于是决定一捉猪二拆屋，如果不能在春耕前发票子，至少也可以给进钱户一些烟砖和木料吧。

德成这才气顺了一些，回到村里到处转悠，看哪堵墙的烟砖质地好，看哪些陈年土砖可以肥田，看哪根檩子生了蛀虫……直看得欠钱户们心里发毛。这天一大早，他给哑巴一担大箢箕。哑巴以为要去挑牛粪，兴冲冲地跟着哥哥走，直走到三老倌家门前才知是另一回事。他平时见三老倌打牛下手狠，找干部告状最积极，不知被三老倌骂过多少次。眼下见三老倌坐在地上老泪纵横，不知道发生了什么事，放下担子前去拉扯。

三老倌一头朝墙上撞去，幸亏被旁人一把拦住，才没撞出个头破血流。围观人群出现了一阵骚动。

哑巴不明白人们在议论什么，但他看见有人搭起了楼梯，看见有人爬上了三老倌的屋顶，还看见大队书记在现场指挥，终于明白了什么。"呵咦！呵咦——"他拦在楼梯前，一个劲儿地摇手。

书记拨开他，指挥人们继续上屋。

他两只牛眼睁得老大，跑到三老倌面前嗷嗷叫，意思是要他去阻挡，见对方只顾哭号，便急忙跑回来一脚踢倒了楼梯。

"聋子你知道个屁呵。"大队书记同他说不清，用再多的手势也说不清欠钱户与进钱户的关系，说不清队上如何穷到要拆屋的原因。何况眼下不论人们说什么，都是对牛弹琴。只要有人靠近楼梯，只要有人要上屋，哑巴都会恶狠狠地伸出一个小指头，朝前一点一点的，点出愤怒和蔑视。

很多人来得不大情愿，看见终于有人顶上了，也乐得顺水推舟，或阴或阳地敲起了边鼓：我看也是莫拆算了。是呵是呵，春不出谷，冬不拆屋，手莫下狠了呵。没听老班子说吗？积一份德，胜烧十年香呢……

他们这样说着，说得德成有点着急，冷笑一声："不拆也要得。哪个想把事做绝呢？只要干部口袋里抠得出票子来，我来盖屋都愿意。我吃人饭，下牛力，做一年，几张血汗票子是要的。"

"是啰是啰，我是等钱用，初五要砍肉接木匠……"有人接应他。

人多口杂，明显分成了两派，拖成了一个僵局。书记有点面子上挂不住，拿出哨子猛吹一声："闹什么闹？你们是书记还是我是书记？听好了：今天三老倌同意是拆，他不同意也是拆。你们哪个不想动手，就替三老倌交钱！"

队长不敢违令，上前拍拍哑巴的肩，指指书记，又指指手腕——意思是此事非同小可，是戴手表的干部有命令哩。

哑巴指指手腕，不大相信的样子。

队长再次指了指手腕。

哑巴怔住了，脸一直红到脖子，绝望地咕哝两声，脚一跺，走了。

"喂，喂，猪样的家伙，"德成脸上有了猪肝色，追上去大喊，"你到哪里去？这么多砖要老子一个人挑吗？"

哑巴横了他一眼，还是气呼呼地走出地坪，他不知从哪里冒出臭脾气，把两只筑箕狠狠摔出去，一只落到水沟里，另一只落在秧田里。扁担也被他摔出去了，投枪一般射向茅草丛。这一天，他什么也不干，一反常态地回到家里蒙头大睡，连二香来问话也不搭理。

中午，德成气咻咻地回家，闯进他的房间，掀开蚊帐门，猛揭被子："摊你娘的尸，下午跟老子担砖去！"

哑巴跳起来横他一眼，坐到另一头，摆弄自己的唢呐。

"听见没有？"德成一把夺过唢呐，"担砖，担砖！"又做了挑担的动作。

哑巴翻了个白眼，拉过蓝印花被子又蒙住了头。

"好，你有万贯家财？你吃国家粮当了干部？你舞着擂槌上天了是吧？好，你狠，你能，你莫想吃老子的饭！"

德成这些天的火气特别大。

# 六

直到天色渐暗，哑巴还空着肚子。这是第几次被哥哥夺了饭碗呢？他记不清了。以前哑巴给别人帮忙回来，只要做得过于卖力，就总是要被哥哥责骂和夺饭碗。那时的哑巴就到山上去，煨一窝板栗，或到地里摘一个菜瓜。

可现在那些东西也没有了。他提着唢呐，无精打采地在村里游转。他想到队长家里去看看，说不定可以混来一口两口？但他远远瞄了一眼，见队长家的婆娘在塘边刮鼎锅——把他最后一点希望刮没了。他看得出那一家的口粮也很紧。

他只得想想猪场里喂猪的红薯。经过他的侦察，喂猪的大嫂已回家去吃饭，猪场大门的一把旧锁也只防得君子。他一拧，让锁歪了脖子，走进门去在潲筐里翻了翻，果然找到几条红薯，袖口三揩两抹，红薯已经入了嘴。

"假积极，偷红薯！假积极，偷红薯……"

几个也是为红薯而来的小把戏发现了他，一齐拍手大叫，及时展开了报复。

哑巴慌手慌脚，吞得更快。

"抓住这个贼老倌，到干部那里去！"

"他还想得奖状？要他去打锣，去戴高帽子。"

"这是我们看见的。老师要表扬我们，要给我们插红旗。"

哑巴知道这些小家伙不怀好意，忙摆出笑脸以示和解："呵呵？"

孩子们更加得意："不行，快走快走！""老实点！""让他吊块牌子，像万玉一样。"孩子们指的是一个地主分子，以前总是戴着牌子上台挨斗。

几只手把哑巴七拉八扯，押出了猪场，直往队部而去。哑巴知道这不是好事，忙做出一串手势——莫拖莫拖，我给你们打个鸟笼子，抓斑鸠，好不好？

"不要不要！"

又是一串手势——我给你们做个篾篓子，套泥鳅，好不好？

"不要不要！"

还是手势——那，我来吹唢呐……

小把戏们这下动心了："吹吧吹吧，要吹好听的。"

哑巴抽出了唢呐，随着肚皮一鼓，腮帮鼓成两个半球，口水开始从嘴边溢出，然后又从喇叭口流出。他似乎还有微弱的辨音力，还能凭手指感受到旋律，感受到他聋哑以前的声音记忆。他当然吹得有点乱，声音像鸡鸣，像鸭喧，像狗在跳跃，像牛在嬉耍，像丰收的锣鼓。一串串音符在争吵、在冲撞、在扭打，你咬着我，我咬着你，流出了鲜血。

小把戏们基本表示满意，只是其中一个年龄最大的还想恶作剧："不行，这个不好听，小指头，小指头。你要用鼻子吹，用鼻子，鼻子。明白吗？"

哑巴生气地摇摇头。

"你用鼻子吹，用鼻子吹！"孩子们闹起来了。有的爬到他头上，有的扯住他的衣服，有的抱住他的腿，还抢夺他手中的唢呐……直到二香出现才一哄而散。他们看见二香急急地赶来，一把抓住哑巴，像抓住一个孩子，拉着就走。

"香婶婶，他偷红薯！"

"香婶婶，他是个假积极，贼老倌！"

"抗拒从严！坚决打倒……"孩子们也熟悉了批判会上的语言。

"不要喊，千万不要喊。"二香惊慌地转身，摸摸他们的头，"好伢儿，快落黑了，回家去吧。"说着从衣袋里摸出一把炒蚕豆贿赂他们。

哑巴总算回到自己家里了。幸好大哥不在，让他免了挨骂。嫂嫂把他安顿在椅子上，首先打来一盆热水，要他洗手，又拿来一双鞋子，要他换上，最后才端来饭菜。纤秀的手，陌生的手，端来酸白菜和辣椒，上面还有一个黄油油的荷包蛋。

嗷——哑巴呜呜地哭起来。

嫂子没看他，揉揉眼睛，回到灶脚头往吊壶下塞柴。


# 七


哑巴发现哥哥与嫂嫂吵架。哥哥红着眼，破口骂，踢翻椅子，挽起一只袖口，亮出巴掌不停地抖，大概骂了些什么。

嫂子的嘴也有张有合，似乎也回敬了什么。

哥哥终于下手了，一掌把老婆打得倒在墙角。她半天没有动弹，好容易有了活气，好容易才爬起来，但丢下猪菜不管，丢下鸡鸭不管，进里屋包起几件什么衣服，泪流满面地冲出门去。

他们在吵什么呢？哑巴觉得这件事可能与自己有关。

他心慌，躲在暗角里，好像自己偷了银、偷了金，做了见不得人的歹事。他一拳又一拳捶打自己的脑袋。

邻居们来了，队长也来了，围着德成七嘴八舌。最后，队长仗着刚才喝了两口酒，摆出做主的架势，走到哑巴面前打了一串手语——喂，你明天不要出工了，搭班车到你嫂子娘家去，把嫂子接回来。懂不懂？

哑巴不用听就懂了，连连点着头。

他一夜没有睡好觉，第二天天还没亮就穿上蓝晃晃的新布衫，穿上每年只穿那么几次的黄色胶鞋，夹着雨伞跌跌撞撞地出发。他总算把嫂子接回来了，把嫂子送到哥哥面前。但哥哥还是黑着一张脸，只是没有再动手脚。唉，有什么法子能让这张脸露出笑容？哑巴暗暗费了好些心计，成天探头探脑东张西望的。他看见哥哥摸出烟盒，就赶忙递上火柴。看见哥哥身上有汗，就赶忙摇起了蒲扇。他得在家里多做些事，于是光着上身，担粪泼菜，上山砍柴，挑水扫地，连鸡棚鸭坬也清扫了一遍。墙角里的鸡粪扫不干净，他就跪在地上，用碎瓦片去刮，一点，一点，刮，刮……

哥哥同一个干部模样的人争辩，闹得双方的脸色都不好看。哑巴就在另一间房里拍桌子，踢椅子，敲打桶子，反正闹出很大的声响，以示与哥哥同仇敌忾。为了表示更强有力的声援，他故意在那干部模样的人面前冲来冲去，最后冲到地坪里，把那人的一辆脚踏车踢翻。要不是哥哥来轰走他，他可能还会在脚踏车上猛踩几脚。

旁边有人取笑他："你真是聋子不怕雷呵？你知道你家里是什么人吗？"

他竖起一个小指头，哼了一声。

"你好大的胆，敢说政府是小指头？"

哑巴看看对方，嘬起嘴，鼓出唾沫，又顶出一个小指头。

意思是：去你妈的！

不几天，人们发现那干部模样的人再不进村了，据说他的脚踏车总是在这里被人扎破胎，或者是铃盖不见了。大家不用猜，就知道这事是谁做的。但就算是那位干部，也只是报以苦笑，无法阻止这种判决。

# 八

门前溪水暖了又寒、浊了又清，田里五谷收了一季又一季，山里人不知不觉在悄悄经历着一个大变化。首先是副业开放，然后是包工包产，最后是分田分山的责任制……德成很快成了大忙人。如果说他第一次担着辣椒上自由市场还提心吊胆，那么他不久就有了大显身手的信心和壮志。朋友们来往不绝，他们结伴到湖北去贩茶叶，到广东去贩鱼苗，一去好多天。每次回来总带着得意神情和一堆堆山外的新闻，茶余饭后，满面红光，被人们的羡慕和敬畏包围。

"德成哥"的称谓，被"德成叔"代替，"你"被"你老人家"代替，虽然他还是他，还是个经常头痛或者血压高的大胖子。

他财大气粗，在屋场里游转，开始喜欢背着手挺着胸，对有些人爱理不理，讲起话来也盛气逼人："庆胡子，你那窝猪崽不准卖给别人，我包了！""三老倌，你也想开口借钱？嘿嘿，你还记得钞票是方的还是圆的？"……人们在这样的呵斥下敢怒不敢言，似乎这位昔日的屠夫已经成了山大王，万万不可得罪。据说他还准备到镇上开店，准备买卡车跑运输，准备办砖厂开炭窑——他哪一天会不会把县政府都买下来？

二香也成了女人们关注的目标。在她们看来，二香的八字真是硬，以后还用得着喂猪和锄草吗？还用得着织布和做鞋吗？拉倒吧，她就等着当地主婆，等着当贵妃和皇后娘娘吧。穿金戴银不说，坐轿骑马不说，还要雇一帮丫鬟来前后左右地侍候吧？……奇怪的是，二香还是一个人忙里忙外，经常累得汗湿的衣衫紧贴背脊。到她家去看看，栏里七八头猪肉滚滚，屋后一园瓜菜绿油油，阶基上干净得连半根草须也没有，还有做饭、待客、出工……这样勤劳贤惠的媳妇真是少见。

她还是很少有笑脸，这一天的晚饭更是吃得提心吊胆。德成刚扒了第一口，脸色就沉下来，饭碗朝二香面前一砸："这是什么饭？你吃！你吃！"

二香吓得赶紧尝了一口："哦，锅里可能多了点水。"

丈夫又吃了一口菜，更气了："你要我吃烂布巾？"

二香吓得再尝了一口："丝瓜可能是老了点……"

"丝瓜？这也叫丝瓜？"

"我另外给你做……"

"做什么做？做猪潲吗？"

"你是馆子里的口味吃惯了。要不，你就到镇上去……"

"你怕我今天还没跑够？你以为我的血压还不够高？你看你这个堂客，痢心好黑！"

"对不起，对不起……"

"一顿饭都做不好，你只有去死，去死呵！一个猪婆也要给我长几斤肉吧？一只鸡婆也要给我生几个蛋吧？你能做什么？你以为我吴家的钱用不完，要请你白吃饭是吧？"

德成把她骂了个狗血淋头，看看手表，夺过饭碗又吃了两口，大概吃得火气冒，筷子一丢，把碗砰的一声砸到地上，骂了一阵娘，带上手电筒出门去了。几只鸡跳过来，抢吃散落的饭粒。

二香呆若木偶，好半天才低下身子去，一块一块捡起碎瓷片。躲在隔壁房间的哑巴看见，她捡到最后一块时，一颗泪珠落到了手上。

这天晚上有个附近的村庄唱大戏。山里好久没唱戏了，好久没有见过县里的大班子了，据说这次还是村长亲自带人去硬把人家几箱行头抢来的。锣鼓敲得好欢，灯火照得好亮。戏台下有卖米花糖的，卖瓜子的，卖炒板栗的，卖甜酒和米粑的。莫说去看戏，就是到那人群中挤一圈，嗅一嗅扑鼻的香味，也是山里人的享受。但哑巴今天没有去赶热闹，悄悄来到厨房里，看着缩在灶脚头发呆的女人，看着那张被火光映得忽明忽暗的脸。

他给嫂嫂倒了半碗茶水，但嫂嫂没有接。

他给嫂嫂一条毛巾，但嫂嫂也没接，只是撩起衣角，擦了擦泪眼。

他们静静地守着一堆余火。

远远的鼓乐声隐约飘来。聋子当然没有听到，但他接地的两只脚似乎有所感觉。他取来唢呐，咬住气嘴，深深叹了一口气，放出一道呼啦啦的长音。这也许是好听的吧？也许可以替代邻村的演出吧？也许可以让嫂嫂开心一点吧？他拿出最高超的手段，一仰一俯地吹起来，时而急促，时而舒缓；时而嘹亮，时而微弱。他仍然吹得有点乱，把欢笑吹得像哭泣，把美丽吹得像丑陋，把倾诉吹成了争吵，把爱慕吹成了仇恨。只有从他闪闪发亮的眼里才可以看出，他其实在吹着祖先和孩子，吹着古老的山和世代耕耘的土地……呵呵，土地呵，谷米呵，山寨呵，多么好呵多么好。一个个音符像鲜花绽放和星星闪烁，像满山的杨梅红透欲滴。

不知为什么，二香脸色发白，慌忙捂住双耳。

哑巴戛然而止，有点手足无措，大概对自己的无能心怀愧疚。他终于收起了唢呐，悻悻地提着木桶去潲锅边取潲。

"你回来！"嫂嫂好像怕他消失。

他没有听到。

嫂嫂冲着他的背影更大声地喊："你回来！"

背影仍然没有听到，在潲锅那边舀出呱嗒呱嗒的声音，然后提着潲食去了猪栏屋，走入门外的黑暗。

"你这个聋子，你帮不了我，帮不了我呵。我就是说了，你也听不见呵……"女人忍不住放声大哭，"我是受苦的命，做牛做马的命。我前世作了什么孽？老天爷要这样惩罚我？人家最丑的女子，最穷的人家，也生男生女一个个。我偏偏没有。我吃过药，我烧过香。香灰都够捏成个人了。可我还是没有。你说我怎么办，怎么办呵……你给我说一句。你哪怕就给我一句……"

她哭得气绝，一声声卡在喉头，好半天没有放出来。但门外的黑暗里还是没有回应，只有此起彼伏的猪叫，还有聋子用木勺刮桶的哗哗声。


# 九


哑巴半夜里大叫一声，醒了过来，觉得有什么地方不对劲。他打开电灯，手忙脚乱去嫂嫂那边看看，发现女人果然呼吸粗重，面色苍白。

他嗷嗷地叫着，给嫂子加了床被子，又打来一盆热水，洗去嫂嫂的眼泪。嫂嫂的内衣汗了个透湿，看来得找一套赶紧换上。

看着他笨手笨脚地忙碌，女人却无力劝阻，只能一手抓住对方的手。哑巴被这只手咬了一口似的，浑身一震，两膝发抖，有一种全身中毒的僵硬。但他越是想抽手，对方就把他的手抓得越紧，紧到了咬筋锁骨的程度，好像不光是要劝阻他了。

"你摸摸……我的话。"女人把他的手拉向自己胸口，让手摸到自己的心跳，泪水再一次夺眶而出。

哑巴摸到滚烫的体温，更吓了一跳，好容易挣脱女人的手，去捶响了邻居的门，捶响了队长家的门，捶得满村都是咚咚咚的震天响。人们来到二香的床头，都大吃一惊：怎么病成了这个样？他们有的找郎中，有的打电话，还有人卸下门板作担架，要把二香直接往卫生院送。在队长的安排下，哑巴去找德成回来。

哑巴用手电筒寻找田埂上的摩托车胎痕迹，一旦没发现痕迹，就使劲缩缩鼻子，狗一样寻找汽油的味道，寻找哥哥的发油味、烟垢味以及特有的汗气。还真靠了这只狗鼻子，他走过小桥，穿过竹林，绕过坟地，一举把德成找到了。这是邻村一个小寡妇的家，门口停着德成的摩托车，窗子里冒出笑闹。哑巴从门缝往里一瞄，果然看见了德成那肥大的脑袋，还看见桌边另外三四个男女，桌上的纸牌，酒杯与剩菜，烟盒与散钞……

他推门进去拍德成的肩，指指屋外，比画出长头发，做出病痛缠身的神态。

德成白了他一眼，吐掉一个烟头："你来做什么？去！回去！"

嗷嗷嗷——哑巴急得直跺脚。

"死聋子，起什么鬼飚？"

有一个男人看出了哑巴的意思："德成，他是说你堂客病了吧？莫打了，跟他去吧。只怕你还要去医院呢。"

德成大为不快："妈妈的，人倒霉鬼就上门。好好好，我就回去。"说着又拍出一张牌，笑着大叫："调主！这回你们的酒罚定了哈哈哈……"

"德成……"女主家也注意到哑巴的神色。

"打吧打吧，打完这一轮。"德成满不在乎地挥挥手，"她那是老毛病，死不了的。"

话未落音，他突然整个身子沉了下去，一屁股坐在地上。说时迟，那时快，哑巴不但抽走了德成的椅子，而且提起桌面一掀，把纸牌酒盅什么的掀得四处飞溅，吓得女主人尖声大叫。人影晃动之际，电灯泡摇来晃去。

德成爬起来，恼羞成怒就是一拳。

哑巴一动不动。

德成再给他一掌，响亮无比地扇在他脸上。

哑巴既不避让，也不招架，看来也没准备还手，只是直愣愣地盯着对方，看对方是否准备出门。

"滚——"德成抹抹头发，整整衣襟，又在桌边坐下，"今天见了鬼不成？老子偏不回去！来，洗牌，再来！"

哑巴肯定看懂了对方的口形。他现在开始还手了，哗啦一声再次掀翻了桌子，然后随手抄起一张条凳，铺天盖地打将过去，不但把德成打翻在地，还把刚才同情他的男人也扫倒在墙角——完全是打红了眼，气昏了头。"妈妈的你瞎了眼呵？"墙角里的男人委屈地大叫。但哑巴不知道他叫什么，嗷嗷声中又一凳子扑向窗台，把镜子和暖水壶也当成妖怪，拍了个稀里哗啦。要不是有人拦腰抱住他，女主人也可能在他面前见血。

他是一座爆发的火山，完全没法控制。他甩开一个个拦阻者，发现手里的条凳断了，便丢了条凳，一眼看准靠墙的土车，抢上前去，哗啦一声，把整个土车提起来，举起来，举过了头顶，力拔山兮气盖世，眼看就要把砖墙瓦盖统统扫荡。

所有在场人一齐惊呼着四散。

他找不到目标，只得停下来，嘴唇在轻轻抖动。

"好，你疯了，你疯了，你竟敢打老子，你找死……你这个黄眼畜生！"德成抹着脸上的血，慌慌地闪到大门外去了。

门外有狗吠。


十


德成与哑巴终于分家了，哑巴只分到一张床，一担脚箱，几件农具。队上人都说德成太厉害，德成就愤愤然地算了笔细账：关于哑巴在他家

120

里的吃穿用，关于哑巴的吃里爬外，关于这次打伤人的医药费，关于当年他给哑巴治耳朵的钱……最后还搭了句："要说我揩了他的油？那好，现在让他单打鼓独划船，发大财去呵！"

队上也不太好管这桩兄弟官司。

哑巴没有地方栖身，借了一间队上的公屋。乡亲们给了他一套桌椅，凑齐了锅盆碗碟，还放了两丘田的土砖，准备秋后给他做屋。但哑巴的日子还是过得不怎么好，失去了嫂嫂的经常关照，他的衣服显得有些破旧和邋遢。

二香去看过哑巴几次，偷偷送去新鞋新衣，还送了糯米、干鱼和瓜菜。一旦这些事被丈夫发现，免不了招来他的打骂。有一次德成还站在大门口，拍着大腿放出一通不干不净的话，引得几个长舌妇交头接耳。

二香后来去哑巴那里的次数就少了。公屋门前有口荷花塘。人们看见，二香经常舍近求远去那水塘边洗衣，每次都洗得人前来人后走，有点拖延磨蹭的味道。在洗衣女的笑闹声中，她跪在石板上，低着头默不吭声，把一件淡红色杏花点子衬衣细细搓揉。清清的水流顺着青石板一溜溜回到水塘。水中那个凝神的女子被水花打散了，又聚合拢来。

第二年春天，她知道德成在外面有了女人，终于与他离婚。那天，娘家的弟弟来接她回去，邻家的女人们心里不好受，来她家送别。她们鼻子酸，手巾湿，偷偷地抹眼泪，一股脑忘记了往日的小恩小怨，恨不得抱头痛哭永不分离。连小把戏们也像懂事了很多，不再吵闹，紧张地看看这个又看看那个。

二香的头发一丝不乱，脸色平静如水。她向姐妹们鞠过一躬，然后目光在人群中寻找。"德琪呢？"

她说出那个人们不常用的名字，坦然，大方，坚定，还有如释重负的轻松。

老队长怔了一下。

"德琪呢？他怎么不来送我？"她提高声调。

老队长慌忙朝四周打望，帮着她寻找。

二香整整衣角，理理头发，朝队上的公屋走去。她今天穿着那件淡红色杏花点子的衬衣，虽然已经褪色，虽然已经打了补丁，但还是洁净如昨，散发着清泉和阳光的气息。人们看着这一把闪烁的杏花过了沟，上了坡，穿过禾坪，走近那个窗口。

公屋里没有哑巴的人影，只有他的蓑衣和胶鞋，还有他的油灯和火柴，以及不知道有什么用的一堆空瓶子。

队长赶紧帮着找，对着上边垄里大喊："你们看见德琪没有？……"

周围的人都帮着喊：

"德琪……"

"德琪……"

山山岭岭发出阵阵回声。

还是没有人影。二香脸上露出一丝失望。她走到队长面前："有几样事，想拜托你老人家。我走了，请队上多多照看德琪。他鼻子容易出血，到三伏天，请你们莫让他晒得太厉害。他喜欢吃粑粑，分谷的时候，请你们多给分几斤糯谷。他那件袄子已经不能穿了，我早就要给他做新的，没来得及，今年入秋分了棉花，请你们记得给他请个裁缝……"

"好的，好的……"队长慌忙点头。

"他下田干活的时候，喜欢喝生水，你们莫让他喝。他热天贪凉，晚上喜欢在禾坪里睡通宵，你们莫让他睡。"

"好的……"队长声音哽塞了。

"他好管闲事，容易得罪人，其实他是豆腐心、糍粑心，是为队上好，为大家好。你们一定要宽待他，莫怪他……"

几位妇女发出抽泣，已经哭成了一片。

二香倒出奇地镇静和硬朗，抹抹头发又提到德成："……我不恨他，总归是一夜夫妻百日恩吧。等他新人进了门，请你们多劝劝他，还是把弟弟接回去。有个嫂嫂持家，日子会好过一些。"

孩子们围抱着二香，拉扯着她的衣袖：香婶婶，你不要走。你走了，我们会想你的。香婶婶你为什么要走？香婶婶，你还会来看我们吗？……

她蹲下去摸着孩子的脸："会来的，我会来的。你们在这里要听大人的话，好好地读书，好吗？你们不要再气德琪叔叔了，好吗？"

"我们再不了！再也不了！你相信我！"

"我们摘杨梅给他！"

"我们抓螃蟹给他玩！"

"我们给他看连环图……"

二香说不出话，失神地抱住孩子们，泪水一涌而出。这泪水不光是感激，还有伤别和依恋。她不知该用什么来感激这些泥猴式的孩子，感激他们神圣的诺言。

她终于还是走了。

她随着挑担的弟弟，沿着清凉的石板路向山口走去。渐渐地，黑影变小了，变小了，成了一个黑点。但到山口的尽头，黑点停住，凝固了很久很久。不知是看不见她在走动，还是她停下来朝这边打望……

黑点也终于没有了，天地恢复了原来的模样，绿色的群山深浅相叠。


# 十一


话要说回来，我对哑巴并不很熟悉，也不知道他是否有写进文章的必要。这个世界有这么多人，每个人活上几十年，在漫长岁月里只是倏忽一闪。我们能记下多少人？我们又为什么要记下这些人？

何况我们分隔在不同的生活里。

再次进山的时候，我打听德琪，没想到一听到这个名字，人们的脸上便掠过阴云。据说有一次在水利工地上，他一失脚，连人带车翻下坝，车上是几百斤重的麻石……当时已有人发现了险情，已向他发出了大声警告，但他是个聋子，耳朵不管用。

现在，人们不再经常谈到他了，只是在犁涝田的时候，在进榨房的时候，在盖屋或者洗井的时候，才觉得村里少了点什么，才会提到一个日渐陌生的名字。"唉，一个好人。""做了好事在那里，阎王老爷记得的。"——他们会留下这样一些叹息，然后重新回到自己无暇他顾的忙碌，回到生活中的柴米油盐。

人们倒常常谈起德成，因为他生意越做越大，即便参与走私遭到政府罚款，但还是把胶鞋换成了皮鞋，把摩托换成了二手小汽车。这一天刚好是他新的庄园落成，也是他第三个儿子满周岁的日子。按照乡俗，村里人应该去送礼，还应该凑钱请个戏班子，给他贺一台戏。但直到临近午时，村里除了响起零星鞭炮，还一直没有多少动静。德成感觉到什么，一一上门来邀请乡亲，说他已经准备了几十桌，说他愿意支付贺戏的钱，说他已经与戏班子联系了……大家只需要带一张嘴巴去。

他很高兴我在这里，递上一根过滤嘴烟，又打燃液化气打火机："嘿嘿，你真是稀客，一定要赏光，来我家吃餐便饭……"

我吸燃烟，但推托时间不凑巧，今天刚好有急事。

又有了唢呐声。那是几个小孩刚拿到糖果，心里一高兴，找来一支唢呐玩耍。他们当然吹不成调，吹得有一声没一声的、高一声低一声的，像没头没脑的惊呼和惨叫。而且那支我有些眼熟的破唢呐，已经铜锈斑驳。

唢呐，唢呐，我又在记忆的沙滩上徘徊。那是昨天还是前天？德琪像个卫士守在我的门口，不准几个小把戏闯进我的住房，怕他们妨碍我读书写字。他走进门，似乎想同我说点什么，见我捧着一本书没理他，便坐在一边守着。不知什么时候，他实在撑不住了，失望地离去，临走前捅捅我，做了些切肉片搓丸子的动作，意思还是不言自明——他希望我过节时去他家做客，我一定得记住。

他是想同我多做些手势的，是爱与外来人交朋友的，我知道。我本来也应该同他多打打手势，哪怕打打音乐节拍或者做一套广播操——那也许能给他解除一点寂寞，让他脸上多一些笑容。

我终究没有那样做。是因为忙？是没什么可谈？还是有点厌倦哑巴过分的殷勤？我现在已经不能那样做了。他化入青山，似乎与我无关，再也不会来搅扰我。

再也不会。

又起山风了，落雾罩了，榨房远远送来撞榨的声音，还有冲里零零星星的狗吠。门前有一处石堰流水哗哗，总是这样。我越过空明月色又想起了远方。那是在哪里呢？那也是在这个星球上吗？霓虹灯下驰过闪亮的轿车，宽阔跑道上腾起巨大的飞机，林立群楼下涌动着摩肩接踵的人海，到处是人和人……

我要好好地生活。

1981 年 9 月

# 怒目金刚[*]

　　老邱会砌墙，一把砌刀敲得当当响，只要砖块和灰浆供得上，两三个呼呼喘气的砌匠也赶不上他。他又会打猎，一枪放倒野猪，用不着其他人补枪，大家只管前去挂绳子抬肉就是。他还身高体壮，见几个后生抬一根水泥电杆上山，别别扭扭，累得嘴斜鼻子歪，便一声冷笑："啰唆，这么多筷子如何夹肉呢？"他扬扬手让后生们后退，自己紧了紧腰带，大吼一声，三百多斤的电杆就上了肩，稳稳地腾空而去，吓得后生们无不倒吸冷气，再也不敢要求加工钱。

　　正因为身手不凡，加上全乡在他的治下粮食增产，他这两年臭脾气见长，帽子从没戴正过，衣襟从没扣好过，眼珠子总是朝天上翻。"你小子""我老子""他妈的""老子崩了你"一类行伍京骂，动不动就遍地开花，大戳乡亲们的耳朵。但大家拿这位活阎王能怎么办？他说太阳从西边出来，你就不敢说从东边出来。他说一天有二十五个钟头，你就不敢少说一个钟头。人们忍气吞声，任他一张臭嘴到处吆三喝四骂东骂西，

---

　　* 最初发表于 2009 年《北京文学》杂志，2009 年获《小说选刊》年度优秀作品奖，2011 年获《北京文学》优秀作品奖、《小说月报》年度优秀小说奖。

任他四方步、八字步、蛤蟆步或螃蟹步呼呼地带风，走到哪里都排山倒海。用本地人的话来说：他要进你家的门，你得赶紧砸门框。他要是在你家坐，你得赶紧往椅子下支砖。

这些话的意思，是指这位书记霸气太大，门框都容不下；也太重，椅子也顶不住。全乡的门框和椅子都遭了殃。

这一天，活该吴家村的玉和倒霉了。刚过大年初五，老邱召集村干部们学习。这正是大抓马克思主义哲学下农村的时代，物质、精神、内因、外因、质变、量变、辩证法、形而上学……这一类小册子上的古怪名词折腾得大家冒虚汗、翻白眼以及舌头抽筋。但哲学是明白学、鼓劲学、斗争学、粮食增产学和肉猪长膘学，哪个敢不捧着小册子出汗？哪个敢逃脱这种哲学大刑？

玉和来迟了，拍拍身上的雪花，笼着袖子往墙角里蛇行鼠蹿。

"嘿！站住！"书记铁青着脸，"你小子怎么又迟到？"

"我……刚才看见对面山上牛吃菜……"

"哄鬼呵？今天是牛吃菜，明天是鸡吃谷，每次迟到都有理。妈那个×，我看你小子就是目无领导对抗学习！"

"确实是断了牛绳，真的，不信你自己去看看，西坡的油菜秧子少了好大一片。我要是说假话，就把舌头割在这里。"

"油菜重要还是哲学重要？你就不能叫别的人去赶牛？你猪娘养的呵？不会动动脑子呵？要是在战场上，迟到半分钟也不行。妈那个×，贻误战机，军法从事，老子一枪崩了你！"

书记今天火气特别大，主要是发现下属的学习一塌糊涂，不是把"黑格尔"记成了"黑木耳"，就是把"辩证法"记成了"变戏法"，甚至把"巴黎公社"理解成"篱笆公社"，将来遇到上级派人来检查，肯定烂他的场子和大丢他的脸面嘛。他已经拍了三次桌子，疯狗一样逮谁骂谁。据玉和后来清算，那骂娘骂爷的粪团子至少砸下了一筐。

说起来，玉和虽是尖嘴猴腮苦瓜脸，但在同姓宗亲中辈分居高，被好几位白发老人前一个"玉叔"后一个"玉伯"地叫着，一直享受着破格的尊荣。因为读过两三年私塾，他能够办文书、写对联、唱丧歌，算是知书识礼之士，有时候还被尊为"吴先生"，吃酒席总是入上座，祭先人总是跪前排，遇到左邻右舍有事便得出头拿个主意。想一想吧，这样的堂堂君子为何今天成了茅厕板子说踩就踩？成了床下夜壶说尿就尿？不就是迟到吗？不就是赶了一回牛并且在水沟里摔了一跤吗？他姓邱的凭什么狼心狗肺当众打脸？

玉和抹了把脸，端坐着一声不吭，只是休会时在门口拦住了书记，说你慢点走，我有事要说。

书记斜瞅了他一眼，说你迟到这么久，还有什么屁事？说完向另一个人交代运化肥和挖塘泥的任务，发出哈哈大笑。几个人额对额地借火点烟，亲热出抹脑袋和捅腰身一类动作。

玉和嘟哝一句："我要辞职。"

"你说什么？"

"我要辞职！"玉和只得来一句高腔。

对方这才扫来胡乱的一瞥："想叫板？你今天迟到，我骂你有什么不对吗？"

"骂得对，都对。"

"那你还有什么好说？"

"你骂我对，骂我娘不对。我娘没有要我迟到，还特别怕我迟到，今天天没亮就起床给我煮饭，三番五次催我出门，说山上有雪不好走。你如何左一句'猪娘养的'右一句'妈的×'？这事与我娘到底有什么关系？你同我说清楚。"

邱书记一怔，翻了个白眼："我这是……这是……教训你。"

"你明明是骂我娘，哪是教训我？这大家都听到了，人人可以做证。"

书记左看一眼，右看一眼，说不出话来，最后憋出了一个大红脸，呼啦啦甩下烟头拂袖而去。

副书记见玉和跟上去纠缠，只好插上来紧急救驾："玉和同志，你辞什么职？给人剃了半个脑袋就丢下不管？有话好好说，好好说。你看事情是这样的。今天你来迟了，与你娘确实没关系。书记也不是要骂你的娘，只是他当过几年兵，习惯了行伍里骂人的一些口白。你不能太认真呵。"

"怪事，对娘不认真，他姓邱的是树上结的？是土里长的？是螺蛳壳里蹦出来的？莫非只有他的娘金贵，别人的娘就是狗屎？"

"你消消气，骂娘确实，确实这个嘛……"

"今天才初六，照规矩元宵节之前都是过年，得讲个喜庆和睦。他这个时候当着上下百多号人来指着鼻子骂娘，是不是欺人太甚？"

"人家老邱可能根本没掐这个日子……"

"我比他整整大一轮，多吃了十二年的饭，他也没掐一掐？出门要尊贤，入门要敬长，他连这个道理也不懂？"

"这样吧，你抽烟，你抽烟，我把你的意见转告他……"

"你告诉他：去年他来我们队蹲点，我娘为他煮过饭、烧过茶、洗过衣、做过鞋垫，亏了他吗？他不记恩也就算了，为何一转脸恩将仇报？我娘快七十的人了，一辈子没做过恶事，连蚂蚁都不踩，连蚊子都不打，脑壳痛了十年，腿痛了二十年，眼下只剩下几粒牙齿喝稀饭……"

玉和不愧是吴先生，一较真果然有板有眼，条理分明，证据确凿，情理并茂，大义凛然，气壮山河，铁齿铜牙足以逼得对手一截截出屎。副书记知道今天遇到大麻烦了，再递烟也无济于事，再拍肩、再赔笑也阵脚难守。眼看着幸灾乐祸、挤眉弄眼的闲人越聚越多，他只好适度背叛一下。"老邱怎么搞的？确实不该这样说嘛。这样吧，我给你道歉行不行？我代他向你道歉行不行？杀人也不过头点地，我们认错了，不行吗？"

"你不用道歉，这不关你的事。冤有头债有主，我只找他，要他到我家去坐一下，同我娘说清楚，就可以了。"

"好好好，会去的，你放心，肯定要去的，必须的！"

下午开会，邱书记成了霜打的秋茅，不时用袖口在额头抹汗，嘴里干净了许多，在造林一类问题上还无端称赞了吴玉和几次，散会时又主

129

动前来招呼，说天在下雨，玉和同志你要不要借把伞？

玉和戴上自己的斗笠扬长而去。

"雨太太太大了吧？……"书记的结巴和巴结都留在远处。

几天过去了，玉和一心一意等着，等着老邱上门来的那一刻。其实他嘴硬心软，没准备下毒手和动大刑，甚至不打算说重话。他平日里对待牛马猪羊都和颜悦色从无恶语，如何会为难一个人？一个长官？他只要对方来坐一坐而已。坐一坐就是坐一坐嘛，喝杯茶，抽根烟，天南地北说几句，事情点到而止就行。玉和还准备了酒肉，说不定到时候还要贴上一顿呢。老邱最爱吃的小腌笋，他一直小心地留着。他知道老邱的行伍脾气，知道人非圣贤孰能无过。问题的严重性在于，那家伙不该在不当的时间、不当的场合，以不当的方式、向不当的对象撒泼发癫，这一背天理，二败习俗，岂能听之任之？士可杀不可侮也。树活一张皮，人活一口气也。老话就是这么说的。

门外总算有了脚踏车的铃声，玉和清清嗓子出门迎候，发现来人不是老邱，是一个走门串户的蛇贩子。

屋前的老黄狗大吠，玉和拍拍身上的灰屑钻出厨房，发现来人仍然不是老邱，是一个挑着空箩筐的亲戚，大概是来借粮。

不是说了他会来的吗？

玉和等得心里越来越虚。直到家里的小腌笋霉得只能沤肥了，还不见姓邱的影子和声气。后来听人说，邱天保来什么来？这家伙刚接到调令，脚板下抹了油，已经去其他地方上任，你八人大轿也接他不来了。吴玉和顿时两眼发直，全身抽搐，像重重挨了一枪，胸口有撕裂的剧痛，差一点口喷万丈鲜血然后直挺挺地倒下去一命呜呼。天呵天，那家伙肇事逃逸，欠债不还，杀人不偿命，拉完臭屎屁股一撅就溜了？他吴玉和老娘头上的这一泡臭屎只能没完没了地顶下去？

他大病了一场，额头上贴膏药，在床上躺了半个月，整个人瘦下来一圈，不再兴冲冲地办文书、写对联、唱丧歌，也不再吹嘘祖上那些翰林、都督、御医的故事。他不知乡亲们会如何议论此事，甚至不敢出门见人，但相信自己已斯文扫地可笑如猴，他婆娘就是猴子的婆娘，他儿子就是猴子的儿子，他孙子将来就是猴子的孙子。一只飞鸟此时刚好把两滴稀粪拉在他的茶碗里，更让他看到了形势的严重。他拿定主意，忙去打听邱某人的去向，然后给所有去那个地方的人捎口信，拜托各位开车的司机、走娘家的女人、卖竹席的小贩、补锅或者修伞的师傅，去找到那个王八蛋，就说这里有个姓吴名玉和的人在等他，要找他，永远跟着他。他得听好了：躲得了初一但躲不过十五，他就是躲进了蛇洞，吴玉和也要挖洞灌水凿洞灌烟；他就是逃到了台湾，中国人民也一定要解放台湾！

不知这些口信捎到了没有。到最后，他气呼呼把儿子叫到面前，说养兵千日用兵一时，你给我带上一双草鞋和两斤米，明天就到河口乡去。记住：你到了那里，找到那个姓邱的货，一不要讲理，二不要打架，三不能毁坏东西，只是咒他邱天保不得好死。记住：你要咒九九八十一遍，嗯啦，八十一遍。你回来以后，老子付你口水费，让你吃三天肉！

儿子一听说吃肉，乐得摩拳擦掌："要不要咒他绝代根？"这是一种村里人最恶毒的命运预告。

"不可，他娃娃与此事无关。你不能乱来。"

"要不要咒他癞头猪在粪坑里禽的？"这是一种乡下的下流描绘。

"不可，他爹娘与此事无关。你也不能乱来。"

"要不要往他窗户里砸牛屎？"

"不可，不可。你砸了牛屎还不是他婆娘来清洗？他婆娘又没骂我，不关她的事。你休得连累无辜。"

儿子把老爹交代的政策和纪律记住了，顶着一个草帽，提一根打狗棍，斗志昂扬上路而去。不料他这一次毫无战果，原因是他寻到河口时，姓邱的不在那里，据说他不久前违法犯罪，闯下大祸，一头栽进了公安局。

玉和先是一惊：公安局？他姓邱的能犯什么罪？接着是一喜：老天总算开了眼呵？走多了夜路要碰鬼呵？这个贼坏子也有栽跟头的时候？

再下来却有点左右为难：因为他听人说，天保那家伙吃官司，一不是拿错了钱，二不是上错了床，三不是反党反社会主义，不过是擅自下令砍了公路两旁的行道树。事情的起因，是河口遭受水灾，上面迟迟拨不下救灾款。眼看着几百灾民没房住，他一冒火，"妈那个×"，就带人去给干线公路猖狂地操刀剃头，把护路的樟树、杉树、梓树统统砍了然后分给灾民盖房子——这种毁林毁路之罪，在抗美援越的特殊时期尤其罪不可赦。

但不破坏又怎么办？不擅自不猖狂又如何？吴玉和大张着嘴，有点想不通：那些树反正没运出国，不都是给中国人享用了？又没烧成灰，没化成水，不也是派上了正当用场？这算什么违法犯罪呢？未必有了"黑木耳""变戏法"，有了"篱笆公社"的革命哲学，灾民就可以不住房子了？或者房子就可以用纸片来糊？……邱天保居然为此获刑两年，丢了饭碗，一栽到底，实在匪夷所思。玉和由此想到小人暗算、权奸作乱、昏君恶法、国运不兴一类大事，想着想着就把私仇一段暂时放下。这一天，去县城卖猪鬃和拉酒糟，他还忍不住去看一眼邱犯天保，想送上一碗牢饭。

在送完牢饭以后再啐他一口，这样做可能比较合适？

后来他知道，天保没蹲看守所，算是刑期监外执行。那家伙在县城也没住房，只是眼下靠老婆当临时工养家，就在城郊租了一间库房，方便老婆去大米厂上班。这样，玉和顶着烈日打听了好几个地方，最后在大米厂围墙外找到一排库房，找到了邱家一张歪门。库房是以前用来囤放石灰和水泥的，已经破旧，还阴湿，还窄狭，墙壁不过是篱笆上糊了些黄泥，炉灶不过是墙角里几口砖上架一口锅。有一张木椅因为少了一条腿，只能斜斜地靠着墙。一线蚂蚁从墙上爬到了椅子上，聚叮着几颗剩饭。

往日的大书记眼下又黑又瘦，胡子又乱又长，在黑暗中瞅了好半天才认出来人。但他没法站起来——右腿据说是不久前在一次批斗会上被踹伤。他只能捉住来客的手，禁不住浊泪一涌而出："我在三个地方任职为官，前后干了十多年呵，没想到……没想到只有你今天来看我。"

"你不要动，不要动，就这样就好。"玉和让对方坐稳。

"上茶——"老邱凶猛地表示客气。

一个小女孩赶忙来招待客人，但揭开热水瓶的盖，发现里面没有水；从井边提来半壶水，发现火柴盒又空了；好容易从邻居家引来火，又发现小铁筒里已无茶叶。看到这场忙乱，玉和轻轻地叹了一口气。

他喝着一碗白水，见小女孩靠两张凳子相叠，爬到小阁楼上去写作业。"这么爬上爬下好危险，你不给她打一张楼梯？"

"早就拜托了人，都一个多月了，人家也没个回音。"

"怕是木匠没空吧？"

"没空？我算是明白了，世态炎凉呵，墙倒众人推呵。如今我成了王八蛋，还有什么人情面子？"

"这事好说，包在我身上。"

"麻烦你？不用，不用，我自己会想办法。"

"你啰唆什么？五天之内，保你有楼梯用。"

"哎呀呀……"天保眼里闪着泪花，"那也好吧，到时候我给你算钱。"

"钱？你要说钱？那这事就不能谈了。我吃饱了没事干呵？要赚你这几个臭钱呵？算了，你另求高明吧，我也没得空。"

鼻涕声更响亮，天保再一次紧握来客的手，嘴巴张开了两三次，像一再慎重挑选词句，要说出激动和重要的什么话来。

玉和等着，等着，等着呵等着，甚至等得自己怦怦心跳，一心等到对方最应该说出的那句话，等着云开雾散阳光灿烂的美好。但不巧的是，小女娃偏在这要命的时候问父亲一个字，又问一个题。这事刚消停，主人的老婆又下班回了家，于是天保的口舌胡乱支应离题万里，让玉和暗暗叫苦。

主妇见家里有客人，顾不上一身灰土，忙去买了一条鱼，打回一瓶酒，留客人吃晚饭。豆豉大蒜烩鱼的香味很快在窝棚里弥漫开来。天保揭开热气腾腾的汤盆，喜滋滋地说："来来来，吃！"

“你吃。”

“你吃。”

“你先来。”

“你吃嘛吃嘛吃嘛。”

“你来嘛你来嘛。”

推让三番五次，天保嗓门儿越来越大，见客人还是怯怯地往后缩，竟急红了一张脸："你到底吃不吃？"见客人呆呆的，更是气不打一处来，端起鱼盆往地上咣当一砸，"不吃就不吃，不吃了不吃了不吃了！"

他气呼呼地摸火柴抽烟，吓得玉和差一点翻下椅子，面色惨白，不知所措。好容易看清眼下的局面，玉和只得先安抚哇哇大哭的女娃，又与叫叫嚷嚷的主妇争着去在地上救鱼，争着用扫把和抹布清理污秽。幸好装鱼的是铝盆，没砸破。主妇回头将鱼用清水漂一漂，略加油盐，还能上桌。

“你急什么急？人家这不是在吃吗？”主妇把筷子重新塞到丈夫手里。

一顿回锅鱼吃下来，邱犯天保还是喝醉了，脖子都红红的，哭出一把鼻涕一把泪，先是骂法院判决不公，接着骂自己脑子里长草，再骂某人落井下石，骂某人见风使舵，骂某人皮笑肉不笑，骂某人明明输了棋偏不认账……都是一些玉和不知头也不知尾的事，让他接不上话。只有妈那个×妈那个×妈那个×一类口白，"你小子""我老子"一类前缀，玉和倒是听得耳熟。

玉和不再说话，只是一听对方说"吃"就赶紧操作筷子和嘴巴，全身紧张一直持续到欠身告辞而去。

四天之后，一张小楼梯就由玉和求村里的木匠打好，托拖拉机手捎去县城。据说那楼梯又光洁又结实，长短恰到好处，还有防滑倒的挂钩，显然是来自一种用心的观测。邱家人见了喜不自禁。

但玉和再也没有去过那一家。有时捎去一包茶叶，有时捎去半袋豆子，这点人情倒是有的，但他不愿再进那张门。日子久了，熟悉他的人才得知，他无非是嫌邱家缺文少墨，不遵礼数。做女儿的不会叫人，是个哑巴吗？当主妇的在客人面前穿短裤，白花花的肉晃来晃去，天气再热也不能如此不成体统吧？再说吃饭，主先客后，这是规矩，就算是吃碗老萝卜烂白菜也得讲究的，为何推让几下你就要瞪着眼睛砸碗？你拷问犯人呵？你痞子闹场呵？真是莫明其妙——人家客方一个肚子是来装饭的还是来装气的？一餐饭下来没长肉还要吓得掉肉呵？

最后一个捎豆子的人回来时说，邱天保已经搬家。相关的好消息是，因为不少群众一再上书，法院重审案件之后终于对邱天保改判。这家伙命好，八字硬，居然还得到某个大人物的赏识，虽写下一份深刻检讨，但最近被提拔为副县长了。

听到这事，吴先生点了点头。

"你不高兴吗？"传信人觉得对方还应该有更多表情。

吴先生提着牛鞭出门，"高兴什么？这家伙，落难惹人怜，得势遭人嫌。"走出地坪好远又在柳树林那边扔过来一句："你们看吧，他那张嘴巴又会变成大屁眼，到处喷屎喷尿，哪个受得了？"

邱副县长是否到处喷屎喷尿，不得而知。不过他当然不会忘记玉和，据说很快就捎话来，邀他去县城走一走，请他去看什么大戏，接他去赏什么灯会，但他充耳不闻，就当没这回事。有一次，副县长在路上见到他，远远就要司机停车，热情万丈地迎上来，但他借口手上有泥水，没接住对方伸过来的手，自始至终也只是点点头，或者摇摇头，不咸不淡地支吾一下。

老伴事后埋怨他："事情过去就过去了。你们这对冤家也结得不容易。照我说，冤仇宜解不宜结，得饶人处且饶人嘛，你呀……"

没料这句话引发玉和的勃然大怒："我又不是个疯子，凭什么要握手？凭什么要应答？"

"他问问你有什么困难，怎么说也是好意吧？"

"困难？我最窝心的困难，他装模作样不知道？"

"他可能……真是忘记了？"

"这种事都能忘记？那他就更不是个人！"

老伴吓得舌头一伸，再也不敢接话。

一天，四五个乡干部一齐来到玉和的地头，见两口子栽瓜秧，就这个帮忙点粪，那个帮忙覆土，另有人大张旗鼓地砍树枝扎棚架，"吴伯""吴爹""吴先生"一类叫得特亲热，递烟点火一类动作也让人应接不暇。他们无事不登三宝殿，其实是想接先生去县城走一遭，帮他们去拉拉关系，解决乡政府旧楼改造的资金问题。照他们说，这四乡八里就吴伯面子最大——不然邱副县长为何三天两头就要问到他吴玉和？他雪中送炭、青松傲雪、慧眼识英雄的感人事迹谁个不晓？

玉和一直不吭声，最后冷冷一笑："我是三岁娃娃吧？你们还要我去找那个王八蛋，不是偏偏要踩我的痛脚？"

众人吓了一跳，面面相觑。黄乡长怯怯地问："你说哪个是王八蛋？"

"你们说哪个，我就是说哪个。"

"这就怪了。前……前……你与他不是来往最多吗？在他最倒霉的时候……这可都是邱副县长自己说的。"

"那是我看在他落难。"

"吴伯，这我们就不懂了：一面破鼓，补它是你，捶它也是你？"

"有什么不好懂呢？桥归桥，路归路，一码归一码。他蒙冤落难，我要行公道。他伤我太深，是亏了私德。懂不懂？公道与私德是两笔账。诸葛亮气死周瑜和哭吊周瑜也是两笔账。我吃了五十多年的干饭，连这个账都算不清？"

众人说不过他，甚至听不懂什么诸葛亮的账。另一个干部只好苦着脸另找话头："吴伯，你就算是帮我们一个忙吧。你看我们那个办公楼，实在破得像个猪窝了。昨天一下雨，我在房里摆三个桶子接漏水呢。老鼠天天在我头顶上打架。你老人家菩萨心肠，大人大量，德高望重，对我们全乡的发展建设功勋卓著！这样吧，你老人家消消气。到时候我们在城里最好的酒馆摆上一桌，你与人家老邱相逢一笑泯恩仇，往事一笔勾销……"见玉和一张苦瓜脸正在转暗变黑，又赶忙顺着来："哦，当然啦，都按你老人家的要求办，人家邱副县长肯定有个说法。是不是？我向你保证，事情一定圆满解决。今天我一个脑袋赌在你这里……"

"这关你们什么事？"玉和把来人的一张张脸盯过去。

"我们不就是要促进团结嘛……"

"在酒馆里搞团结，我娘听得到？我娘有这么长的耳朵？"玉和哼了一声，挑起粪桶径直下坡去了。

大家拍拍脑袋，这才想起一个重大疏失：玉和老娘的坟头在这里——既然事情因她而起，当然就得在这里了结，酒馆里再圆满再伟大的团结也是锣锤没打在锣上，不合吴伯的章法。

日子就这样过着，有晴有雨、有暖有寒地过着。又一个冬天到来了。村里遭遇一次山火。那天风太大，烈焰横蹿，火团远跳，几乎逢路过路逢溪过溪一往无前。离火舌还十几丈远的林子，哪怕隔着荷塘或地坪，一眨眼就由绿变黄和由黄变黑然后噼噼啪啪自燃，把在场者都吓得差点尿裤子。谁也没见过这么疯魔的火，不知道如何对付。玉和的儿子就是在火场差点丢了小命，黑乎乎的一团送到医院时，冒出皮肉焦煳的气味。

听说儿子需要清创、消炎、植皮等费用两三万，母亲几天来以泪洗面。玉和赶到医院时，女人告诉他很多人都来看过了，其中包括乡干部和邱天保，都在着急钱的事。

玉和忙着倒水和打饭，又去上厕所，好像没听到。

女人吞吞吐吐地说，邱天保还批了一张条子，要县民政局特事特办，参照抢险抗灾英模待遇，给伤者家庭补助一万元。

玉和愣了一下，接过纸条看看，顺手撕成碎片，扔到地上还踩一脚。"无聊！无聊——"他冲着墙角瞪眼睛。

"你要死呵？"女人大惊，忙不迭地捡起碎片，"你挨千刀，你下油锅呵——这是什么时候？你还称什么大？赌什么气？耍什么横？"

"你也不看看，什么狗屁字？猪蹄子戳的？狗爪子挠的？"

"你抠什么字？你的字是比他的写得好，但你的字不值钱。"

"还有脸当干部。就是给我当学生，我也要打烂他的手板。"

"没见过你这号人，山穷水尽了还酸，你就是孔夫子又怎么样？"

"错别字也太多了吧？太无聊了吧？"玉和仍是一根筋，想起了更可气愤的，是纸条上儿子吴懿风的名字居然也被写错。"还'一风'呢，哪来的吴一风？他怎么不写成一级风、二级风呢，气象预报呵？他怎么不写成东风、南风、西风呢，打麻将呵？就他这水平，把政府的脸丢尽了，只配去发酒疯！"

"人家可能是没记住，或者觉得那个字难写……"

"列祖列宗在上，我吴家从来没有野崽子。吴懿风就是吴懿风，上了谱的，入了帖的，行不更名坐不改姓。我吴家再穷也不能去拿人家的钱！"

"怎么是人家的钱？不就是一个字吗，总不会比我儿的一条命……"女人嘴一歪，哭着夺门而去了。

吴玉和翻了翻医院账单，摸摸衣袋，挠挠脑袋，只能出门去卖血。发现儿子连肉汤都喝不上，连鸡蛋都吃不上，当娘的更是餐餐靠酱巴下饭，他更知形势的严重性。他总不能指望老伴去垃圾堆里捡烂菜叶吧？不过他年纪偏大，个头瘦小，面相还丑陋，被采血的护士皱着眉头瞥了两眼，当歪瓜裂枣打发出门。他想了想，只得坐车来到一个小镇医院，找到一个当医师的亲戚，算是走后门通融，偷偷卖出了红色液体——那里有个病危者正好需要这种血型。"你们肯定还有病人！是不是？肯定还会有难产的、中风的、撞车的、跳楼的、闹癫痫的……"他捏着钞票还不愿走，一个劲儿地纠缠这个或那个医生，恨不得这一刻有千万人大祸临头，都抬进急诊室，都气息奄奄，都急需他价廉物美的鲜血。不用说，他望眼欲穿也没有等到这种奇观，倒是自己几乎被亲戚轰出了院门。

他这才感觉自己有点头晕，两脚如同踩在波浪上，周围一切飘忽不定。扶墙歇一会儿以后，他喘口气再走，差一点撞到树。有位路过的熟人发现他脸色不好，问是不是要用脚踏车驮他一程。他缓缓地摇手，说自己不过是想赏一赏风景，不过是在等一个朋友哩，不急着走，不急的。

他其实很想叫住那个骑车人，请对方帮一把，但不知为什么话到了嘴边又咽回去，还是咬紧牙继续观赏美丽秋色。

儿子出院回家后，身上虽有几块疤，但行走什么的已无大碍，让全家人松了一口气。"不吃嗟来之食，饿死了吗？饿死了吗？"玉和对这种结局兴高采烈，冲着儿子问一句，冲着老婆问一句，冲着邻家的鼻涕娃娃也问一句，问得他们都迷迷瞪瞪，然后面对门外的重叠山峰摆上一碗谷酒，好好地豪壮了一番。不过，治伤所欠下的债，以后得慢慢偿还了。从这一天起，这一家不开电灯，晚上能摸黑就摸黑。这一家也不用肥皂，洗衣时只用草灰或茶枯凑合。玉和豪壮地戒了酒，不买烟，胶鞋换成草鞋，皮带换成草绳，成天着装像个叫花子，在务农之外寻找一切挣钱的生计。他以前从来不去屠房的，总觉得那血淋淋的砍杀，嗷嗷嗷的惨叫，实是不仁，实在戳心，但现在也不能不硬着头皮去那里帮着操刀行凶。他以前从不挖坟砖的，即便是挖一些无主的野坟，死者为尊，虽殁犹存呵，后人岂能晃晃当当地打砸抢烧横加欺凌？但眼下的青砖值钱，卖一口就赚两角哩，他也不得不寡廉鲜耻地扛着锄头混入小人行列。最后，他还跟着后生们上山倒树。一个年过半百的老汉，还经过多次卖血，在根本没有路的陡坡上和密林里蹿上蹿下钻来钻去，被马蜂刺，被树刺扎，被毒草割，被风雨淋，一张沾有青苔和泥沙的脸经常像恶鬼，落在水潭里吓自己一大跳。

他手捧清水洗了几把，才在水面倒影中辨出自己的苦瓜脸，兴之所至，还随口吟出一联："人面兽心方可恨，兽面人心又何妨？"

他那干瘦如钉的两条腿越来越哆嗦和晃荡了——终于有一天，他突然觉得肩头重量消失，膝盖和腰身忽然舒坦，阳光明亮耀眼，山风鼓荡爽身，整个身体有一种飘起来、浮起来、飞起来的感觉，有一种浮游在五彩天宫里的自在逍遥。

这才是人过的好日子呵——他差一点笑了起来。

其实他是在村民们的大声惊呼中，一失足便连人带树坠下山崖。几只鹧鸪在那个落点的周围大叫着绕飞不已。

落物惊起一大群金色蝴蝶，如一朵灿烂浪花升起来，然后缓缓地溅散。

村里人在谷底找到他的时候，发现他嘴巴、鼻孔、眼眶、耳穴里都流血，手腕已无脉跳，全身正在变冷。玉和，玉和伯，玉和爹……大家的喊声撕肝裂肺，然后在村里引发一阵阵炸响的鞭炮。家人们哭号着，发现他手冷如铁，只得赶紧给他洗身与换衣——据说尸体僵硬后就不方便这样做了。

遵照他以前有过的交代，丧事一切从简，比如道场和傩戏是断断不可。但有些规矩则不得马虎：儿孙晚辈一定要跪着守灵，白豆腐和白粉条一定要上丧席，香烛一定要买花桥镇刘家的——那一家的质量最好；祭文一定要出自桃子湾彭先生的手笔——那是死者生前最为知心的文友。出殡的队伍还一定要绕行以前的两个老屋旧址——死者在那里度过几十年，必须向熟悉的土地和各类生灵有最后一别。

入殓前，儿子发现父亲大睁双眼，目注苍天，不论亲人如何揉，如何搓，如何抹，眼皮也只是半闭。他的牙关紧紧咬住，咬出了一个宽宽嘴型，咬得腮帮微微鼓起，整个一张脸有些扭曲和张扩，活生生一个怒不可遏上阵打架的模样，让身旁人无不想起佛庙门前的怒目金刚。

是不是人家欠了他的粮？是不是他欠了人家的钱？……人们悄悄议论。只有家人最明白他的心事。儿子凑在他耳边大声喊："爹呵，爹呵，那个人已经来过了，已经给你赔不是了，你就放心去吧……"

金刚还是紧紧盯住屋梁，时刻准备出手。

"爹呵，爹呵，他实在是太忙了，但已经写来了条子，打来了电话，这事大家都知道的呵……"

死者依然严阵以待。

儿子拿一块白布盖住死者面孔，但仍然不解决问题。更麻烦的是，白布盖上去不久，有人听到嘎巴嘎巴的声响，若有若无，似在非在，来自左边又来自右边，待大家侧耳细听小心寻找，才发现越来越大的异声其实来自死者，来自他体内各个骨节的暗中发动。人们赶紧揭掉白布，消除这恐怖的声响，在临战者周围吓得一个个脸色发白。村长急得直摇头，说不行不行，和爹是什么人？你们想拿一块布打发他？这件事再难也得帮他办实了，不然他如何死得透彻？如何走得顺心？

村长赶忙到村部去打电话。这是一个通信不太方便的时代。邱天保在省城办事，从滋滋滋喳喳喳的电流声中知道事情原委，不免大吃一惊，依稀想起了十多年前。他连夜赶火车、换汽车，把慢腾腾的火车汽车骂了狗血喷头，差点与无精打采的汽车司机打上一架，以至连跑带蹿赶到死者面前，已是天亮时分了。他跌跌撞撞扑向床前，一把抓住死者的手放声大叫："玉和大哥，对不起对不起，我今天是那辆狗屎汽车给耽误啦——"

随他推金山倒玉柱扑通一声跪拜，死者的家人忍不住掩面放声大哭。门外更多的人也跟着抽泣或唏嘘不已。

"我就是邱天保，我在这里给你赔礼，给你娘赔礼——"

人们真真切切听清了这一句。这时，天上突然劈下一个惊雷，震得灵堂烛火慌慌地跳荡，在山谷里激起隆隆回声。顷刻之间大雨也狂泄而至，在门外拍过白花花的一浪浪雨雾，又把一团团雨雾送入门内。据说死者就是在这一刻牙关松弛，欣然闭目，隐隐呼出最后一丝气息，眼角还神奇地挂上了一滴泪。

有人偷偷地笑了，说这就好，这就好，生要晴日亡要雨日，老天也在陪着他放声一哭呢。

2009 年 8 月

# 末　日[*]

　　昆佬回村以后吞吞吐吐，把地震一事轻描淡写，倒让乡亲们更慌了。事情很明显，肯定是凶多吉少，肯定是上面怕下面乱，不让他回来说实情，只说地震是可能，是或许，是万一，是那个那个……这话谁信呢？

　　政府曾经说往后吃饭不要钱，不也是捏住鼻子哄眼睛？何况山那边瞎眼四婆婆早就放下话来，这次是龙王发怒、地龟翻身，老天爷不收走十万人命不会歇手。

　　"我说不会震。你们硬不相信我，那我也没办法。"昆佬是生产队长。

　　"什么叫没办法？"很多人只听到后一句。

　　"我没这样说，是你们这样说的。你们这个说会震，那个也说会震，反正把我说的只当放屁。你们硬是想震那就震吧！"

　　"你也同意震？那你就早说呵！"人们还是只听后一句。

　　"我同意什么了？这事轮得上我来同意吗？你们看看人家，吴家桥的人还在修路，小寨的人还在挖塘，只有你们……都活够数了是吧？"

---

　　* 最初发表于 2007 年《山花》杂志，2012 年由明珠影业有限公司拍摄为电影，已有英文、德文、韩文译本出版。

还是只听后一句：活够数了？这不结了？总算逼出了他的实话吧？

人们倒抽一口冷气，想起十几天前一些口音和着装都比较陌生的人来到村里，又是观测井里的水位和水质，又拿着收音机到处寻找怪音，还在地头支起了三脚架，用奇怪金属盒子把前山后山瞄了个遍，每个人都忙碌匆匆。那会有什么好事？他们还四处寻访，听说这一家的鸡婆上了树，那一家的老牛不回棚，还有一家坟地上突然冒出乌丝蛇几十条，立刻脸色发白、额头冒汗，做笔录的手都哆嗦不已——到最后，干部们终于去开紧急会议，开了一个又一个。他们肯定不是闲着没事去烤炭火吧？

有的说五天之内一定震，有的说今天晚饭后就要开始。不管怎么说，反正大家都明白了"震"是怎么回事。不就是天崩地裂吗？不就是一个个村子突然夷为平地，大树突然塌陷成地面一个树梢尖，苞谷地、棉花地都突然翻滚和跳跃？……有一个河北来的药贩子，描述过多年前那里的地震情景，说得某位大嫂当场身软如泥、口吐白沫。

各生产队的民兵已组织起来，日夜值班，守住电话，严密监视地情和水情，一旦发现地震迹象就要鸣锣报警。另一条指示也开始落实：假如远方有亲戚朋友的，可以把老人小孩送去寄养，以免他们到时候不便疏散，成为抗震救灾的拖累。这更证实了灾难的紧迫性，也使瞎眼四婆婆更受到关注。照她的说法，命就是命，能跑得脱吗？就是跑到九州外国，该寅时死的不会卯时死，该竖着死的不会横着死。你就是把自己塞到坛子里埋在床脚下，阎王爷也会看见你躲在哪里。

很多人都相信四婆婆，相信她嘴边上一跳一跳的大黑痣，于是送走亲人的并不多。就算真要送走，一想到生离可能是死别，想到将来的少年丧母或老来丧子，当事人又撕肝裂胆哭作一团，喊出我的肝呵我的肺呵一类词语，喊得旁人的心里也空了、轻了、碎了。要不是昆佬瞪着一对牛眼珠前来发威，有的人家还差点提前举丧：扎的扎冥屋，剪的剪纸钱，手忙脚乱赶打棺材，搞得乌烟瘴气，实在很不像话。喂喂，不是还没震吗？不是还光天化日、天下太平吗？革命群众抗大灾的勇气到哪里去了？与天奋斗、与地奋斗就是这个白菜样？

"抢先进是吧？搞竞赛是吧？"昆佬觉得自己很没面子，"平时要你们担牛粪、抬石头，怎么一个个都往后缩？"

有个老人说："汉昆，是你说的，说要准备准备呵。"

"我要你准备棺材了吗？我是要你们多打担把米，到时候万一桥垮了，就没法去四方坪打米了。"

"我那个王八崽子不孝，你是晓得的。要是我伸脚了，他肯定舍不得打樟木棺材。这事只能靠我自己。"

"屁话。要是小震，根本用不着棺材。要是大震，再好的棺材也没用。咣当一声，大家都呵嗬嘿，哪个来给你盖板子？哪个来抬你上山？"

这话也在理。

另一个老汉说："队长，我不是怕死，只是怕半死不活。你们硬要震就一次把我搞死火，莫害得我缺胳膊少腿好不？"

昆佬更火了："你血口喷人！吃人饭放牛屁呵？什么我要震？我什么时候要震？"

"那……是公社曹书记要震？"

"关公社什么事？"

"原来是县政府要震呵？"

"县上的人骨头发痒了？"

"那……这地震总得有个来由吧？"

昆佬不是四婆婆也不是地震局，说不清复杂的来由，只好拣一条顺耳的说："是美帝国主义要震！美国，你懂不懂？就是在朝鲜和越南丢炸弹的坏家伙。他们觉得炸弹不过瘾了，晓得我们也有原子弹了，就发明地震。明白了吧？"

大家哦了一声，表示恍然大悟。

昆佬觉得他们在美国面前太不经事，差点一脚踹了棺材，但眼下面对着老辈，又考虑到大家说不定见一面就少一面，说一句就少一句，还是留一线人情为好，就气呼呼地走了。

事情得接着往下说。

因为没有听到队长吹出工哨，全队劳动力这一天不明不白地放假。牛也跟着放假，发出此起彼伏的哞哞叫声，不知是觉得幸福还是感到诧异。孙家后生在灶边多瞌睡了半个时辰，直睡到被牛叫醒，揉揉眼睛，抹一把涎水，伸了个大懒腰，在村前村后转一圈，发现没有人叫他去担粪，也没有人责怪他出工走得慢，更没有人嘲笑他挑担时的水蛇腰和蛤蟆步。这一想，地震还是不错，同过端午节和中秋节差不多。

他迎面看见老万的一张苦脸，更觉得地震深得民心。老万会养蜂、会采药、会打猎，加上几个儿子门高树大，是村里有名的殷实户，前不久刚建起一栋丈八高的砖房，远近第一大厦，当时贺喜的鞭炮炸翻了天，接客的酒席摆了好几桌，但老万没给泽彪下帖子——不就是狗眼看人低吗？他孙泽彪是近邻，七尺男儿戳在这里，孙中山的孙，毛泽东的泽，林彪的彪，说到哪里都是这三个大字，居然没接到帖子，奇耻大辱也。没想到老天终于开眼，有钱的老万一样跟着挨震，狗眼看人低的老万已被阎王爷盯上了，而且房子越高大肯定垮塌得越惨重，哗啦啦咣当当咚隆隆得儿哩个呛。想到这里，他在危楼前心潮起伏，多说了几句话。

他给地震局派来的勘察队扶过几天标杆，算得上半个地震内行。"肯定要震！怎么能不震呢？"他瞪大眼睛，"廖技术员说了，这次不是七级就是八级，到时候你还站得稳？还跑得动？娘哎，爬都没处爬呵。老天爷筛几轮再簸几轮，说不定搬来一座山播你几下。你这个房子不就是个老鼠砣？"——他是指诱砸老鼠的那种石块，"肯定的，一砣一个肉饼子。"

老万已急得团团转："早知今日，盖什么死尸屋呵？可惜我那百多根好杉木，可惜我那一窑好烟砖……"

"打地基，你肩膀都挑肿了。"泽彪帮助对方记忆。

"岂止是挑肿了肩，我草鞋都磨穿几十双呵……"老万揪出一把鼻涕，蹲下去，哀哀地哭起来。

泽彪叹了口气，对危楼左右看看："算了算了，你加柱子也没用，加斜撑也没用，还不如去剁两斤肉，要死也做个饱死鬼。"

很多人都来劝老万止哭，劝着劝着自己也黯然神伤，大概是想到自家房屋。只有泽彪心花怒放，反正他的两间茅屋用不着伤心，也没有婆娘孩子值得操心，因此不管走到哪里都大声说地震，无非还是什么筛几轮再簸几轮，还有老鼠砭一类。说得兴起，又信口胡编一些消息：哪一家的竹扫帚开了花，居然有茉莉香味哩。还有某一家挖出的萝卜完全是人脸，居然有眼睛、有鼻子、有嘴巴，就像前两年死的那个张家老二。想想看吧，这不都是天下大变的异兆吗？这些异兆不早不晚偏偏这时候出现，不正说明好日子已经到头了吗？哎哎，老桃叔，老桃婶，你们多保重呵。金山哥，卫老伯，我们可能得来世相见。明年的今日，唉唉唉，天晓得是谁的坟前有香火呵？……不知什么时候，他很悲痛地从金山哥那里揪来一顶棉帽，在自己头上戴得顺理成章。他又在果园里悲痛地揪下几个柑子，嚼得自己理直气壮。因为更进一步悲痛，他还差点信心十足拉扯人家的热乎裤带——当时他见秀姑娘洗菜，剥了个柑子硬要喂给她，顺手在对方腰上掐了两把，差点把对方挤到水塘里去了。

"臭痞子！"秀姑娘满脸涨红，跳出一丈多远，整顿衣装。

"你叫什么？"泽彪压低声音，"这里又没人看见。"

"你怎么没皮没脸？"

"要地震了，大家都要永垂不朽了，你如何还放不开？"他眨眨眼，"好姐姐，你我这辈子真是亏大了，一点娱乐都没有。"

"去死吧你！"对方把一团干牛屎砸在他脸上，哭哭啼啼地跑了。

"喂——"泽彪急得大叫，"你听我说，听我说说。你再不听就没机会啦。我有一个日本的铜盒子早就想要送给你……"

大概是秀姑娘去告了状，昆佬怒气冲冲挡在村口，泽彪还隔老远就感到自己全身汗毛倒竖，一根根被烤灼得弯曲和枯萎。"泽拐子你脱了裤子看看，看你胯里是人卵子还是狗卵子，是狗卵子还是鸡卵子！"队长发现他转身逃跑，"你回来！回来！你这畜生连自己的姑都敢骚，害得人家要吊颈要窜塘的，没王法呵？"

泽拐子装作没听见，朝着路边人家大喊："一组的劳动力赶快去挑塘泥哇——"

　　"震一百次，你也休想趁火打劫！"

　　"第二组的劳动力赶快去加固渡槽，人在阵地在，怕死不革命，关键时刻看行动——"

　　"你装蒜也没用，老子要开你的斗争会，罚你的谷！"

　　泽拐子没法继续代理干部部署生产，只得回头一咬牙，做出一个下流手势："你罚，只管去罚。你咬老子的卵呵？你老人家命大，八字硬，大水淹不死，房子压不死，泥巴埋不死，到时候全队的谷都是你的，还用得着你罚吗？我家里的坛子、柜子、房子都是你的了，你满意吧？只是到时候你老人家一定要万寿无疆呵！"

　　队长算是听明白了。

　　眼下莫说是罚谷，就是坐班房挨枪子也不足以威慑对方。他泽拐子居然敢还嘴，居然敢高声大气还以脸色，不都仗着地震的势？不就是身后有美帝国主义在撑腰？队长气急败坏，脚一跺，捡起泥块就砸，砸得泽拐子闪入油菜地。"你回来，看我老子不揪下你的阉鸡脑壳喂狗——"

　　泽彪一口气跑过山坡，回头看看，确认没有人影尾随，才吐匀一口气，活动了一下手脚，从一片薄薄的影子变回一个有体积的整人，从一堆四分五裂的动作变回一个团结的肉身。这一天很冷，阴霾沉沉，下了一阵雨，敲落一些熠熠发光的叶片，搅得人心确实灰暗和冷寂。他没兴致再去巡视，只在寒风中独自悲愤了片刻。他孙中山的孙，毛泽东的泽，林彪的彪，发现眼下很多人居然仍对地震缺乏理解，只好在窑棚里睡了片刻，最后撕了墙上两条旧标语，冲着抽水机拉了一泡屎，算是对队长的狠狠报复——他知道那铁家伙是队长所爱。

　　天色渐晚，他被一只飞鸟吓了一大跳，以为那是队长射来的致命暗器；又被一阵风吹草响吓出了满身冷汗，以为那是队长的伏兵突然出击。到最后，他瞻前顾后，还不敢回村，笼着袖子来到了大队供销点。那里的小老板叫小奇，是他的初中同学。

"一瓶酒，一斤饼干！"他把一张皱巴巴的票子拍在柜台。

老同学很高兴："我正要找你哩。你上次赊了我的砂糖和纸烟，都欠下几个月了。"

泽彪又在棉袄里摸索一阵，再拍出一叠小票。

"发财了？"老同学觉得太阳从西边冒出来了。

"阎王爷不认得这些钱，留着也没用。我还有一个日本军官的铜盒子，值好多钱的，我明天拿来送给你。"

"你以为真会地震？不至于吧？"

"不说这事。来来来，喝酒喝酒，彪哥我今天高兴，我今天请客，请客请客请客……"他一口气把请客高声强调十几遍，差点把舌头扭成结。

他咬开酒瓶盖，找来两只搪瓷杯，在小桌边一屁股坐下。但小奇眼下没工夫陪酒，只是一个劲忙着应付顾客。今天的生意太火爆了，大概是生死关头乡亲们都不想省钱，已经把供销点里的砂糖、糕点、面条、粉丝、海带、咸鱼、干椒、白酒、陈醋、酱油、萝卜干等一扫而光，连饼干渣子也没给泽彪留下。要不是小奇打点埋伏，酒也不会有了。特别是第三队的国安爹，平日里从不进店门，一分钱恨不得掰成两半花，今天却狠狠地花天酒地，说什么也要喝它一斤酱油，嚼它三碗砂糖。他出手豪阔又长吁短叹，猖狂享受又骂天骂地，一碗砂糖咽得自己翻白眼几乎要呕吐，还舍不下一只空碗，用蘸着口水的指头去清底。"白砂糖就这一个味道呵？"他流着泪说，"怎么吃到最后是个肥皂味？"

小奇本不在意地震，以为坐牛车和坐拖拉机也是震，震一震不是正好睡觉吗？何况压库的霉面条和臭海带都成了抢手货，不能不说是件好事。但扛不住国安爹的泪，他最终也有点慌。"彪哥，彪哥，你说这地震不会真来吧？"

他知道对方为勘察队扶过标杆，知道更多的情况，"你别光顾着喝酒。你说说，廖技术员到底是怎么说的？未必我们这个地方真会震？未必说塌就会塌下去了？没这号事吧？"

彪哥已经喝得红了眼圈，脸上拉扯出一丝怪笑："放心，你不会死的。

顶多也就是断条胳膊少条腿。”

“你怎么知道？”

“八字。你不懂八字吗？不懂得看相吗？”

小奇对着镜子把自己看了看，没看出什么道道。“那你说，我老爹和老娘的面相怎么样？能不能过得了这一劫？他们信了几十年的菩萨，连鸡都没有杀过的。”

彪哥不接话，咕咚一声又喝下大口酒。“太好了！”抹了一把脸又说，“太好了，太好了！”

“你什么意思？”

“地震就是太好了！不震它一家伙，这老天爷也太不讲道理了！”彪哥两眼闪亮，“你想呵，把猪脑子拍打拍打，仔细往下想呵。四海翻腾云水怒，五洲震荡风雷激。我们什么时候碰到过这样的好机会？信用社和百货公司的楼肯定要震掉吧？到时候我们去那里，想穿皮鞋就穿皮鞋，想戴手表就戴手表，想擦香肥皂就擦香肥皂，城里人享的福我们都能享！还有满地票子随便捡。要上茅房了就扯两张票子——不，票子太滑了，还是毛巾舒服——扯两条新毛巾擦屁股。”

小奇吓了一跳，似乎不相信这种美好时光。

“第二就要震掉林业派出所。看他娘的还威风什么！上次老子不过是剁了几根树，就被他们上铐子、套索子、插牌子，说我是反革命，也太歹毒了吧？”

“震了派出所也好。”小奇也不喜欢警察，因为他姐夫就是警察，平时最看不起他的诗歌创作，说他今后顶多只能给人代写书信。

“第三要震掉汉昆那个老鳖。”

“你是说你们队长？”

“队长？狗屁队长？到西山公社黄土大队棺材生产队去吹哨子吧！我是不会给他送葬的，不会给他吊香的。以后每次走他坟前过，还要屙他一泡尿。他家雪娥当了寡妇，到处找不到男人，说不定还得哭哭啼啼地来求我。到时候我收不收寡妇，还得考虑考虑。”

"你还没喝多少，怎么就在裤裆里说话？"

彪哥不容老同学夺走酒杯，红红眼睛一瞪："你嫉妒我是吧？你也打了雪娥的主意？"

"我们好歹是老同学，我怎么会嫉妒你？你就是收二房三房也不关我的事。"

"那是，我也不会亏待你。"彪哥想了想，"这样吧，一夫一妻的政策还是要的，所以竹梅、二娥、翠玉就不留了，留着也不好配。只有秀姑娘留下，派给你。她的水桶腰太粗了，脸模子还不错。"

小奇大笑："你怎么就知道秀姑娘不死？说不定女人都震死了，老母猪也没给我们留下一头。"

"这怎么可能？"

"怎么就不可能？你以为你是阎王爷他爹？"

两人争辩了好一阵，没什么结果。这时天色更暗，寒气更重，北风吹得糊窗子的破塑料布叭叭响，吹得油灯也晃个不停。小奇见顾客散尽，掩了店门，找出半锅冷饭和一碗咸鱼，在炭火上热一热，将就着充饥和下酒。泽彪握了握拳头，捶了捶桌子，借着酒力来了个缩腹挺胸，引颈拔背，朝窗外严正地盯上两眼，继续自己严正的想象，一步步完善震后的生活蓝图。他甚至到屋后的山坡上登高远望，看自己将来的新楼房该落座在哪个方位。

一切都计议停当。比方说，既然说到母猪，既然说到猪，就得考虑吃肉的问题。他和小奇不能光有女人吧？好日子里总得吃吃肉吧？但他们不会杀猪，那么屠夫不能死，大路边的屠房也得留下。当然，屠夫不能杀空气，那么还得留下几个养猪人，王家的，李家的，似乎可以考虑考虑，队上的猪场也不能震掉。当然的当然，猪也不能吃空气，还得吃粮食，还需要人们种田，那么除了王家的和李家的，孙家的和莫家的是不是得多留几个？到时候插秧和打禾总得有些人手吧？莫非像泽彪这样的领导干部还要亲自去挑谷？这是一个问题，嗯，一个大问题……小奇你也说说看法嘛，事情一想远了还是蛮复杂哩。

彪哥像一个最高法官，终于掌握了生杀大权，正召开一闭门会议，在一大片死囚面前决定着赦免对象。他们提前进入了震后百废待兴的世界，进入了重建家园的艰难，对人才的选用和教育尤费心思，争议哪一个该死，哪一个该活，哪一个该死但可以稍缓，哪一个该活但得给点教训。比方刚才那大吃砂糖的国安爹就让他们为难。这人嘛，最小气，铁公鸡一个，只要有机会就不用自己的锄头而用别人的，不穿自己的套鞋而换别人的，穿了别人的套鞋还专往尖石上踩，往泥水里踹，是可忍孰不可忍，照说该死得翘翘的。但考虑到他是个篾匠，有一技之长和可用之处，就不能不网开一面了。他们最后的决议是，让国安爹震个半残吧，留他一双手，好编个筐箕或箩筐。

他们已接近完美的方案。就是说，杀猪的、喂猪的、种粮的，还有编筐箕和箩筐的都安排到位，他们和他们的女人可以高枕无忧地大享其福了，还可以想当队长就当队长，想当大队长就当大队长。小奇伟大的诗集出版就更不在话下。拟任大队长孙泽彪已经提前批出了五百块钱，助他去北京拜会诗坛老师，让他激动不已。

不过小奇没全醉，虽然傻傻地大笑，但眨眨眼又想到一个新问题：要是吴家桥的人来抢水怎么办？是呵，种粮得有水，吴家桥的人住在马子溪的下游，好几次遇到旱情就要来破闸毁堰，不准上游的人截流。他们人多势众，气势汹汹，大搞帝国主义，有次冲突中还一扁担打得泽彪头上起了个大包。要不是汉昆出面，对方可能会下手更毒。那次他们终于撤兵的原因，一是汉昆一口气可以吃下五斤肥猪肉，不能不让他们佩服；二是汉昆一个人可以搂起染房里的大踩石，不能不让他们胆寒。更重要的是，昆佬虽读书不多，但从伯父那里学会了喊礼，是远近有名的礼师，能在丧礼上喊出"三杯酒"之类的套路，喊出《浪淘沙》或《满江红》的哀调，还懂得"享年"与"享寿"的区别，"孤子"与"哀子"的区别，中规中矩的丧礼总是少不了他。这附近哪个老人的顺利归天不靠他去喊几嗓子？要是得罪了他，要是与他结了仇，你们往后还能安安稳稳地死得成？你们不三不四地上山去钻土洞，睡在那里还不天天托梦回家吵事？

"不行，汉昆恐怕还得留下来。"小奇一想到吴家桥的人就怕，一想到水源与种粮、喂猪、杀猪、吃肉的因果关系，就觉得事情别无选择。

"你胆小？你背叛我？"彪哥把搪瓷杯愤然砸在桌上。

"不是背叛，是你我都不会喊礼，吴家桥的人不怕我们。"

"干脆，把吴家桥的人都震死！"

"万一他们也有些八字硬的呢？"小奇还知道，吴家桥很多人去外地修铁路，以后总要回来的，总要生儿育女的。再说除了吴家桥还有下游的小寨和莫家坝，那些人未必都是善鸟？

彪哥憋红了脸，一时竟无言以对。

"彪哥，算了，算了。来，喝酒。你也不要想着雪娥了。那雪娥有什么好呵？虽说会唱戏，但又好吃，又好疯，还懒得出油，连纱也不会纺，连鞋底都不会打，也没见她扛锄头进过菜园。你要是收了她，是收一个祸，收一个祖宗，收一大屁股债，凭你这香火棍子样的手脚，你当奴隶也还不清的。"

"照你的意思，她还得继续忍受强占？"

"什么叫强占？人家是合法夫妻。"

"就是强占！就是拐骗！就是流氓犯罪！"

"人家有结婚证。"

"肯定是那个王八蛋拿钱买通官家，骗来的。"

"好好好，依着你，是强占。那就让她震死算了，省得你心里焦。"

"怎么死？"

"还能怎么死？房子一垮，哐当哐当，砖瓦四溅，血肉横飞，同老万、金山、七麻子他们一样的死。"

彪哥没笑出来，只是捂住了脸。不知他因此窝了多大的火，等小奇上茅厕回来，发现一条板凳四脚朝天，一只搪瓷碗滚落墙角，连床上的蚊帐也垮塌下来。拟任大队长困兽一般在屋里走来走去，在柜台上拍出叭叭叭的震响："老子操他娘的美国佬，要震也不选个时候，还让人家过不过年？……"

　　小奇本想纠正对方的美国责任论，突然大叫一声"快跑"，话音未落就夺门而去。身后老同学也撇下帝国主义跟着出门，一头扎进黑暗里。原来小奇刚才听到了锣声，远远的锣声，令人魂飞魄散的锣声。

　　外面正下着毛雨。他们想回头去取伞，但听着越来越急和越来越密的锣声，都不敢冒死进屋，甚至不敢靠近危险万分的屋檐，只好来到晒坪边一棵大枫树下暂避。黑暗中有人语。从人语声可以听出，附近几家农户的乡亲也来到了这里。有人是从茅厕里直接跑来的，身上只有短裤，眼下正冻得全身哆嗦鼻涕淋漓。又有人在争议该不该回去取棉被，该不该回去赶猪和捉鸡，但争了半天，没有人动身。有的母亲在呼叫儿子，有的妇人在寻找老公，患难之中见真情，喊声都撕裂和尖锐。只有几个小娃崽不知忧患，反倒觉得很热闹，自己错穿了别人的衣裤也很好玩，黑灯瞎火地来捉迷藏也很好玩。等一下会不会放电影？他们唱起了战争片常有的片头音乐：哒哒嘀，嘀哒哒，哒哒哒嘀——

　　人们紧张地四处张望，看村子是否突然夷为平地，大树是否突然塌陷成地面一个树梢尖，苞谷地、棉花地是否都突然翻滚和跳跃，但等了好半天，只等到全身发硬，什么也没发生。摸摸自己的手脚，掐一掐自己的皮肉，已全无感觉。穿短裤的汉子实在受不住了，骂了一通娘，回家钻被窝去，说震死也是死，冻死也是死，有什么好怕的？接下来，又有两三个陆续跟着回家，说锣都敲过好几轮了，老天爷也好，美国佬也好，一点实际行动也没有，太不严肃了，像什么话？

　　但泽彪与小奇还是觉得门洞可怕，不敢贸然靠近定时炸弹。他们往指尖上哈一口气，往树干上撞一撞，尽量给自己增加一点热量。

　　"地在摇，你发现没有？"

　　"是的，是的，是在摇，肯定地震了！"

　　他们感觉自己是站在船上，前俯后仰地站不稳，不得不蹲下来，紧紧抱住树干。但抱着抱着又觉得平静如常，刚才到底摇没摇，有点说不清楚。问旁人地震了没有，旁人也说不清楚。

好容易，大路上传来吹哨的声音。"各家各户都睡觉吧，没事啦，没事啦——"待这喊话的人走近，他们才发现对方是一值班民兵，手里的一道手电筒光柱雪亮刺眼，坚硬得似乎敲在哪里都会有嘣嘣响。据他说，刚才不过是一值班人打瞌睡，被一只疯老鼠咬了耳朵，惊吓之下把自己的翻倒误当地震，当当当敲起了锣。邻村的民兵一听也跟着鸣金报警，闹得大家虚惊一场。

"贼养的，把我们当猴呵？"泽彪气得一把揪住对方的衣领，"一敲锣，猴子就出来跳。一吹哨子，猴子就进笼子。好耍是吧？我不被震死也要被你们耍死的。你赔我的骨折……"他出示自己腿上摔跤的伤口，没找到骨折也没找到脱臼，便迅速拿七麻子当作气愤的依据——不久前刚被他暗暗判过死刑的家伙。"他有心脏病，你们知道吗？他刚才一脚踩空了，肯定摔成脑溢血了。你看他嘴巴，你看他额头，都是血。就要丧失劳动力了，你们给他养老送终是不是？……"

这种仗义执言颇有煽动力，在场人都纷纷指责民兵的荒唐，对他们倒立空瓶之类的监测手段也很不信任。防震期间杀猪太少，公粮征缴太多，森林禁伐太严等，也迅速成了湿淋淋猴子们愤怒的内容。比较奇怪的是，泽彪不管骂到谁都要把昆佬带上："坏得跟张汉昆一样"、"肯定是同张汉昆一伙的"、"张汉昆就是跟他学"，诸如此类。

"你以为我愿意耍猴？你来耍，你来耍！"民兵把铁哨子往这个那个塞去。

没有人敢接这个差事。

"你们千万不要把自己当猴。下次听到锣响，你们再跑出来就是我妹子养的！"说到这一层，民兵更占理了，大义凛然的手电筒光柱戳在泽彪脸上。

革命贫下中农是——泽彪本想大喊一声口号以抗议手电筒，但想了想，还是忍住。

不知什么时候，他气呼呼回到小店。这时小奇已把自己珍贵的各种文稿和笔记本收捡好，哈欠滚滚之际，借来一床棉被准备睡觉。遵上级最新指示，他搂着一床被子钻到床下，以床架为掩体，防备房屋的垮塌。一张借来的木排椅翻倒，由椅面与靠背形成三角形空间，上面加盖几个麻袋，也是一安全掩体，需要老同学钻进去。

"喂——"小奇在吹灯前推了推对方，"你说，今天晚上不会有事了吧？你耳朵尖，留心一点。"

排椅下的彪哥不吭声，只是把头埋在被子里。

"睡得这么快吗？我跟你说，我这个床架子不结实。要是今晚我那个了，你得把我的日记和诗集交给我爹，记住了吗？"

对方埋着头，还是一动不动。

"要是我爹也不在了，你得把这些东西交到县文化馆去。我会记住你深厚友情的，会记住你高风亮节的。你要相信，未来的读者也会感谢你对文学事业的贡献，会从我的诗歌里听出你的艰辛和牺牲……"小奇突然有点伤感，声音有些异样。

对方还是只有一撮乱糟糟头发露出被子。

"你听到没有？同你说话哩。"小奇擦了把鼻子，把老同学的脑袋揪出被窝，不觉大吃一惊，因为对方已浊泪满面，瘪瘪碎碎的声音在嘴里憋着，憋着，憋不住，终于从一张歪嘴里迸出："……不行呵，她要是没有手，就戴不得镯子啦。要是折了腿，就穿不得皮鞋啦。她的腰子也不能伤，要是在里面接根管子，钉几颗钉子，上台唱戏哪还扭得动？不行呵，残了我也不能残她呵……"

"你说谁呢？"

"她家就在山边边，那么高的山崖，太危险啦……"

"你还想着雪娥？喂喂，你……发梦癫吧？"

"不管她残成什么样子，我也会去帮她挖地、帮她挑水、帮她砍柴……"

面对这样一个满嘴酒臭的候补义士，老同学有点哭笑不得，只能拍拍对方的肩："怎么说你呢？好，不说了，不说了，睡觉吧。"

他吹熄了灯。

不知过了多久，暗夜中总算有了粗重的呼吸。到处是浓浓的一片寂黑，窗外的风声和雨声停了，只有蛐蛐声偶尔冒出墙根——真是一个美好的深夜，一份万分宝贵的寂静和安全。只是这一觉睡下去，不知还能不能活着醒来，还能不能看到明媚灿烂的万里晨曦……小奇迷迷糊糊时未能把这一诗句想完。

2006 年 7 月

# 余　烬*

　　当时政府禁山育林，设了很多卡子拦截竹木。福庄和其他买客们只能偷运，白天空着手进山去，寻到某个寨子，与卖主私下交易，等日头落水，贼一样把竹木挑出山来。这一路昏天黑地，一是必须夜行，二是必须急行。碰到卡子，怕人家放狗、敲锣，甚至开枪，还得绕小道，有时候也少不了打架动武落下伤来，回家吃草药。

　　福庄是跟着庆子去的。照当地习惯，成年男子都被叫作什么"子"，比如元庆就是庆子，见孔就是孔子，福庄就是庄子，如此等等。

　　庆子看不起庄子的一身泡肉，让庄子很生气。"庆子，我要是比你少挑一两，就去拱猪栏！"他愤然劈了一个竹筒。

　　当地人很看重起誓，一看福庄劈了竹筒，庆子就不说什么了。

　　孔子沉默了很久才想出一句话："带个秀才去也好，万一被抓住了，有人写检讨。"

　　他们一共五人，带了一袋糙米，每人三角钱菜金，还有福庄贡献的

　　* 最初发表于 1995 年《上海文学》，获当年上海文学奖，后收入小说集《北门口预言》，有法文译本境外出版。

一小瓶酱油拌干椒，算是路上两天两夜的伙食。那还是酱油很稀罕的时候，乡下人只看见城里人吃过这种东西，觉得有些神秘。所以庆子吃得额头冒汗时就幸福地抹嘴巴："毛主席一个月三斤酱油怕是要吃的？"

吃完了饭，太阳落到山后去了，峡谷里突然变暗，雾气弥漫，溪流的嘀嘀声寒气侵骨。有一只乌鸦开始慌慌叫唤。这是该下山的时候了。庄子不想被庆子那双鼠眼小看，刚才挑竹子时，怎么也不听庆子的劝告，偏偏选了两根大竹，扎成 A 字形，一挂秤，八十多斤。他满不在乎的样子，一甩长腿冲在最前面。为了表示体力还有富余，他没事找事似的，把挑子当举重杠铃往上推举，一二一，复习以前学校里的体育课。他的嘴也闲得慌，需要发出点声音：

亚——非拉——人民要解放——

孔子听见庄子在前面唱，说："这洋戏不好听，没有调的。"

庆子说："现在做马叫，等下就要做牛叫。"

果然，下了一个岭，就再也听不到福庄唱歌了，也很难看见他了。他总是落在后面很远，需要别人一次次来等待。在淡淡月色里，大家等啊等，好容易等到他跌跌撞撞跟上来，只见他弓着腰，五官乱成一团，汗津津的背上映出月光，扁担被肩头与脑袋吃力地夹住，就忍不住笑。

"我崽，你还唱呵。"庆子冷笑。

庄子哼哼哟哟，没工夫回嘴。

"你裹了脚吗？照你这样走，就要在这里过年了。"

"这么远呵？我……我都走得脱肛了。"

"嘿嘿，你来月经了吧？"

"庆痞子，我这裤子太紧，勒裆。"

"你那也叫裤子，妇女的骑马带子一样，要它做甚？"元庆终于抓住机会把读书人的球裤糟践了一番。

福庄眼下没有办法嘴硬。他对脱肛有些羞愧，粗腿被紧紧的裤边磨出了血，火燎燎地痛，只好横下一条心干脆脱了裤子。好在山里人稀，即便碰到女人，黑暗里谁也看不清谁。

他的大腿间凉爽多了，但还是觉得竹挑子越来越沉，怎么也跟不上队伍，走着走着就听不见前面的脚步声。他仔细听了听，嚓嚓声还是无影无踪。他走错了路吧？前面是个菜园，还有一口井，路已经消失。他两眼一黑，绝望地想起刚才的一个岔路口——肯定是当时自己选错路了。可恨庆子他们既不等他，也不在那里留个什么标记。

"喂——"

一片陌生群山里，他的声音孤零零的。

"你们在哪里——"

远处有狗吠。不一会儿，路上有了庆子那种左脚略有些轻的脚步声。"你喊什么喊？怕卡子上的人睡着了是不是？"

"你们也不等我。"

"要你跟紧点。"

"这到什么地方了？"

"才走了二十几里地，到了汉沙坪。"

福庄全身都软了，差点哭出来。

"起来，快起来！"庆子见庄子平躺在地上，就对他的屁股猛踢，"你这个没用的货，老子剜了你的卵子！"

"我就喘口气，只喘口气，求你了。"

"哪个耐烦等你？"

福庄只得挣扎，只得捶腿和揉腿，只得咬紧牙关站起来。他全身汗如水洗，往脸上抹了一把，竟抹出一手的蚂蚁。

幸好下雨了，他们不得不停下来歇脚。庆子路熟，带着他们躲进了一个窑棚。这里没有人，但留有一口锅。算一算，快过小年了，窑棚主人可能已经回家。他们搬来两捆烧窑的柴，燃了一堆火，烘烤刚才雨中淋湿的衣。他们互相看到男人的裸体，看到阳物在火光中晃来荡去，觉得很开心。孔子对庆子笑嘻嘻地说，听说你的家伙可以挂得两颗窑砖，是不是真的？庆子哼了一声，似乎不以为然，说当后生那时候岂止挂两颗！现在是老了，还挨了一刀——他是指在政府的动员之下，做了计划生育的结扎手术。

孔子看看自己，又看看庄子，觉得庄子也不可思议，你的怎么那么小？大蒜子一样！我看你一天到晚勒着三角裤，也就是藏了个这样的宝物呵？福庄自我解嘲：天冷嘛。

收了汗，确实有些冷，正好湿衣已经烤干，大家就穿上衣，还找些柴草来围堵自己遮挡风寒。庆子说睡就睡，一点也不耽误时间。先放出几声鼾，接着又哇哇哇地跳，原来是他一不小心把脚伸进了火堆，一只草鞋烧得冒烟。他把睡着了的一一踢醒，说睡不得，睡不得，这样睡会冻坏人的。

他又说，这雨看样子一时半刻停不了，我们得先搞点吃的再说。他四下查看，找到一个破筐，里面只有几只陶钵，有半碗盐，此外什么也没有。他吩咐庄子烧一锅水，自己出去了，不一会拿着几棵沾泥带土的白菜回来，大概是从附近住户那里偷来的。

雨还在下。可以清楚地听见满山的雨声，随着风一层层地由远而近。甚至可以听清楚每一滴雨，落在对面山上的某一片叶子上，某一块石头上，或者某一个稻草人的斗笠上。静夜使人的耳膜变得极其敏锐，可以捕捉到这个世界任何一丝微弱的动静。即便有千万种声音，它们也都被静夜一一过滤出来，洗刷得干干净净，面目各别，纤毫毕现，绝不会互相混淆。庆子说，他听到了麂子，一大一小，就在岭上跑。

庄子听了听，好像确实听到山那边轻微的蹄声，甚至听到了鼻息的声音，树叶在嘴中咀嚼的声音，还有后腿滑了一下的声音。他还听到了别的什么，听到了山里的所有重大奥秘，只是没法说。一说，那些声音就没有了。

庆子断定，那只大的足有二十斤，一身好膘。

孔子说，打到它就好。

庆子说，再养肥点，下次来吃。

你下次还碰得到？福庄有些惊讶。

庆子笑了笑，舔舔嘴巴，只是吸烟。他的笑里透出一种自信，似乎山里的野物都是他养的，都是他碗中的食，吃不吃，什么时候吃，一切由他从容安排。

锅里冒出了白气。一锅没油没荤的白菜汤也香味扑鼻。他们没找到筷子，各自找一根树枝，一折为二，凑合着去锅里搅捞。可惜锅里没有米，庆子不容许庄子下米，一定要把几斤米留到曹家洞再吃。

庆子吹着热汤，突然手举在空中，目光凝定："有人来了。"

孔子也听见了什么："是有人来了。"他朝黑洞洞的外面看了一眼，大叫一声："妇女！"听到这两个字，有个裤子还没烤干的后生，立刻手忙脚乱往暗处躲藏。

一盏马灯已经晃在门口，门外确有女人的声音："请问一声，李福庄在这里吗？"

"李福庄？呵呵。"福庄奇怪有人来找他。

"总算找到你了——"一条影子从门外跌进来，冲着福庄倒地就拜，吓得他连退了两步。这是一张中年妇人的脸，面色发白，目光慌乱，挂了一只铜耳环，全身水淋淋的。"李局长，救人一命，胜造七级浮屠。今天你一定要大慈大悲，帮助我家过了这个铁门槛。我们将来给你打鞭炮，烧高香，供三牲，一辈子感激不尽……"

"慢点慢点，你找错了人吧？"

"你是不是李福庄？"

"是呵。"

"那就对了。求你同意给我们出一趟车。"

"什么车？"福庄越听越糊涂。

"就是你的专车呀。司机说，要经过你批准。李局长，我们也是没法子，我儿媳难产，接生婆没办法了，得赶快送医院。母子两条命呵……"

福庄哈哈大笑，"你看我是个坐专车的人吗？我连牛车都没有，哪来什么汽车？要是有汽车，我自己还想坐一坐哩。"

妇人把他全身看了一眼，也觉得有些疑惑："你不是李福庄？十八子的李，幸福的福，村庄的庄？"

"我是呵。"

"那你如何见死不救？"妇人扑通一声跪下，紧紧抱住福庄的双腿，"你做做好事，做做好事吧。你要是不同意，我今天就死在这里……"说着说着就号啕大哭。

福庄没法吃白菜了，哭笑不得地望着同伴。庆子走上前去，拍拍妇人的肩："喂，疯婆子你快走，这些人都是土匪，你不晓得呵？他们扇起耳巴子来铁重的。"

"你们打吧，打死我算了！我空手回去反正也是一个死。可怜我那媳妇和我那孙儿呵，可怜我那命苦的儿呵……"

这婆娘看来疯得不轻。庄子与同伴们交换了眼色，只能硬的改软的，哄哄她算了。庄子笑着说："好好好，本局长同意了。别说是汽车，就是要飞机，你看中哪一架就给哪一架。谁让我们是人民好公仆呢？一心急人民之所急呢？"见妇人破涕为笑喜出望外，又应对方要求，摸出一截铅笔头，铺开一个纸烟盒，给对方写下一纸同意调车的手令——铅笔头本来是准备写检讨书用的。

妇人把手令塞入襟怀贴身藏好，千恩万谢，对在场人一一鞠躬，提着马灯匆匆跑了。他们忍不住追到门口，哈哈哈送疯婆子远去。"大婶，你慢点走呵——"他们没有听到回答，只听到哗哗雨声，还有远处寨子里的狗吠。

庄子继续喝他的白菜汤。他喝白菜汤的时候怎么也不会想到，他会永远记住这汤，记住这汤的美味，后来还与自己的儿子说过多次。当时他儿子把蛋糕或者肉包子扔在地上，就是不好好吃。他差点一巴掌扇到龟儿子的脸上。

他更没想到，他多年以后还会来到这一片熟悉的山区。转眼又是初冬，有家公司在山里发现了一处好水源，计划生产矿泉水，急需申请一笔贷款。福庄是主管局的局长，邀一位银行副行长来考察项目，替公司争取支持。车驶出省城，进入了这个县的地界，他就再也睡不着了。大团大团的灰黄色涌入车窗，是秋后寂寞的农田，是随处可见的干草垛，还有远远的枯草山坡，将要抛甩到地球那一边的山坡。他想找到自己以前熟悉的房子，熟悉的道路，熟悉的面孔和口音，但是找不到。目不暇接的新楼房阻挡着记忆。一些风情女子站在路边店门口，对他们招手和微笑，介绍着身后的小店。补胎。饭菜。补胎。饭菜。饭菜。补胎。这些大字刷在粉墙上，木板上，篾席上，接连不断撞击他的目光。他的全部过去似乎只能用这四个字来表示欢迎和问候。

矿泉水厂选址在汉沙坪。眼下还只有几间破旧的瓦房，有几个乡下女子守着一根从山上接下来的水管，懒懒散散地接水装瓶，如此而已，其余什么还没有。筹备建厂的张厂长是本地人。他听说福庄以前在这里当过知青，喜不自禁，眉开眼笑，口口声声叫他"庄子"，说亲不亲，故乡人，美不美，矿泉水，这笔项目不上马实在天理不容。福庄倒一直没松口。他担心矿泉水只有夏天几个月的旺销，还希望公司方面提出淡季的生产方案，比如能不能生产芦笋罐头或者糯米酒？

张厂长说什么也要领导们多住两天。吃了石蛙和果子狸不算，还要邀客人去钓鱼，去打猎，去看一座什么神庙。他瞪大眼睛鼓动客人们胡作非为："天高皇帝远，出了县城三公里就没有王法了，想怎么乐就怎么乐！我去找些花姑娘来跳舞吧？"

福庄带来的周科长爱跳舞，一听此话就说自己今天晕车，胸口很闷，确实不能再走了。他动员一行人都在这里住下。

入夜，周科长左等右等，西装皮鞋一直没舍得脱，但没看见什么花姑娘来，只是有人骑着脚踏车送来两筐橘子和猕猴桃，说是张总让送的。眼看着入夜已经多时，周科长气得大骂张厂长是个大骗子。

福庄觉得老周太可笑，但他也不大喜欢那个姓张的，对他特地为客人选定的旅馆，也觉得哭笑不得。这家旅馆属于财政所，电热水器是进口的，但电压低，根本不出热水。新式马桶也是有的，但下水道不通，脏水从卫生间一直漫流出来。地毯有地图般的花纹，墙纸到处起泡，都透出阴沉的霉味，似乎这些城市的器官一旦移植此地就只能腐烂，房客只能在腐烂器官的围困中度日。这一切使福庄感到陌生，无法与他记忆中的往事发生任何联系，连橘子也完全吃不出当年的味道。

电话倒是有一台，串线的电话一再闯入房间："姓曹的，你的满崽是要留左腿还是留右腿？"

"你说什么？你找谁？这里没有姓曹的……"

"少装蒜，你九爷的刀子不认人！"

啪嗒，对方把电话摔了。

谁是九爷？这个九爷与什么人结了仇？……福庄还没明白电话是怎么回事，又再次感到腰间剧痒。肯定是有虱子和臭虫。他满身抓挠，脱下衣服寻找，实在没法安睡，忍不住敲击司机的门，想连夜打道逃回省城。

门里面没有声音。

他敲另一张门。

"小王到哪里去了？"

"不是去县城了吗？"

"干什么去了？"

"不是你要他去的吗？"周科长醉醺醺开了门。

"我什么时候要他去县里？这家伙，不会是去拉私货了？"局长知道这里的茶油和猕猴桃特别便宜，司机们总爱往这边跑。

周科长瞪大眼："你忘了，你亲自写的条子呵。"

他返回房里找出一张纸条，说大约是熄灯前不久，一个妇人拿了纸条来，说李局长同意派车送一位难产的妇女去县城急救，小王这才紧急出车的。

"根本不可能！你说些什么呢？"福庄今天没见过什么妇人，没听说过什么难产不难产，更没批过什么字条。

"你仔细看看，字倒是有点像你的字。"

福庄打开手里一张烟盒纸，这才吃了一惊。盒纸上确有他的签名，字迹也非他莫属，只是有些模糊和潦草，像年青时代写的字，就是自己当年摹习魏碑时的那种。

"怪了！"

"局长，这不是你写的？"

"不是……"

"坏了坏了，我们上当了。这事只怪我，没回来问你一下……"

"也不是什么上当。只是……这什么时候写的呵？"

福庄毛发倒竖，依稀想起很多年前的某个雨夜，想起自己在某个破窑棚里遭遇的一幕。这就是当年那张纸条吗？他怎么也无法相信，事隔二十多年，这两件事怎么可能连接起来？他猛拍自己一耳光，看能不能把自己从梦中打醒。

周科长见到脸色大变，吓得赶快摸他的额头，摸他的脉跳，给他打开水和找药瓶，小心地查问原因。听他说完来由，忍不住大笑："局长，你今天没喝多少嘛，怎么就酒话连篇？我喝了八两白干，还可以玩游戏机。"

"信不信由你，这事实在是太奇怪。你想想，什么人可以拿出我二十多年前的字条？你看看，烟盒纸上是红橘牌。现在哪里还有这种牌子的烟？"

"那婆娘一定是个鬼！"

"我同你说正经的。"

"只能是鬼嘛。局长，她在二十多年前就看出你会当局长，就提前向你开口借汽车，不是个鬼又是什么？"老周又哈哈大笑，拍拍福庄的肩膀。

月亮已经移出云端。刚下过雨，溪里的水大声洪。从窗子里看出去，对面的山壁在月色里显得突然膨大了许多，逼近许多，压得让人有点吐不过气来。黑森森山岭的剪影，嵌入当年的天空，与记忆中的曲线仍是严丝密缝地吻合，对于福庄来说十分眼熟。好了，有了这条聚焦清晰的山脊曲线，就有了通向回忆的一条线索，足以分解混沌的往事。牛粪的气味，腿上的血痂，大路上嚓嚓嚓的脚步声，还有远处山脚下若明若暗的一粒灯火，都一齐扑面而来。

这附近肯定有一两个窑棚。他记得更清楚了，他曾在那里躲雨歇脚。那是他第一次进山，来去二百多里路程，累得人死过几遍似的。他当时被同行人叫作"庄子"，担着 A 字形的竹挑子，总是跟不上队伍。他还记得，他曾经用钓鱼线钩系上虫饵，在一个寨子附近钓了一只鸡，带到僻静处再把鸡头扭下。要不是庆子怕遭报应，他本来还可以偷得更多。但就是那天晚上，他下山的时候一脚踩空，摔在深深的水沟里，嘴里咸咸的，一摸，竟有一颗牙齿滚落手中——真的遭到报应啦。后来，同伴总算找到了他。他们在天亮前赶到一个小镇，见店铺都没开门，只得和衣睡在檐下，直到天亮时才被冻醒，发现破棉袄上已经披霜，甚至冻出了喳喳作响的冰凌。他们没有几个钱，吃不上肉和酒，只能用大米在饭店里换来几碗白饭，一个个蹲在街边狼吞虎咽……

他走出了旅馆，看到路边有一座旧戏台，粗大的木柱布满了虫眼，还有交错密集的划痕，就像重新披上了粗糙树皮，甚至有绿苔暗暗地爬上来。他走上一个坡，看见坡上有排排砖坯，有一个人字形茅棚，一如他记忆中的窑棚。他打亮手电筒，让光柱射进棚里，照亮那里的大堆柴草，其中有几捆已经摊散，是有人在那里睡过的样子。在窑棚的正中央，几口砖架起一口锅。锅里的残汤还冒着热气，锅沿还粘贴着一片白菜。看看锅下，柴灰似乎很新鲜，风吹过的时候，有暗红色的余火一闪一闪。

这里显然刚刚有人离开。他突然心头一动：刚才上坡的时候，不是与几个人影擦肩而过吗？大概有五六个人，发出嚓嚓嚓的脚步声，很像进山来担运竹木的买客。靠水库中一片月光的反衬，他看见那几个人鱼贯而行，背脊弯曲，脚步晃荡，A 字形的竹挑子在肩头轻柔地一跃一跃。其中走在最后面的一个，两腿尽量向外撒开，走得有些别扭，好像裤裆里有什么伤。

"喂——"他突然一惊，追出去大喊，在群山里放出孤零零的声音。

"庆子，你们站住，等一下我——"

远处只有几声狗吠。他希望听到大路那边有应答，有脚步声返回来，然后有庆痞子的大骂和数落……但是庆痞子没有出现，最终也没有出现。眼前只有一片银月的光雾，行者的脚步声已深深落入雾海不知去向，没法打捞上来了。

"庆痞子——"他气喘吁吁，不知怎样才能追上去。

"贼养的！"

前面有喝骂声。一个黑影挡在路上，走近才可以看清楚，那不是庆子而是一个老头，手里操一根木棍。

"你们这些过山贼，搞下的呵？烧了窑棚里的柴，吃了窑棚里的菜，抹抹嘴巴就想跑？我一听见狗叫就知道没好事。"

"对不起，这事与我没关系。"

"没关系？那你喊什么喊？我看你们就是一伙。"

"真的没关系。我刚才只是好奇，想看看那些人是谁。"

"你是干什么的？"

"我从省城里来，考察你们这里的矿泉水……"

"矿泉水？"老头用手电筒把他上下都照照，"那也不是好事。牛也吃猪也吃的水，装个瓶子就卖肉价钱。这也是本分人做的事？难怪名字也叫得无聊：诳钱水。一诳就来钱了是不？你们以后不吃谷只吃水是不？"

"您就是那个窑场的主人？"

"黄老板拜托我守棚子。"

老人不让福庄离开，押着他返回窑棚，用手电筒照一照现场，更是气不打一处来："搞下的，搞下的，腺尿到处屙，钵子也打烂，何不把锅也吃了？"

"这样吧，我替他们赔钱。"

福庄掏掏口袋，发现自己没带钱，皮包留在旅馆里了。"你跟我到旅馆里去拿钱？"他又说。

"你知道现在一担柴多少钱？两捆柴，一只钵子，不收你多了，八块吧。白菜就算了。"

"好吧，八块就八块。"

两个往坡下走。天地转暗，月亮被云遮去了。他们走到半途遇到阵雨，便在路边屋檐下躲躲。这一阵风雨来得急，吹得树弯了腰，落叶飞上天，还吹出树枝噼噼啪啪断裂的声响。山上涌动着一种轰轰隆隆的声浪，大概是林木的呼啸。

"这声音好吓人，好像是人叫。"

"这算什么。"老头隐在黑暗里，只有烟头红了一下。"你要是到春上四月，碰上这样的风雨，在这里还可以听得到锣鼓声、号角声、刀枪过招的声。上百上千的人喊杀，也听得清清楚楚。这事一点都不假，要不这里怎么叫作喊杀坪呢？"

"这里不是叫作汉沙坪吗？"

"汉沙就是喊杀。怕吓了外地人，就改个斯文的名字嘛。"

雨还在下。老头就说得更多。据他说，这里原来出了一个天子，是一个铁匠老婆与一条神犬配的种。天子一生下来就可以说话，七步之内可以成诗，用他的尿研墨写状子，没有打不赢的官司。朝廷晓得了，怕他篡位，发了十万军队前来攻打。没料到军队一进山，满山的竹子都炸，满山的石头都跳，都是帮助天子的兵，把官军杀得血流成河。不过寡不敌众，天子还是被朝廷拿去用油锅炸了。喊杀坪的杀声就是那时留下来的。

老头的结论更有意思：要是那次真让天子登基了，中国哪还会是现在这样子？莫说竹木不会砍光，起码平价化肥和薄膜是尽量供应的，要走什么后门？

福庄忍不住大笑。

天亮之后，周科长出了房门，看见局长正在门口擦皮鞋，便问对方昨晚到哪里去了，怎么搞得满鞋都是泥。福庄只顾上擦鞋，没顾得上回答。

局长的奥迪牌轿车已经开回来，停在旅馆门口。福庄吃过早餐，推开司机小王的房门，把对方轻轻拍醒："你昨晚辛苦。送到医院了？"

"送到了。"司机揉揉眼皮。

"生了吗？"

"生了。"

"男的还是女的？"

"男的，还是双胞胎。母子都平安。你放心吧。"

"那一家姓什么？"

"我忘了，好像是姓林，又好像是姓王……"

局长其实也没打算问清楚，就算问清楚了，也记不住的。"时间不早了，起来吃点东西吧。我们要走了，趁天晴好赶路。"

1994 年 10 月

# 土 地 *

　　我听到一阵哗啦啦的异响，跑到院子里一看，见竹林里枝叶摇动，还有个隐隐约约的黑影似乎正在藏匿。是谁呢？我随手抄起一杆铁锹大叫一声，那里便有一刻的静止，然后冒出一个顶着蛛网和草须的脑袋。

　　"我来砍点茅竹。"他露出两颗黄牙。

　　"你是谁？怎么砍到我院子里来了？"

　　"这些茅竹没有用的。"

　　"你说没用，我有用呵。"

　　我大为生气，觉得这人真是无礼，不知什么时候竟然擅闯私宅，冲着我的园林狠下毒手，是不是过两天还要来拆墙和揭瓦？可怜我精心保留下来的一片绿色，院子内必不可少的第二道或第三道绿色帷帘，已经被他撕开了缺口。围墙红砖裸露出来，砸得我眼前金星四冒。

　　他嘴唇肥厚得有些迟重，又披挂着又粗又密的胡桩，搬运起来不方便，吐什么字都是一锅稀粥。他说了他的名字又似乎没说，说了他家在

---
　　* 最初发表于 2004 年《文学界》杂志，后收入小说集《报告政府》，已译成法文。

何处又似乎没说，还说茅竹不是楠竹，只能砍下来卖给毛笔厂做笔杆云云，但我都没怎么听清。我喝令他立即住手，立即离开这里。他怔了一下，迟疑地点头。但我现在回想起来，觉得他当时回答得并不清楚更不肯定，或者干脆就不曾回答。

"这些茅竹只能藏蛇，留着做什么呢？没有用的，没有用的。"他还在嘟哝，把砍倒的竹竿收拢成捆，扛上肩，总算出了门。

不久后的一天，我从外面回家，一进院门，发现这里已有主人——又是那一嘴胡桩，像一个脱手刷子；还有两大块嘴唇，冲着我一番哆嗦和拥挤，总算挤出几星唾沫，是高高兴兴的唾沫："回来了呵？"在他的身后，两头牛也有主人的悠闲自在，一边喳喳喳啃着草，一边甩着尾巴，拉下了热气腾腾的牛粪，惊动了上下翻飞的牛蝇。我恍惚了一下，以为自己走错地方，但定睛一看，这刚刚用石板铺成的路，刚刚开垦出来的菜地，刚刚搭就的葡萄架子，明明还有我的手温。这围墙外的一棵大树和远远的两层山脊线，明明是我熟悉的视野，怎么眼下倒让我有一种反身为客的紧张？

"你找我有什么事？"我警惕地问。

他兴冲冲地指着一块菜土："这里的地湿，你不能种番茄，只能种芋头和姜。你得听我的。"

他又指着樟树那边说："那下面有两株好药，五月阳，你不要锄掉了，等我秋天再来挖。"

我不懂什么五月阳，也不在乎两株草药由谁挖走以及什么时候挖走，但我无法容忍他这种兴冲冲的劲头，这种无视法律和搅乱社会的口气。"你到底是谁？我同你说，这是我的院子，我买下来的院子，我办了土地证的院子。这个意思你不会不懂吧？你要挖草药、要放牛、要砍茅竹，可以到外边去。你如果要进这个院子，得经过我的同意。你懂不懂？你要不要我拿土地证给你看看？"

他怔住了，似乎难以理解这么深奥和复杂的道理，"你是说，你是说……"

171

“我是说，你以后不要到这里来放牛。好不好？”

“这里不能放牛吗？”

“你觉得这院子可以放牛？”

“牛最喜欢吃这些茅草，你留着反正也是没有用……”

“留不留是我的事，对吧？你怎么知道我不需要茅草？”

“你要留呵？你要留，就早说呵。我不知道你要留。我不知道。你要是早说一句，我就不会来了。”

他没有追究我不宣而禁、不教而诛的责任，吆喝一声，赶着牛出了院门。一大捆牛草在他肩后晃荡，叶尖沙沙地刮扫着路面。他当然没有带走牛粪和牛蝇。

我后来给院门加了一把锁。

我加了锁以后才知道他的来历。他叫李得孝，外号孝佬，是附近一个农民。只因为我买下的这块地，原是分配在他名下，二十多年来，已经被他跑熟了，甚至被他家的牛跑熟了。一放绳，那牛根本不用驱赶，就乖乖地直奔这里而来。眼下，他不是不知道事情已经有了变化，不是不知道这块地经乡政府征用，最终卖给了我这个外来人。但他砍茅竹或者割牛草的时候，还是情不自禁地往这块地上窜。想想吧，他熟悉这里的茅竹，熟悉这里的茅草，熟悉这里某个角落的五月阳，憋一泡屎尿甚至也习惯性地往这里狂奔，一心要来增肥活土。他一时半刻哪能割舍得下？

他远远就能嗅到这里的气味，远远就能听到这里发芽或落籽时吱吱嘎嘎的声响，连睡梦中一迷糊，也能感触到这里在雨后初晴或者乍暖还寒时的一丝抽搐或跃动。对于他来说，这些当然比一张土地证更重要。有人告诉我，自从我不久前两次把他逐出门外，他还是有点半醒不醒，好几次扛着锄头来到我家院门前，见门上一把铁锁，才怏怏地蹲下或者徘徊，最后掉头而去，嘴里嘟嘟哝哝不知说些什么。

他没有大喊大叫地打门，没有气冲冲地翻墙或挖墙，就算是够清醒的了。我相信，在今后很长一段时间内，他还会在一把铁锁面前恍惚，就像把一个儿子过继给了人家，但很难把这个儿子视为人家的骨肉，一不小心就还会叫出什么乳名。

我的目光越过院墙，看到了墙外起伏的青山，看到了雨后的流雾在山间悄悄爬升，这才发现自己对这里所知甚少。

说起来，我在这里已经居住了三个月，也许往后再住上三个月，再住上三年，我也无法得知这里的全部故事。就拿对面山上那个无人的峡谷吧，我只知道它在地图上叫"珠波坳"，或者是农民平常说的"猪婆坳"，一个诗意的名字不时散发出猪屎味。到底是"珠波"还是"猪婆"？在一个旅游者眼里，那条峡谷也许只是一片风光，只是春天的映山红和秋天的落叶红。但在一个勘探者眼里，那里可能是丰富的酸性红壤和页状层积岩吧？是勘测记录里来自侏罗纪时代的云母矿和含硫铁矿吧？同样是那条峡谷，对于一个耕作者来说，也许更意味着竹木的价格、油茶的产量、蜜蜂花源的多或少，水源利用的难或易，还有某一年山林垦复时刺骨的寒冷和腿上流血的伤口。我在这里还认识了一位喜欢谈风水的船老板。我知道他见山不是山、见水不是水，猪婆坳在他眼里既不是风光，也不是资源或者物产，只是一些青龙、白虎、神龟、玉兔以及来意不明的其他巨禽大兽，是这些神物的伪装和凝固，还有它们对山民们命运的规定。于是，船老板总是在山水中看到遥远的祸福，有时会被一棵老树的倒下吓得浑身冒汗，或者对某一个建房工地心急如焚长吁短叹。

船老板近来忧愤交加，因为风水正在遭到漠视和破坏。外来人越来越多了，大多不理睬他的那个罗盘。除了我这样的城市生活逃避者，还有商家要在这里征地建制药厂和矿泉水厂，还有政府机构要在这里征地建培训中心，还有一家港资公司打算在这里圈地上万亩，建设宾馆、猎场、马场以及生态公园——测量人员已经来了好几趟，陌生的身影和口音让山民们颇为好奇，未来的一切也就变得闪烁不定。乡政府干部大为生气，说有些农民一听说外人要来征地，就到处制造假坟，骗取迁坟费。乡长在广播喇叭里曾大声怒吼：有些家伙，平时一没看见他们上供，二没看见他们挂香，到这时候了，就这也是祖宗那也是祖宗，你们哪来那么多祖宗？孝子贤孙想当就当吗？随便挖个洞，丢几根猪骨头、牛骨头在里面。想诈骗谁呢？以为我瞎了眼吗？以为人民政府的钱出门就可以捡吗？……

农民对此不服气，在路口上三五成群交头接耳，说人骨头就是人骨头，乡长如何扯上猪和牛，讲出这种浊气的话来？他自己的祖宗未必就特殊些？有本事他也挖给我们看看！再说，那公司老板的先人姓曹，以前就是这里的大地主，只是革命那年吓得白了头发、瞎了双眼，最后一绳子上吊。但现在曹家香火旺盛，人脉发达，在台湾出了博士，在香港又出了董事长，要把土地统统往回收。让他家多出几个迁坟的钱有什么了不起？就算是做了几个真真假假的坟，不也是让他多掏一顿饭钱吗？哪里扯得上什么破坏改革开放？

说起来，命就是命呵。他们常常感叹，十几年前修公路时移过曹家祖坟：坟破之际，坟内热气往外冒，潮乎乎的鲜味扑鼻，像包子铺里一个揭了盖的蒸笼。你想想，时隔几十年还能有这样的蒸笼，曹家不兴旺发达也是不可能的。

言下之意，是他曹家多出几个钱也在情在理吧？

如果我没有记错的话，我见到过曹家的后人。乡长带着一行客人来到我家，照例是无可款待的时候，把我这个院子权当乡间景点之一。客人中领头的一位满头银发，但穿着旅游鞋，背着双肩包，揣着照相机到处照相，照我家的树，照我家的草，照我家的鸡埘和锄头，最后照到我的脸上，似有一种对案发现场的认真仔细，让我有一刻的毛骨悚然。他身后的秘书也是个银发老头，也穿着旅游鞋，但一进门就倒在椅子上呼呼大睡，大概是走得太累了。如果不是他们身后还有年轻的一男一女，一直折腾着便携式电脑，我觉得这两个老顽童疯疯癫癫，投资开发一类纯属儿戏。

他们操着台湾式国语，倒是很和善，见人就递名片，就彬彬有礼地鞠躬问好，连一个个抹鼻涕的娃崽也被他们笑脸相向，毫无一点寻仇报冤的迹象。

他们把我家院落前前后后细看了，临走时，照相的老头低声说："你在入秋的晚上是否听到过什么声音？"

我摇摇头，不知道他是什么意思。

"没有就好，没有就好。"他笑了笑，吁了一口气，"你这里是个好地方，最好的地方，千金难买。我告诉你，只是有一条：千万不要冲着西北角撒尿。"

我更不知道这是什么意思。

他看了看我家后门，看了看后门外碧绿的水面，很有把握地点了点头，"你听我一句：这个门的朝向要改一下。实在不能改的话，至少要在门外做两个石头狮子。实在不愿做石头狮子的话，门上至少也要挂一面镜子。"

"为什么？"

"你不知道吗？你这张门，正对着猪婆坳。民国十六年，那里曾有血光之灾，必留恶煞之气，还是避一避的好。你明白了吧？你要是下水游泳，也千万不要游到那里去。那里不干净的。你明白了吧？"

我明白什么？民国十六年，也就是七十多年前，是我出生前的三十多年，那里发生过什么？如果是杀了人？杀的是什么人？

老头言之不详，告辞走了。我事后向乡亲们打听，他们也含含糊糊，没人能说得清楚。孝佬来挖五月阳，顺带找我讨几片瓦，对杀人事更是一无所知，只是说那山峒里原来有一户人家，听风水先生说他家要出三顶轿子，心里十分高兴。没料到一辈子过下来，还是穷得差点卖裤子。主人最后倒也没有找风水先生的麻烦，只是叹了一口气说：三顶轿子倒是没说错呵。你算一算，我婆娘结扎是抬出去的，我婆娘遭病也是抬出去的，最后死了也是抬出去上山的，不就是三顶轿子吗？

我一听孝佬说起这事，知道他已经糊涂，把猪婆坳说成雁泊坡去了——他的耳朵似乎有点背。

我后来去过一次猪婆坳，是跟着制药厂几个人去找水源。我们弃船登岸，劈草开路，沿着一条小溪走进了比人还高的茅草丛，走进了一时明又一时暗的杂树林。我不怕蛇，甚至没工夫想蛇，满脑子是前不久曹家老头那番说法，于是对山谷里的一切既好奇又提心吊胆。

大概就是这里了吧，也许不是。也许事情还发生在前面，在歪脖子松树那里。我不知道溪边那片石滩上是否横过尸体，不知道前面那棵老枫树上是否挂过血淋淋的肠子或者眼球，不知道更前面那一丛火焰般的美人蕉，之所以开放得如此癫狂，是否扎根于一个蚁群曾经密密噬咬过的骷髅。我正在走过一个现场，以至我在一个石头上喘气的时候，觉得这块巨石太凉，凉得很有些来历，让我有点不敢触摸。最后的情节是什么？是一个人从死人堆里爬出来，从草坡那边爬过来，把扎进肚子的杀猪刀拔出（这样也许可以爬得快一些），把身上那些鼓着气泡的血水送进嘴里（也许可以解渴和增加体力），眼睛就盯着这块石头，一寸又一寸，半寸又半寸，希望能在天黑下来以前爬出山谷，至少要爬到能看到山下屋顶的那个地方（那时还没有这个水库，不会有水库边的小船和草棚）？但那个人可能就在触到巨石之前，伸出的手痉挛了，僵硬了，慢慢地冷却，然后有蚂蚁、蚊子、蜈蚣、山蚂蟥的聚集……他或者她的衣袋里，可能滚落出一个银镯子，或者是一片人耳——以后查找仇人的证据在此失落。

一声尖厉的惨叫拔地而起，吓得我全身有抽空之感。仔细一听，才知不是什么人的惨叫，是林子里鸟的喧哗。

我可以确定，完全应该确定，我在这里没有见到罪恶。除了树上有一张蚊帐般的大蛛网让我心惊，除了一种草叶毒得我两腿奇痒，这里只有各种野花争相开放，足以让你想象自己落入了一个万花筒天旋地转。在一种有草腥气息的晕眩里，你还可以看到一大群蝴蝶扇动着阳光的碎片，遮天蔽日而降，感觉到全身被无数个光点一瞬间击穿。

坐在这块石头上，同行人谈着引水工程以及将来的大规模开发。我没有什么好说，回望水那边，恰好可以看到村子里的几户人家，包括看到孝佬的那两间瓦房，看见他的屋顶上照例没有炊烟。

他很久没有来我家了。我知道，像其他有些农民一样，失去土地以后，他就去城里打工，算是运气不好，打完第一年工，老板跑了，让他一个工钱没有拿到。第二年算是拿到了工钱，但老婆跟上一个照相的浙江佬，要同他离婚。儿子想了想，对母亲说："爸爸一辈子抓泥捧土，好辛苦，我不会离开他的。"母亲说："妈妈再给你找个好爸爸。"儿子说："我不要新爸爸。你一定要离婚的话，我就穿一身白衣到汽车站去送你，给你叩三个头，但从此以后你不要回来，我也不会去找你。"

……这一切是孝佬说给我听的，让我心头一酸。

还是从孝佬的嘴里，我听说他婆娘听完儿子的话，跑到山上大哭了一场，但还是走了。儿子果然穿着一身白衣去送妈妈，在汽车站撅起小屁股，冲着她的背影跪叩三番，直到夜色降临还跪在路口，直到泪水流干还面朝着公共汽车远去的方向。是一个陌生的老头最终扶起了他。

从那以后，主妇再没有回家，也没有寄钱回家。为了独力负担儿子的学费，孝佬在工地上不再吃早餐和晚餐——因为老板只管一顿免费的中饭。这样，他每天早上和晚上看见同伴们取饭碗，就假装上厕所或假装去逛街，一直熬到中午，一直熬到可以白吃的时刻，再狠狠吃他个两眼翻白，又是嗝又是屁的动静很大。他后来一失足摔下脚手架，摔断了腰骨，大概就是胀昏了头或者饿昏了头的缘故。

他一度回村养伤。我看见他一手扶着腰，在山里挖药，或者给邻居阉鸡，还给学校里这个或那个老师挖地，种点菜秧，好像他吃着百家饭就管着百家事，或者是一个无家可归的游魂。后来我才知道，他欠了很多人的钱，一时没有办法还清，就用气力来还一点人情账。

有时他一手扶着腰，拿着十几根多余的菜秧来找我，问我要不要赶着季节栽下。这时候，他蹲在地头，接过我递过去的烟，嗖嗖地吸出声音，嘟哝着他的儿子。儿子读高中本来成绩还好，但去年竟然考了个门门不及格，退学了，去广东打工。其实学校里的老师和同学们都知道，他是故意考砸的，是想考出个退学的正当理由，早点去打工赚钱替父亲还债。

"孽障呵，你看看，真是个不忠不孝的孽障呵！这个该吃枪毙的，英语只考了个八分，传到外面去，把祖宗的脸都糟践成屁股皮了。"

父亲一说起这事，就抽自己一大耳光："我就是腰不好。要不是这腰，我早就跑到广东去了。我要找到他，打断他的腿！"

"你不要怪他。年轻人也不是只有读书一条路。"

"不读书怎么办？不读书怎么办？你说怎么办？到时候不就像我？一辈子就土虫子一条？"

我连忙岔开话题，问他为什么不另外找一个老婆。女人的话题也许能使这个单身汉开心一点。

"我有儿子了呵！"他瞪大眼睛。

"我不是说儿子，是问你为什么不再找个女人。"

"我有儿子了呵，已经有了呵，对得起祖宗了，还结婚做什么？还养个婆娘来吃饭？来费衣？来摆看？"

这回轮到我有点费解了，"你毕竟……才四十出头，就不要个做饭的？"

"做饭最容易了。我煮一锅，吃得了两天。"

"就不要个伴，好说说话什么的？"

"我不喜欢说话。"

他已经栽完菜秧子，又摘了些大树叶来给菜秧子遮阳，防止它们遭到暴晒。看他对菜秧子兴冲冲的劲头，我怀疑他根本没听懂我刚才的话。他平时随便找个碗，往地上一砸，取块瓷片就可以帮邻居阉鸡或者阉猪，甚至给自己剜疮割疣，他莫不是又砸了一个碗？取一块瓷片把自己给阉了？不然的话他为何对女人毫无兴致？

春天又来了，我家的芥菜果然长得很猛，每一棵都胀得地皮开裂，能让你挖出碗大的菜头，可见孝佬确实熟悉这里的泥性。

春天里的茅竹齐刷刷抽笋，很快就绿成了密不透风的一片，有几只鸟在那里面扑腾或者啼叫，总是引起来客们的注意。我不得不去间伐一些茅竹的时候，就想到了孝佬。我早就取下了铁锁，敞开了院门，希望他什么时候提着柴刀前来，但他的脚步声不再出现了。我家的五月阳已经繁殖出一大片，开出的花朵像满地金币，却没有人再来挖采。

我路过他家门口，发现门上挂着锁。他是去寻找他的儿子，还是去哪里给人家帮工还人情，抑或是去城里找他的一位兄弟，不得而知。

他的邻居也不知他去了哪里。更准确地说，他其实已经没有多少邻居。村子里有点空空荡荡，我的脚步声足以引起巨大的回响，我的说话声也足以让自己惊吓。一张大门锁着。另一张大门锁着。另一张大门还是锁着。就像一场瘟疫留下了巨大的空阔，声音在这里奇异地被放大，连一片树叶的轻落，一只蝴蝶的飞掠，一缕微风的穿过，几乎都可以在这里震出天地间滚滚的声浪。还算好，我在这里找到了人。但留在这里的老人和小孩似乎已经习惯寂寞，不大说话，只是倚着门，直愣愣地看着我。你完全可以看出，他们的眼光里有欢迎但没有惊奇，看我离去时有欢送却没有惜别。也许他们已经疏于人间交往，常见的世界只是泥土和泥土和泥土，常见的活物也只是飞鸟和飞鸟和飞鸟。也许，在他们的眼里，我不过是一只人形的鸟，即算挂着古怪的墨镜和照相机也还是一只鸟，一只稍微有些特别的鸟，不过是来此落脚，吃点谷米，撒点粪粒，然后又飞上前面的山冈，离开他们的视野。

我问他们：打工的人会回来吗？比方说，过春节的时候会不会回来？

他们说：可能回来，也可能不回来。

我问：他们总会要回来的吧？

他们说：当然，总要回来的。

我看见好些空屋堆放着一些杂物，有烧剩的干柴，有破摇篮或者旧水缸，当然更多的还是一些农具，比方木头大禾桶，是以前给稻子脱粒时要用的；比方说木头大风车，是以前给谷粒去壳时要用的；还比如木质的龙骨水车，复杂和精巧得像巨大的骨雕项链，是以前抗旱引水时要用的。眼下，它们用不上了，或者说是被更先进的金属机器替代，只能在这里蒙上尘垢，冷落在某个阁楼上或者墙角里。奇怪的是，主人把这些东西都保留着，没把它们烧掉，好像它们还会有用上的一天。

在这些人家的屋檐下，在横梁上或者走道里，一定还停放着棺木。一具或者数具，不可一世地占据着很大的位置，翘起的棺头更有点趾高气扬，只差没有喷出呼噜噜的鼾声，没有喷出高声大气的哈欠。

我知道这些棺木很珍贵，一户人家如果有这样的棺木，足以证明这一家过得殷实，对未来早有准备，日子可以过得踏踏实实。

前不久，我家院子里出现了一只鸟。这家伙在林子里呱呱呱地大叫，搅得我根本无法入睡。我只得摸黑去寻找和驱赶，用木棒敲击了好些树干，用石块射击好些树杈，但最终不知它藏在哪一片墨色树影里。直到第二天早上，我才发现鸟叫不知什么时候已经停止，而且发现这只鸟就死在石阶上——身上没有任何伤痕，只是瘦成一包壳，在我的手里轻飘飘的像一片影子。它有蓝色的翎毛，有橘红色的眉圈，有眉心间的一点纯白，其实美艳惊人。

它为什么死在这里？这里是不是它必归的家园？

或者它是不是带来了远方的什么消息？曹家老头曾经低声说过，要我注意初秋夜晚里的动静。我这才发现，那老头看似疯疯癫癫的，其实是个知情人，对这只鸟的到来早有暗示。在这一刻，我甚至相信七十年前七百年前七千年前所有在这里生活过的人都是知情人，对今天的一切几乎了如指掌。他们大概早就知道，早就在口口相传，有一只无名的鸟今天将回到故乡，死在秋日的露水和晨光之下。

我把它埋葬在竹林边，踩紧了一堆新土。

2004 年 12 月

# 西江月*

人们以为他是傻子，其实他识得字，会搓绳，能编筐，还收集各种男女旧鞋，大概有鞋业研究兴趣。他只是有点懒，对各种招工告示漠不关心，碰到有人雇他挖沙或者卸煤也只当耳边风，情愿守在街边晒太阳，玩蚂蚁，磨石子，放出一个个哈欠，把自己固定成一处街头风景。

他一双耳朵很灵，薄薄的肉片微微一颤，就能听见远方似有若无的锣鼓或鞭炮，能辨出那是红喜事还是白喜事。他嗖地一下及时现身那里，一身万国装五颜六色大小不齐男女混杂又洋又土，浓浓馊臭还让人们掩鼻而退，呼吸困难，差一点作呕。

"这里没有龙贵，到别的地方找去！"主人知道他经常寻找一个叫龙贵的人。

他翻一白眼，嘴里嘟嘟囔囔。

"客人还没到，你倒抢了个先！"主人气不打一处来。

他搓搓手。

他再挨骂也不报复，甚至不生气，比方并不靠近酒席强讨，更不会

---

* 最初发表于 2008 年《中国西部文学》杂志，已有韩文译本。

突然上桌抢夺，只是远远地坐在树下，一声不吭地吞咽口水，好像是来为酒宴义务站岗。但这样一个蓬头垢面的哨兵有点煞风景，一旦撞入客人的视野就如无形叮咬，让人心里发毛。万一起风了，不知来自何处的馊臭徐徐入席，与各种佳肴串味，给各种恭维与祝贺的话增鲜，更会大败客人们的兴致。想到这里，主人只能自认倒霉，盛一碗肉饭前去恭请哨兵撤岗，去柴房或墙角单独进餐。更好心一些的主人不但管饭，还会塞几角钱，让这颗毒气弹早一点乐颠颠离去。

对于他来说，酒宴当然不是天天有。有时候，他爬上小镇附近的山头，竖耳细听好一阵，也没听到远方的锣鼓或鞭炮，只得怏怏地回到街上游荡，收缩一下鼻孔，在这家门口炖墨鱼的气味中坐一坐，在那家门口煎豆腐的气味中倚一倚，困了就蜷缩身子睡一觉。他还是不会开口乞讨，不会那样没皮没脸。如果无人施饭，他就会抹抹嘴巴往垃圾站而去，找一点菜根菜叶什么的入口。日子长了，他连活蛤蟆和死老鼠也能吃，有时口吸一条蚯蚓像吸面条；嚼一只蚱蜢如嚼花生。但他从来不生病，有时脸上还有两块鲜鲜红晕。

"哇——哇——"他气得一只眼睛大、一只眼睛小，威胁那些把垃圾倒在站外的孩子。

如果发现有人倾倒霉变的香烟、腐烂的瓜果、过期的滋补品，他也必定冲着浪费者再次发飙，再次气得一只眼睛大、一只眼睛小："哇——哇——屎臭臭——"

不知道他是什么意思。

没人知道他的名字，见他支着几颗龅牙，都叫他"龅牙仔"。他的年龄也难以确定，虽然已有抬头纹，但一张脸鲜嫩，嗓音很尖细，薄薄身子好像还没发育完全，看上去是老年与少年的随意凑合。

比较熟悉他的是两个乞丐。一个外号铁拐李，是本地名丐，总是扶一钢管为杖，虽气象凶险，但每次只讨三分钱。你要是给他一分钱，他会坚决拒收。你要是给他一角钱，他追着喊着也要将七分钱找还给你，绝不占便宜，绝不乱规矩，让人们觉得特别有趣，也更愿意掏出钱来测试他的诚信。另一个外号变形金刚，是个大胡子，操四川口音。其绝活是在车站或码头占据最佳迎客位置，一屁股坐下来，三下五除二，让自己的左腿膝关节脱位，来一个前后倒置，如同下身反接了一只脚，有点惨不忍睹。照他求助纸牌上的说法，东风浩荡，凯歌震天，红旗漫舞，革命形势一派大好，越来越好，但建设祖国的无私奉献者们有苦何处说？无钱疗伤之苦可有人知？……他的动人说辞和志愿军、老劳模一类不知真假的身份，每次都为他赚了个盆盈钵满。但只要旅客们散去，他左右看看，咔嚓咔嚓两下，又能使膝关节复位，金刚再次变形，然后夹着纸牌从容回家。

据他们两人说，小花子已来花桥镇三年多，与他们同宿镇西门桥下，平时不怎么言语，也不做什么有伤丐德的坏事，只是喜欢偷偷公家的招牌，曾先后把学校、兽医站、计划生育协会、革命历史教育基地等牌子，偷搬到桥洞里来挂了个琳琅满目。他连镇政府的牌子也敢偷来当床板，说政府干部连垃圾站都管不好，搞得那里臭水横流没法下脚，实在屎臭臭，太屎臭臭，根本不配挂牌子。至于他自己的事，他家里的事，谁都没听他说过，只是听到他常在深夜梦中大喊一个人名："龙贵——""龙贵——""龙贵——"大概就是他常在街面上寻找的那个人。

"这里根本就没有姓龙的。"镇上有些人早对他宣告。

"你那个龙贵嘛，我认得。他到九江去了，江西九江，知道吗？"也曾有人这样打发他。

不知道他去过九江没有，去过人家胡乱说出的湘潭、永州、祁阳、安化、麻阳没有。不过他还是幽灵般地出没于小镇，似乎要死守这一个约会地点，深信他期待的人不可能失约，正从远处一步步朝他走来。龙贵是他什么人？给他许过什么愿呢？或者龙贵只是他梦中一位救苦救难的下凡仙人？……人们不得其解。每逢汽车喇叭或轮船汽笛鸣响，只见他应声而起，呼地一下窜去车站或码头，在客流中穿插如梭，逢人便急急地掀起几颗龅牙："有叫龙贵的吗？"……见对方茫然，便进一步唾沫喷飞："龙马的龙，富贵的贵。"有时还在掌心上写给别人看。

人们总是对他摇头，或是被他油光光的衣衫片子吓住，慌慌地快步跳开，像避开一只硕大苍蝇。

这些旅客大多是来进香拜佛的。花桥镇是他们上山的必经之地。山上有一禅庙，近年来香火很旺，钟鼓常鸣，轻烟薄雾缭绕林间。穷人和富人都去那里祈福，特别是一些瘸子、瞎子、聋子、瘫子以及各等哎哎哟哟的重病者，不知道听了什么传言，都急着上山求医——据说那里有一位神僧颇得佛力，不用针和药，只是撮土为丸，吐痰为汤，随便在来人脸上摸一摸，或者朝来人屁股拍两掌，就能包治百病。小镇因此越来越热闹了，不光出现了五花八门的斋菜馆，还有各种卖鞭炮、香烛、佛经、雕像、供品、碑刻拓片及各种旅游产品的店面。有些非法游贩也出现在此，躲过警察与市场管理人员，偷偷向旅客兜售神僧的指甲、皮屑、胡须乃至干粪便，声称这些秽物均有医疗神效——只是不知他们的货品是真是假。

有一个鞭炮老板姓陈，这一天站在店前东张西望，最后把目光落在龅牙仔身上。"你过来，过来！"

小花子懒懒地看他一眼。

"你是要找龙贵吧？我可以帮你找到。"

龅牙仔眼睛发亮，朝他走近了两步。

"我还骗你不成？龙马的龙，富贵的贵。没错吧？不过，我不能白帮你，你得给我信息费。"

龅牙仔听懂了，撒开两只赤脚就跑，不一会儿气喘吁吁地又回到老板面前，扒开一个旧塑料编织袋，出示里面的各种宝贝：一盏旧台灯，一只旧公文包，一台可以发声的旧收音机，还有一大堆男式和女式的旧皮鞋，轰隆隆的脚臭味扑面而来。

"把这里当废品站呵？要熏死我呵？"老板捂着鼻子后退，"这样吧，你给我一百块钱，要不就给我打五天工。"

龅牙仔沉下脸，提着编织袋就走。不过龙贵对他还是有吸引力的，他没走出两步又折回，挠挠头，指着隔壁小店里卖的包子。

老板好笑，"看不出，你小子还会讨价还价？好吧，我就每天加你两个包子，算是你的加班费。"

龅牙仔咬着两个包子，跟着老板走了。事后人们才知道，这一天鞭炮厂有工人嫌工钱少，突然辞工而去，人手少忙不过来，陈胖子只好临时拉龅牙仔顶班。老板哪里知道什么龙贵，只是以为小花子好哄，到时候胡编个说法就行。他没料到，五天过去以后，龅牙仔成天追在他屁股头问：龙贵！龙贵！龙贵！……差一点在他耳朵里磨出茧子。实在混不过去了，老板只好装模作样打了一个电话，回头说："湖下村是有个龙贵，不过刚生出来，还差三天满月。东门外呢，有条癞皮狗也叫龙贵，大家都这么叫，你可以去找。第三嘛……"他还没有说完，龅牙仔一只眼睛大、一只眼睛小，发出持久的尖叫，夺过电话机就往地上砸。老板当然早有防备，出手夺回电话机，仗着自己腰圆膀壮还把小花子一身骨头扭得咯咯响。"老子给了你三条信息，没加收你的信息费，就算便宜你了。你还要在这里行武？找死呵？老子一个指头把你捏到门缝里去！"

他把龅牙仔轰出店门："滚远点，滚远点，要是再让我看见，我就把你吊到井里去凉快凉快！"

老板的大洋狗也及时出阵，冲着龅牙仔一阵狂吠。

小花子这才逃之夭夭。

陈老板财大气粗，是镇上有头有脸的人物，平时搬着肥大屁股随便往哪家一坐，主家就得笑脸相迎，又是敬茶又是敬烟，还得恭敬聆听各种教训。他说你家茶叶不好，你家茶叶就是不好。他说你家儿子太蠢，你家儿子就是太蠢。他说你家里有鸡屎臭，你即使从未养过鸡，即使在家里刚喷过三轮香水，也不敢说半个不字。大家都把他当菩萨他爹供着。不过，陈老板接下来的日子有点不顺。比方每天早上开门，他店门前不是有一堆臭屎，就是有几堆五光十色的垃圾，气得他脑袋大。一个"良种猪仔基地"的牌子不知何时挂在他门前，更让他满脸猪肝色，操起一张板凳就砸。但刚砸了这块牌子，两天后门前又冒出一块"烈士陵园"的牌子，比良种猪仔还糟心十倍。他气歪了脸，令手下人把牌子火烧了，在店门前一连放了十挂万子鞭，在门槛上淋了三道公鸡血，还觉得店门前不干净。

陈老板不至于当烈士，不至于住陵园，但事情不能细想呵，一想就大病了一场。他重新出现在邻居面前时，头贴黑膏药，手脚僵硬，哼哼唧唧，还时不时胸闷欲吐。照他的说法，害他的不是别人，肯定是那个该千刀万剐的龅牙仔，真恨不得扒了那家伙的皮才好。他这次住医院、拜菩萨总共花了大几千块，算怎么回事？就算抓住了那个小杂种，把他剁成碎片卖上十次，也卖不出这么多钱吧？

"还是老班子说得对，花子惹不得，惹不得的。"陈胖子苦笑着直摇头，从此见了龅牙仔就躲，见了所有的乞丐都心虚气短。据说他后来花一笔钱，买通一个黑工头，把龅牙仔骗到贵州去下井当煤奴。

一个多月以后，一位赶郎猪的老头晚上回家，看见几条狗在水沟边嗅着什么。夜色昏暗，他看不大清楚，只觉得水沟里好像有动静，划燃火柴一看，发现那是一个人，面色苍白，嘴唇发黑，一条腿粗肿如桶，身上还有很多酱色的血渍和血痂——这不是龅牙仔吗？腿肿成这样，是不是被毒蛇咬了？

他是如何逃脱黑工头的魔掌，如何从千里以外的煤矿跑了回来，如何又不小心受到毒蛇攻击……没有人知道。他后来出现在街头一个拆走了轮子和机器的中巴车厢壳子里，颤抖在乱草丛中，鼻孔里气若游丝，一连昏迷了几天。一个卖瓜的九婆婆可怜他，每天驼着背送来米汤给他慢慢地喂下，还带来一罐浓浓的茶水，替他洗一洗身上伤口溃烂处的脓血。看见嗡嗡飞绕的蚊蝇，她还点燃了一支蚊烟。

"可怜，可怜，你就没有个家吗？"九婆婆终于看见他醒了。

小花子两只眼睛里空空洞洞。

"你就没什么亲人了？"

死鱼般的眼睛还是直愣愣向天。

九婆婆擦起衣角擦擦眼睛，从怀里颤颤抖抖掏出一个小酒瓶。"苦命的伢，你活着为哪样呢？你爹妈把你生下来做什么呢？你的苦还没吃够哇？九婆婆今天给你做个主。你把它喝下去。"

小花子眼眸隐约一暗。

"你不要怕。这是快活汤，世界上最好的东西。你一喝下它，身上就不痛了，肚子也不饿了，心里什么烦恼都没有了，往后就一心一意过好日子。"

龅牙仔嘟哝出一个字："龙……"

九婆婆知道他要说什么，叹了口气："伢呵伢，世界上没有你要找的人。你死了这条心吧。"

"龙……龙……"

"莫说是你那个龙贵，就是菩萨也救不了你呵。"

龅牙仔咬紧牙关，死死堵住瓶口，就是不张嘴。一滴泪水终于出现在他眼角。

"这是为了你好哩，你听话，听话，呵？"老人没法灌，收回小酒瓶，揩去对方的泪滴，哀哀地哭了一场。据知情人后来说，九婆婆那一段是觉得自己气虚和腿重，看来是大限在即，哪一天跌倒就再也爬不起来了。她担心自己一旦撒手西去，哪一个来给龅牙仔送米汤？如果没有她的米汤，龅牙仔嗷嗷的如何活下去？

九婆婆一失足跌倒下去，确实再也没有起来。大概是感念九婆婆的善德，一些好心人东一碗汤、西一碗粥，把九婆婆的好事做到底，还叫来一位医生，抓了几帖药，竟使龅牙仔奇迹般地站了起来。虽然脸部多了一块暗疤，拉扯得表情有几分狰狞；虽然一条腿有些瘸，使他走路时尖尖屁股一撅一撅，但他还是重新进入人们的视野，在街边晒太阳、玩蚂蚁、磨石子，放出一个个哈欠。他还去河边九婆婆的坟前叩了几个头，在那里立了好几块牌子，有"先进幼儿园""商品质量信得过单位"以及他曾经拿来垫床的"花桥镇人民政府"。

经过一个多月的贵州行，他甚至更长本事了，伸出的指头不怕火烧，铁硬的脑袋扛得住棒打，还学会了吃土——随手捡起一块黄泥或黑泥，嚼巴嚼巴就能往下咽，令围观的小孩们十分好奇。有一次他没找到合适的泥巴，甚至还吃起了沥青和煤渣，嚼出了杏仁或蚕豆的声响。一位过路的电视台记者发现了这一点，想拍个奇人花絮之类的节目，曾给他三十块钱，想让他在镜头前表演吃土，只因他哇哇怒吼，捡起一个石头相威胁，才遗憾地作罢。

铁拐李想当他的经纪人，追着对记者说："加一点，给两百，给两百他就吃土。"

他在记者那里点了钱，回转身来，却发现龅牙仔不见了。

这一天，又一批外地旅客来到了小镇，停车区里大车小车很是热闹，到处是人头攒动和大呼小叫。有一中年卷发男子戴着太阳镜，走出一辆白色轿车，刚好被龅牙仔远远地看见。"你认不认识龙贵？"瘸子扶着竹杖照例上前搭一腔。"龙马的龙，富贵的贵。"

对方正在锁后盖箱，随口回了一句："我就是，什么事？"

好一阵没有声音。

还是好一阵没有声音。

事情似乎已经完了。对方回过头来，显然看见了龅牙仔呆若木鸡，脸色发白，全身颤抖，还有上气不接下气的喘息，差不多就是一个将要虚脱的病人。对方肯定以为自己倒霉，碰上了疯子，赶忙跳开一步，朝车那边的两个女人挥挥手，朝山上快步而去，一边走还一边回头。

龅牙仔终于发出呜呜呜的哭声，或者是笑声，追上去问："你……你……真的是龙贵？"

"一边去！我不认识你。"

"你肯定认识我姐。"

"我要喊警察啦。"

"你不就是在黄沙桥的人？……"

"你……"

"你不就是龙天祥他二弟？"

对方听到这里，大吃一惊，全身僵住，忍不住将小花子上下打量。"你是……"他没说下去，只是乘人不备撒腿就跑，差一点撞翻身边的一个老头。但这已经足够，足以让龅牙仔完成认证并锁定目标。他大叫一声，旋起一阵风，叭叭叭两脚翻飞追了上去。后来有目击者说，那一刻他根本不像个瘸子，只见一道黑光闪过，飞向天空的竹杖还未落地，他已突然放大，像一只巨大蜘蛛缠住了前面的背影。

两个女人发出尖叫，吓得周围的人毛发倒竖引颈张望。他们终于看见两个黑影在河边的西门桥上扭成一团，像是拥抱，又像是厮打。他们来不及打听是怎么回事，就听见那里一声声大叫震天。"龙贵！""龙贵！""龙贵——"这叫声像是欢呼，又像是叫骂，怎么也让人听不明白。一切都来得这么快，快得让人眼花缭乱。直到两个时分时合的黑影在桥上一晃，翻过栏杆，双双掉入河里，激起沉闷的扑通一声，他们这才大致明白，刚才不是拥抱，也没有欢呼。事情似乎有点不妙。

"杀人啦——"

"救命啦——"

两个警察终于从派出所那边赶过来。

他们来到西门桥，朝桥下看了看，只见水面一圈圈波纹渐息，没有什么东西冒出水面。他们见河边有几条船，忙上前交涉，请船老板把船划到刚才溅起水波处，用船篙探入水中搜索。但他们来来回回戳了好几轮，没有戳到什么。围观的人越来越多了。警察从中发现了几个熟面孔，大概是水性比较好的，要他们下水帮着寻找。加上哭哭啼啼的两个女人当场拍出一沓钱，那几个后生就脱了衣服，在腰间系上安全绳，一个接一个跳下水去。不过，直到入夜，直到东门那边升起一轮月亮，他们在水下捞出两只皮鞋，一只铁油桶，一个摩托车头盔，一头半腐的死猪，还有一张糊满泥巴的渔网，就是没有找到人。只有一只出水的男式皮鞋，由两位哆哆嗦嗦的女人辨认，是当事人的，由警察提到派出所去了。

"龙贵——"

"龙贵——"

"龙总，你在哪里呵——"

夜色降临，西垂的一轮明月下，苍茫远山垫在树林剪影的后面，河面上飘摇着一把闪闪烁烁的光斑。两个女人在河边一直哭喊到深夜，在码头的石阶上拍出更多钱，还有当场解下的金戒指、金项链以及金耳环，算是对救人有功者的重重悬赏。更多的船出动了，搅出了更多月光。更多的小镇居民聚集在河边交头接耳，惊得两岸狗吠声久久不息。一些手电筒、灯笼以及火把闪烁不定，沿着河岸向下游摇曳而去。

龙贵的尸体三天以后才浮出水面，漂到下游的一片芦苇边。据说他已全身浮肿，肚子膨大如鼓，虽然四肢还在，但鼻子没有了，耳朵没有了，上下嘴唇也没有了，整个脸盘似乎被木匠刨子刨去一层，刨去了毛边和棱角，只剩下一团圆乎乎、血糊糊的肉瓢，暴露出多处白骨。法医从他脸上发现好几道深深肉沟，相信那是牙齿啃刨的痕迹。至于龅牙仔，当然也没活下来，据说他满嘴肉泥，身上至少有四处骨折。

这真是一桩离奇而惨烈的命案。

因为没找到身份证，也没法给中年男客恢复容貌，加上两个涉案女人失约，未去派出所留下笔录，驾着白色轿车不知去向，警察手里的破案线索实在有限。他们不知道死者是什么人。从龅牙仔寻找龙贵这一点看，他并不认识后者，与后者应无直接的过节，那么他是为谁张开利嘴？为他父亲？母亲？姐妹？兄弟？师友或者乡亲？同样令人迷惑的是，这食肉之恨何来？是关乎钱财？关乎性命？关乎情爱或尊荣？……警察遍访小镇居民也没问出个所以然。九婆婆的儿子说，他听龅牙仔昏睡时骂人，好像是骂自己没有用，但那是操一种奇怪方言，他没怎么听懂。铁拐李说，他发现龅牙仔每年六月初到河边烧纸，祭悼什么人，但不知与案情是否有关。

上级公安机关也派人来查过，只查出那个叫龙贵的身家不菲，是山上禅庙的大施主，至少有过三笔数目不小的捐赠记录。

事情到此，看来也只能不了了之。警察叫来几个农民，把两具尸体埋葬在西门桥外。

街市恢复了往日的热闹，山上的香烛气息和钟鼓声响不时飘下来，流散在墙基或者檐角，流散在外地旅客的擦肩而过和蓦然回首之际。不知什么时候，人们发现街上出现了一个少年，也是在找人，逢人便问："你是不是王海？"如见对方迟疑，又急急地解释："龙王的王，海洋的海。"甚至还要在掌心中写出字来给你看。

更严重的情况是，不久后街上又冒出两个陌生面孔。一个是黑脸大汉，见人就问："你认识周华剑吗？"另一个是戴眼镜的妇人，见人就问："你知道李子明住在哪里？"

街上闲人们一听这话就心惊，好像自己就姓周或者姓李，凉气从背脊一直升到后脑，纷纷作鸟兽散，包括赶快揪回自家的孩子，哗啦啦拉下铁闸店门，让寻人者不免有些诧异。

他们都面带微笑，甚至衣冠楚楚，不像是刺客。说不定他们只是来寻找情人或恩人的？或者是拾金不昧来寻找失主的？或者是受台湾熟人之托来寻找什么故旧？

他们四处探头探脑东游西荡的时候，街上寂静了许多。

据闲人们说，这个小镇的居民后来都习惯于晚开门和早关门，习惯于养看家烈犬，而且多了一些流行口白。人们见到做了恶事的人就忍不住诅咒："等着吧，总有人要长龅牙齿的。"或者是："就算老天没长眼，他也不一定过得了西门桥。"喜欢恶作剧的人还曾这样吓唬朋友："不得了，今天街上有个眼生的人到处打听你哩。"直到有一次，一个被吓唬的人当场晕倒，口吐白沫，全身抽搐，差一点猝死，大家才知道这种玩笑不能乱开，往后的口舌才谨慎了许多。

2007 年 9 月

# 北门口预言*

　　北门口是杀人的地方。

　　城楼靠河，乌鸦总是栖在城墙上，凝视河水里涌荡着的夕阳或晨星。船到了，船客们钻出船篷，忽觉世界明亮耀目，脸上红红的兴奋，便开放在满河的捣衣声及其回声之中。外地人东张西望，鼻梁几乎承受不住凌空欲下的楼影，还有斑驳的青苔，蓬生的蒿草，以及城门上"古道雄关"几个汉隶大字。他们顾盼之间不免暗生一丝惊愕，觉得这里一定发生过什么大事，只是无从打听。

　　船客们的竹背篓里，多背着穷人的营生。他们有时付不起船资，就用劳力作为抵偿。从辰州到这里溯水上行，一路上三十六滩。每遇到河道狭窄处，哗哗白浪一排排自天而下，船靠岸略停，不用吩咐，这时候自有一些船客挽起裤脚下船，依次搭上一条纤索，拉着船体逆水而上，就算是给船家交钱。纤索悠悠弯弯地悬垂，似乎并未吃上力，却不知纤夫们何以拉得一个个都四肢伏地，一颗颗屁股高高翘起被太阳烧烤。他

---

　　* 最初发表于 1993 年《红岩》杂志，后收入小说集《北门口预言》，已有法文、德文译本发表。

们胀得脸红脖子粗，额上青筋暴出，大口喘气的嘴巴几乎就要啃着地，啃着河岸上粉红色的野花，啃着岩鹰偶尔投撒过来的影子。本地人把行船叫作"爬船"，我开始以为是对划船的误读，后来才觉得叫"爬船"也很贴切——纤夫们一路上确实就像狗一样爬着。

他们沿着河爬进山来，是为了这里的桐油、竹木、沙金、兽皮，还有鸦片和枪。揣度外乡人的目光，首先来自北门口的一些老妪。她们端坐街面上，守着面前小摊上的粽粑、甜酒和醋萝卜，脸上布满如网皱纹，面色油黑光亮，酷似一件件烟熏火燎过的根雕。如果不是逢集，街面人少，她们便少有买卖，但她们仍然天天守在这里，似乎不是为了买卖，只是要列阵迎接暮色，静观岁月在小城里的流逝。

过了街口，有臭粪和飞蝇，有汉子们抽着烟三两相聚，便是牛马场了。这里买牛不论老少，用一根竹条箍量牛的前肋，再以拳宽比量竹条，依长短定出价格。水牛至十六拳为大，黄牛至十三拳为大，此为"拳牛"。买马则须论老少，看牙口，看毛色，还用木棒从地面比至鞍脊，高至十三拳为大，此为"比马"。至于木柴买卖，人们从不用秤，只是把劈柴码成四方垛，用脚比量柴垛的长短，就算估出价格。他们对脚的大小从不注意和计较。

北门口以前是杀人的地方。

买卖若谈成了，汉子们一高兴，大多会去饭店喝酒。店堂里支着几口铁锅，锅下炭火不熄，锅里浑汤长留，周围有窜来窜去的狗，还有杂乱的板凳或矮椅，留住客人们在木板上的余温。新来的客人一进门，对认识和不认识的人都点头笑笑，叫一碟牛肉或猪脚，选一口锅倒入，从容烫热下酒。若是客人多了，锅不够用，店家会取来铁质隔网插入汤锅，将一锅隔成两区或三区，让两三拨客人各得其所。这样一来，锅中食料虽有分隔，但油汤隔网相串，故名"百家汤"；因常年不绝，浅了便加水，加水又见浅，再得名"万年汤"。这种老汤熬煮各种肉骨和菜蔬，翻滚着热辣辣的红油，不知被多少双筷子搅和过，黏糊糊聚天地百味之精华与千家万户之和气，最让客人们欢喜。

酒到三分，他们脸上放出红光，忍不住一手托腮，开始相邀对歌。与拉山歌不一样，这种近距离对歌不在乎声高，只在乎辞巧，因此托腮几成歌手的标准动作，有点像以手遮嘴讲点悄悄话。他们上一板，下一板，一接上头便要比个输赢，常常唱得凉凉暮色流进店来，注入他们的衣袖和他们空空的酒碗，还迟迟不肯散去。在这时候，听歌人其实比唱歌人还忙碌，目光齐刷刷地随着歌声在对歌者之间来回转移，待歌声一落，便评议歌词的优劣。这句好。这句杀得有劲。张老板肚子里文章好多呵。诸如此类。他们精确地审度形势，及时地表彰优胜，巧妙地挑唆情绪，促成一场场诗歌的拼杀。歌手不斗气他们不开心，真斗气了他们又急急劝解，甚至掏钱买酒给歌手们一些安抚。

　　唱到斗气时，歌手们常有的诅咒之辞是“你烂嘴烂舌讲鬼话，北门口去啃泥巴”。北门口是杀人的地方。“北门口去啃泥巴”一语自然恶毒。这里的人都知道，以前只要铜号声一响，北门口就特别热闹。不用士兵吆喝，摊贩们纷纷闪避，让出城门下那一块地坪空空荡荡，任蝴蝶在那里翻飞嬉舞。因为人们已有经验，有些死囚性子烈，死到临头还要发点脾气，把士兵的手咬去一块皮肉，或者一路上把货摊哗啦啦踢个遍。有一次，一口炸油饼的油锅被死囚踢翻，扬起一匹金浪，烫着了一条狗。这条狗的屁股头至今还红鲜鲜地溃烂了一块，难以摆脱苍蝇的追绕。出于同样的理由，娃崽们此时最让人悬心。他们闻号而动，焦急万分地迅跑，小小赤脚在麻石街上几乎不发出什么声音，接下来在大人们腰边或胯下钻挤，一心把杀人场面看个真切。母亲们免不了到处寻找自己的娃崽，一旦找到便咒骂、便揪耳、便打屁股，把他们鸡一样提回家去。

　　原来的刽子手姓曾。姓曾的老了以后，又换上了一个姓周的，人称周矮子、周老二。姓周的比姓曾的杀得好，动刀前不用喝酒壮胆，下刀时也不大声念咒，自己身上干干净净，从不曾沾一滴血。他不用板刀，只用拐子刀，每次刀口朝外，贴在自己右臂一侧，听到行刑官下令，便从死囚身后抄上去，横肘一抹，人头落地，动作轻捷利落，旁人还来不及看清刀下奥秘，他的差事就已经完成。人们说，他还可以双刀斩双头，动作一次性完成，叫左右开弓，叫阴差阳错，此绝技不轻易示人。

　　要是他事先得了死者亲属的银钱，自然会在刀下做点手脚，横肘一抹时看似威猛，刀却极有分寸地暗暗带住，留下一两寸未断的颈皮，连接死者的头颅和身躯，这叫留一个全尸。至于没有亲属来事先打点的，或是獐头鼠目面相刁恶的，痛哭流涕贪生怕死的，周老二一声冷笑，嚓——人头便扬起黑发滴溜溜地旋转，旋得飞快，旋出老远，一直旋到街边的粪水沟里，五官被粪水污得一塌糊涂。脑袋受了这等折磨，身躯还必定扑通一声向前扑倒，算是最后服罪一拜，尊严荡然无存。

　　这种死法，自然让各位看客目光僵直，倒抽一口冷气，很长一段时间内还精神恍惚。据说有一奸夫，虽然奸情并未败露，但自从在北门口看过一次杀人，已吓得魂不附体，疯疯癫癫几日以后，一根绳子上了吊。

　　周老二杀人杀得名气大了，便杀出了新规矩。每次完成差事，他提着拐子刀从北门口大摇大摆回家，见到肉案，不用问是谁的，不用看是什么肉，随心所欲砍上一刀，三斤就是三斤，五斤就是五斤，挂在刀尖上，扬长而去，无须说话更无须付钱。这叫作吃"揩刀肉"，谁也奈何他不得。以致后来一听到北门口号响，街上的肉贩子都神色慌张，赶紧收拾摊子躲避，怕被周老二撞见。

　　周老二没碰上肉案，气不打一处来，便用刀尖戳几个馍、戳一串饼，也算聊作退而求其次的补偿。他的拐子刀泻一道寒光，是他这一天白吃白喝的特权，指向哪里，哪里就得有贡献，哪里就有人赔笑脸。有些人也许是想早早与他拉好关系，见他来了总是尊称"二爷"，又是搬椅子，又是泡茶水或切瓜剥果，阿谀奉承之辞不绝于嘴，似乎只有把这位爷侍候好了，自己日后才有全尸的可能。

　　"刘麻子他胆敢躲老子！"周老二咬牙切齿，指的是一个肉贩子。

　　讨好者跟着愤愤：躲什么躲？二爷不是看得起你，会到你的案子上揩刀吗？

　　或者说：这家伙不仁义，将来总要落在我们二爷手里。

　　只是此语的意思稍嫌含混，不知"落在二爷手里"一语，是指到时候砍下猪肉还是砍下人肉？

不过，周老二也有碰到对头威风扫地的时候。这一次，县衙发布文告，处决一个土匪头。此人是个黑大汉，魁伟身材，从监房一直骂到北门口，又大喊："姓彭的你在云家湾等呵——"不知话里隐有什么故事。他临刑前拒不低头，更不求全尸，挨过第一刀以后，扬着血脖子差一点站起来，挨过第二刀以后，脑袋虽已栽倒，但骂声仍在继续。最后，他挨了第三刀，第四刀，第五刀……让周老二颇费一番手脚，拖泥带水的很没面子。更重要的是，他估计周老二在身后靠近，很有心计地突然改变姿势，由双膝跪地改为盘腿而坐，双腿朝前顶着，暗暗用力，确保自己倒下时是坐死而不是跪死，是仰死而不是俯死。颈腔向后一翻，鲜血还喷溅过来，喷红周老二衣襟，使他狼狈不堪，少见地污了身子。见此情景，看客们都暗暗敬佩，有位后生情不自禁大喊一声"好——"，兴冲冲地一个劲儿卷衣袖，似乎受到什么启发，就要上场去比试比试什么。

土匪头身坯肥大。要抬他去游乡示众，四个人还抬不动他，只好把他拦腰锯断，分开负担。锯到骨头的时候，发现骨头太硬，怪不得周老二大费周折，于是嘎嘎锯骨声从北门口一直顺着石阶滚下，蹦跳到河滩上，惊动了河边的船客——大家不知道是什么声音。恰逢天气很热，为了防止尸体速腐，保证四乡百姓都受到警示，兵丁们给他全身抹上消毒去虫的石灰。他们没有料到的是，石灰沤过的人肉慢慢变成了绿色，兵丁们只好抬着这绿手绿脚绿脑袋，如抬着一个地府阴曹的厉鬼，走进稻草垛子散发出来的炎炎初秋。

像以前某些土匪头一样，黑大汉在伏法前已被从头到脚搜过多次，未搜出什么珍奇，以至众人疑心他腰缠万贯的传说恐是虚名。不过，他的小老婆最后赶到北门口，号哭一阵以后，从容脱去亡人的鞋子，套在脚指头的八个金戒指一亮，跳入围观者的眼中。有人立即捶胸顿足，娘哎娘哎地悔恨自己刚才粗心，诅咒自己的命运。

这都是一些传说。

在很长一段时间里，此地官匪难分。有些官军脱了制服便成了土匪，有些土匪穿上制服又成了官军。但不管是哪些人穿制服，坐衙门，贴文告，周老二照旧一把拐子刀干他的差事。曾经有一次，一位新来的长官倡导新制，用枪毙代替斩首，差点端了周老二的饭碗。不过这位长官很快便被更新的长官当土匪给斩了，一切又恢复旧规矩。人们也觉得还是旧规矩让人放心。用周老二的话来说，放枪嘣一下就了事，放个屁一样，杀没有杀威，死没有死相，还费铁子，成何体统？

这位倡导新制的长官是外来人，号召富人减租，要求穷人读书，令众人颇感新奇。他不抽鸦片、不纳妾、不嫖娼、不赌钱、不收礼，还不坐轿子，也不准手下人这般逍遥。一位强奸民女的结拜兄弟，被他割耳朵下了大牢，令百姓拍手叫好深为敬佩。但跟着他长久了，他手下人便渐渐觉得清苦乏味，没有多少好处。连钱都不能赌，连女人都不能嫖，那不等于跟着他坐牢吗？百姓们开始还觉得他仁义，但后来发现这家伙自己走路，自己扫地和擦灯罩，哪像个官呢？发现这家伙不常杀人，那还有谁怕呢？再想想，不像个官的人，大家都不怕的人，能把衙门坐得长久？

他们开始叫他"王圣人"，后来叫他"王癫子"，见他和善如常并不气恼这一绰号，更认定他确确实实癫了，去北门口啃泥巴，恐怕是迟早的事。

又一支军队来了，把王癫子一伙赶到霸王岭，连攻十六日没攻上去。最后传下命令，凡下岭投降的，只要办一桌谢罪酒饭，洗心革面，三年之间欠租的减租、欠捐的免捐，祖坟一律受到保护。其中献上王癫子的更可得重赏。

这一招果然灵，不到两天，王癫子便由他们的几名卫士五花大绑押下岭来。

北门口的号又吹响了。人们拥挤着争看墨迹未干的文告。听文告上说，匪首王犯文彬，江西某州某县人氏，惯以伪善欺世，实为衣冠禽兽，曾奸宿其姊其嫂其媳，每天还食人肉若干……众人看此文告都大吃一惊：还有这样的事？还有这样丧尽天良的畜生？一些曾经在王癫子管束下很少逍遥的人，一看文告更加上火：他娘的只准州官放火，不准百姓点灯呵？他原来也是一肠子屎，为何倒压着我们当菩萨？

正当人们交头接耳之际，一位女子哭天喊地冲到北门口，头发散乱、泪流满面，一只鞋子脱落。她冲着汉子们抢地磕头，央求道：彭家大叔，罗家大叔，石家大叔，你们讲句公道话吧。我家文彬没有吃过人肉，没有吃过人肉哇——

汉子们沉默，低下头往别人身后躲。也许他们并非胆怯，只是说话得有凭据，得给他们慢慢查实的时间。他们躲过女子的目光，皱着眉头，抹抹脸皮，深深呼吸，似乎暗示他们正准备这样去做。

冯家大叔，张家大叔，李家大叔，你们大家都讲句公道话哇。我家文彬从不伤风败俗，压根儿就没有嫂嫂和儿媳呵——

没有嫂嫂和儿媳，可婶娘呢？汉子们个个都义道，但仍然无法声援，只能含糊。

女子的声音逐渐嘶哑和稀薄了。她被两名士兵揪住头发，拖到牛马市那边去了。北门口只留下她的一只鞋子。

王癫子就是在这天一命归西的。他似乎不怎么好汉，临刑前居然哭了起来，让周老二十分看不起。周老二下手时狠狠用力，让死者的脑袋不但尽旋，而且蹦跳，一路血泪交迸，最后滚到臭粪沟里。只是收刀以后，周老二觉得背上扭得有点阴痛。开始还没在意，回家后觉得越来越痛，最后摸到蚕豆大小的一肉团，硬得让人心疑。他请郎中看，郎中说是毒疔，来者不善，一定是来收命的。

几天之内，这颗毒疔越来越硬，竟有碗口大小，黄色的脓头密集相聚，如一颗饱满熟透的石榴鲜红而美艳。一到夜里，半个镇子都可以听到刽子手彻夜的号叫，狗吠也随着此起彼伏。再仔细听听，在号叫间歇的寂静里，有麻石街上轻轻的脚步声，时有时无，似远似近，不知是何人还在深夜独步。

有人说，可能是王癫子冤死，周老二才遭此冤死鬼的报应。人们这才想到，王癫子可能确有冤情。比如说他吃人肉，那时候北门口几乎没吹过号，他有什么人肉可吃？难道是去掘坟吃腐肉不成？又比如说他淫乱，但他当时不妾不嫖，有什么理由要打几个黄脸婆的主意？……这一想，人们又议论他的遗书。据说他女人只收存了亡夫一纸遗书，后来一直帮人家打豆腐，确实没有接下什么家产。遗书上写着："既为民生，当为民死。行恶民仇，名善民嫉。仇兮嫉兮，不亦梦兮。"似乎写得有点没头没脑。一位老郎中最通文墨，把这份遗书看了好半天，也支支吾吾没说出个意思。

人们想到王癫子临刑前的仰天痛泣，惘惘的有些不忍，最后在老郎中提议下，凑了点钱，把尸体从乱坟岗挖出，置一口棺材，燃一通爆竹，重新下葬了。

周老二也凑了一份钱。大概是凑得及时，破财消灾，他背上的毒疗竟脓净封疤，好了。他的操刀营生接下去还干了多年，照样杀得很好，照样赚过好些揩刀肉。

我第一次来到北门口的时候，这里早已不是刑场。城楼旁边升起了百货公司的水泥墙，还有邮局、书店、银行以及政府机关，成了守摊老妪们新的背景。有一位伞匠把手中铁板敲得叮当响，走过街市，播一路防雨的警告，又像是敲打出什么暗号。间或有些大城市来的游客，看看残破的城楼，尝尝老妪们兜售的零食，用照相机咔嚓咔嚓地把小城拍来拍去。我就是这样知道了北门口的来历。

至于有名的周老二，据说他还活着，老得牙齿都掉光了，偶尔去酒店喝一盅苞谷酒，在牛马买卖双方之间当中间人。他一手拉住买方的手，一手拉住卖方的手，手都伸到对方袖筒里，指头捏一捏，就捏出些暗号，让对方心知肚明。一旦左右两手捏出的价位趋同，就算讨价还价结束，他抽回手一拍，一桩机密的买卖宣告完成。人们说，他年过八旬还精明出众，只是身骨子不太强了，而且看人时还习惯性地往颈根上看，说人还习惯性地往颈根上说。比方说到人的身体，他不大说胖瘦高矮，只说颈根太粗或者太细，说颈根嫌长或者嫌短，让人们有些诧异。说到某人当上了林木站站长，他就说此人干不了大事，颈根与脑袋一样粗，颈后

199

有个扁担坨，活脱脱的贱相，同邮局的彭老三差不多。这里的问题是，说人就说人，为什么又说到颈根？邮电局确有个彭老三，但彭老三从不与他交道，他为何如此熟悉对方的颈根？是什么时候仔细观察并且牢记在心？甚至可随口拿来打比方？

周老二有时还在干部面前吹嘘，说他也有过革命功绩，理应受到政府的福利照顾。按照他的说法，那年革命党号召剪辫子，没有什么人响应，后来不就是全靠他周老二一把板刀？镇守使授权他惩治长发鬼（有时候他说红军是授权方）。他忙得没日没夜，肩上背着一捆长辫，成天提着板刀在墟场上转（有时候他又说自己骑了马）。只要见到长辫子，他一把揪住，拖到某个肉案上，揪得那人引颈于案，手起刀落，银光一闪，嚓，一条辫子就体温犹存地落入他手中。他革命好几个月，容易吗？总共斩下了几百条辫子（有时候说斩下了几千条，包括洋教士们的假辫子），容易吗？当年再强霸的后生也被他斩得抱头鼠窜，乡下人好几个月都不敢上街赶场。一个最先消灭长辫子的模范县就诞生在这里呵。这样的丰功伟绩，怎么就一笔勾销了？

有个后生很崇拜地看着他，说你这样革命，后来怎么还去坐牢？

冤案，冤案嘛！周老二用没有牙齿的嘴巴说，张镇长他公报私仇呵，他占了我家的坟地还硬说我入过洪帮，完全是无中生有……

干部们对以前的坟地和洪帮都不感兴趣，敷衍他几句，就向酒店里其他熟人搭腔。那些人也无意听周老二讲古，假装没看见他，只顾划拳或对歌，闹出一阵阵喧哗。就这样，他没争到福利照顾，只好自斟自饮，久久地呆坐，任三两只苍蝇叮在他的眼角，似乎已无气力去摇头或扬手，把讨厌的苍蝇们赶开。他衰弱的目光依旧颤颤抖抖地浮游出去，停留在人们一棵棵可爱的颈根上，把它们逐一轻柔地抚摸。

我住进这个小城，正碰上这里的一件大事。在县里某基建工地出土了一批西汉时期的石俑，共有八个，除了挖断一条手臂，其余基本上完好。最大的一座石俑有活人般高大，神态生动，堪称绝品。连省文物部门派来的专家都惊叹不已。县政府也立即筹资建文博中心，计划利用这些石俑，再加上本地悬棺、城楼以及溶洞，发展本地的旅游事业。

本地人争相来看稀奇。据说有乡下来的一位老妇人，看到最大的那座男俑时突然大惊失色当场晕倒。后来，她醒来时喃喃，说她看见文彬了，那个石头人就是王文彬！

王文彬是谁？后辈人都不明白。有几个老街坊寻思半晌，讨论片刻，才想起王某就是多年前在北门口啃泥巴的王癫子。他们急忙再来石俑面前核对，左看看，右看看，觉得确实有点像，但又不怎么太像。

老妇人因此一病不起，很快咽了气。她留在街心的一只鞋子重新被人们传说，她后来的命运我也慢慢得知一二。她改嫁给一位桶匠，生有二男一女，住城东的小村里，门前有荷塘。她的儿女现在都在外地工作。

我曾沿着河岸散步，看月光如水，把对岸的山影洗得模糊，把流水声洗得明净而清晰。这条陌生的河流，闪着月亮的波光，流向哗啦啦的黑暗中。在波光熄灭的前面那一片河滩，野渡无人，有一条隐约可见的空船，似乎也将滑向无边黑暗不再回来。我来到石俑前，再一次细细观看它们，发现其中最大的一尊双眼平视远方，嘴唇紧闭，似乎不愿说出往事。我摸到了他的腿，感到一种刺心的冰凉。他真像一个什么人吗？真像一个时隔两千多年以后的某个死囚吗？

我不知道这件古物的制作者是谁，也不知道当年制作时是否参照过什么人的面容。但我摸到了两千年的冰凉。

我还听到了哭泣，左右寻找，才发现不是石俑在哭——哭声来自临江的一座木楼，一户陌生的人家。

这篇文章将要结束了。也许还可以附带说说另一件事。人们告诉我，十年前曾有一位白发老人路过此地，预言十年后这里将土里出金、河里流血。刚好十年过去了，第一句似乎已经灵验：石俑出土，旷世珍奇，招八方游客，纳滚滚财源，不就是"土里出金"吗？至于第二句，经好事者们机警周密地思索，终于附会给一家化工厂。那化工厂不知生产什么，排出的废水殷红如血，染红了半条江。烟囱里还飘出红色粉尘，红了墙瓦和道路，红了晾晒的衣衫，红了老人的白发，红了鸡鸭和猪狗，甚至连人拉出的粪便也泛红。我曾见到某家的一只老鼠，如全身抹了胭脂，一道红光射入衣柜底下。这就是十年前老人所预言的"河里流血"？

我走出红色。为了反映群众的强烈要求，我把搬迁化工厂的事记下来，答应回去后向有关政府部门报告。

1992 年 6 月

# 白麂子*

季窑匠是个单身汉，撬着个布包来到这个村子，已经好些年头了。他烧出的一窑窑青砖黑瓦又结实又匀整，价格总是比别人的便宜，发货时又不计小数，三十五十顺手相送。碰到什么人急难之下开口来借钱，只要他手上有，他从来不说二话，你借八角他甚至还掏出一块，有时热情得结结巴巴，恨不得把口袋底子一同翻给你。

有一天，他灰头土脸地下了工，去湖边洗澡洗衣，一去就没有回头，只留下岸上的衣衫和草帽，第二天被看牛的娃崽发现了，提在手里捡了回来。村里的人大惊失色。一些后生赶紧扛着桨去放船，到他下水的地方寻找和打捞，忙了约莫两个时辰，一篙子终于戳到水下一个重物。两个后生喝下酒，壮了胆子，潜下水去一摸，果然捞出了一张歪张着的嘴巴以及整个泡得又白又肿的人尸。

他的四肢都缠上了水草和渔网——看来是不幸游错了方向，被一张捕鱼的拦网缠死在水中。

村民们唏嘘了一阵，各出一把力，挖了个土坑，把他草草下葬了，

* 最初发表于 2004 年《山花》杂志，后收入小说集《报告政府》。

包括把他歪张的嘴巴又揉又捶又扳又敲，好容易才使它勉强合拢。有人说他是个"祛师"，意思是说他是个法师，虽然只是业余水平，但既然懂点看水碗、剪纸符、收魂驱魔一类小巫术，还是有点别出一格。照老规矩，得让他眼蒙布条入殓，或者让他入土时脸面朝下，以免他死后还能东看西看，眼睛像探照灯一样乱射，搅得村里不清静。但大家念他多年来的义道，情面多少有点磨不开，含含糊糊一阵以后，把防范措施稍稍放宽，只是在坟穴里熏了一把烟，再垫了一担石灰，有点消毒灭虫的意思，好像他是一个虫蛹，有石灰管着，就不会变蛾子飞出坟墓了。根据村里李长子的提议，大家还凑钱买来一丈白布，把他裹了个一身清白和一尘不染。

丧事毕，主丧的李长子看纸钱灰屑在秋风中飞远，重咳一声，郑重发话，说季窑匠虽然上无老下无小，但他还有一个姐姐在石门镇打豆腐，有人在那里看见过的。你们知道吗？

大家说，是的是的。

李长子说，你们谁借了他的钱，赶紧还回来，一起给他姐姐捎过去，也算是活人不欠死人账，阴阳有界两相安。你们明白吗？

大家久久没有吭声。

李长子对沉默有点生气，忍不住点下名来："辉矮子，你堂客上次肚子里长瘤子，住医院两个月，未必没找季窑匠借钱？"

辉矮子笼着袖子往人后缩："借是借过一点的，不过……我那堂客早还了吧？好像是早还了的。我……这得去问问她。"

李长子又把目光投向另一个："友麻子，你前年做了五间大屋，都是在窑里挑的瓦，瓦钱都同他结清了账？"

友麻子还未说话就红了脸，但出言理直气壮："你不说结账还好，说起这事来……唉，不说了。"

"有什么话说不得？"

"他还倒欠我一千皮瓦哩。现在他眼一闭、脚一伸，我找哪个去要？该我倒血霉。不是看他死得可怜，我还真要到石门镇去走一遭。"

204

"嘿，你还有灯亮照人家？今天太阳是从哪边出来的？"李长子看看天，表示对这话根本不相信。

"我要是有半句假话，等下就被雷公劈死在茅坑里！"

李长子手中没有证据，没法往下说，只得再次重咳一声，耐心地等待。他发现眼前好一些人都目无定珠，吞吞吐吐，东张西望，抓腮挠耳，虽然身子还马马虎虎地在场，但心里着了火，已经无法安坐，如果不是被他的目光紧紧粘住，肯定就会像苍蝇轰地一下四处逃散。最后，只有茂爹出面认了一笔账，说他两年前借过季窑匠八角钱，季窑匠恐怕是已经忘了。他还说明天就去卖鸡蛋还账。

李长子叹了一口气，说人生在世，只有两块金字招牌，一个是仁，一个是义。你们还不还钱，我管不了。你们借没借钱，我也不知道。但你们最好是把良心放在胸口里，端端正正放好，就行了。

大家都说，当然，当然是这理。

时间一晃过了十来年。这些年里村里发生了一些事情，有人出生了，有人去世了，有的家兴旺了，有的家败落了，倒也正常。随着市场经济越闹越火爆，这些年风气不如从前，有人偷牛，有人偷树，有人连电线也割一段去卖废铜，甚至把自己的亲爹亲娘往屋外赶，也不能算不正常——这些就不说了。唯独有点让人奇怪的是，这些年村子里老是出病人，而且很多人一病就说昏话，说话的声音和口气都像某个人，准确地说，像当年的季窑匠。比如辉矮子家的那个二毛佗，还只有六岁，说昏话时居然有了成人昏浊浊的喉音，半夜里大喊："坏泥还没踩熟，坏泥还没踩熟！"他一个娃娃晓得什么坏泥不坏泥呢？或者喊："拿弓线来，拿弓线来！"自从有了山外那些便宜和结实的机制砖瓦以后，村里的两口窑早已废弃，坯桶、荡板、弓线这一类窑匠工具完全绝迹，一般的少年见都没有见过，他一个六岁小儿如何喊得出这等名称？

满姨子打老远来看他，还没走进院门，这小把戏就在帐子里嘟哝一声："满姨子来了。"这更是奇怪，隔着两堵墙，他如何看得见大门外是什么人？

到最后，他高烧不退，还惊恐万状地撕蚊帐，撕成一片片一缕缕的以后，塞到嘴里去嚼，人家拦也拦不住。邻居照例往因果报应那一面想：想当年季窑匠缠死在渔网中的——莫非是他阴魂附体，眼下把蚊帐当成渔网，一看就怒气冲冲要除之而后快？

这样一想，人们越想越害怕。

辉矮子请郎中来治病。郎中把了脉、看了舌、打了针，脸色还是阴沉，叹了口气说："这种病来路不明，用心太险，吃药打针恐怕是没什么用了。"

郎中深深地盯了辉矮子一眼，似有什么意味，说什么也不收医药费，撑着雨伞匆匆走了。

辉矮子着急，又去请磨盘岭的法师。法师名气很大，号称白云半仙，据说晚上回家时嫌路远，便在湖面上忽悠悠如履平地抄了近路——有人看见过的。但他还只走出磨盘岭的山口，离这里还有整整六七里地，鼻子在风中嗅了嗅，掉头就往回走，还气呼呼地抱怨："这种烂事也找我，我一个人再狠，如何打得三个人赢？"他说什么也不上阵。至于他说的三个人是谁，还有他如何知道要迎战的是三个人而不是两个或者四个人，这些都言之不详，旁人没法明白。

辉矮子喊天不应叫地不灵，只能眼睁睁地看着心肝儿子继续高烧，在抽搐中脸色发青和全身变冷。下葬的那天，他在坟前昏了头，忍不住对自己的婆娘来了一通毒骂："……我说了要还，你贼娘养的不还。你这下甘心了吧？你是留着钱买棺材呵！你是要留着钱买冥屋呵！你这个烂货一心一意要绝老子的后灭老子的族呵！"

不用说，悲愤之下吐真言，村里人都听出了这一段话中的隐情。其实，这些年有难的人家不少，但这些人家是否都有隐情，是否都属于什么报应，不是一件说得清楚和查得明白的事。但人们都拿辉矮子说事，偷偷地议论着，一传十，十传百，到最后，远近四乡的人都在闪烁其词、心惊肉跳。季窑匠又来了吗？嗯，又来了。季窑匠去年不是来过了吗？嗯，今年又来了。他们如此交头接耳心照不宣，好像季窑匠没有死，永远不会死，永远是这个村子里一个无处不在的成员，随时可能出现在某一张门的后面，某一张床的后面，或者从某个废弃的土屋里探出蓬头垢面的头来。

他们议论辉矮子家的、黄三家的、罗海家的、清远家的动静，说他们病床前季窑匠的什么声音和口气，说他们当年与那个窑匠的可疑交往，当然还不会忘记对门山上的麂子——据说那是一只少见的白麂子，近年来出没在对门山上，叫的声音特别悠长和尖厉，深夜里呜呵出一道长音，像孩子的哭喊，十里之外也听得到，附近村子里更有叫声中的瓦片和砖块突然开裂。人们说，白麂子一叫断无好事，瓦片与砖块开裂更是窑匠出场的预告，声音所及之处，必有一家遭殃。

人们还说，季窑匠入土的时候不就是裹了一身白布吗？不就是一身白吗？你想想，这只麂子的白色怎么没有点来历？

村里有一些猎户，专门与野猪、野羊、兔子、野鸡什么的过不去。有的神枪手把茶盅往空中一抛，提枪就能将其击个空中粉碎。但枪法再好的人，也不敢去碰白麂子。以致这只白麂子越长越大，偶尔见过它的人说，这些年下来，它已经有一扁担高、一门板长，在岭上出没的时候，挤得枝叶哗哗哗地两边分，像轮船排出滚滚波浪。它也越活越横蛮，在小路上碰到砍柴的或者挖药的，根本不让路，直愣愣地盯着你，呼呼呼地出粗气，逼着你远道绕行。有一次，它还跑到村子里，在小学校的球场里大大方方绕场一周，吃了几个不知谁晒在那里的红薯，吐出薯皮，扬长而去。

这只白麂子成了人们心中最大的恐惧。如果有孩子不收哭，大人就可能警告："你再烈，你再烈，白老爷就要来了！"

白老爷就是指白麂子。

白老爷果然能够吓得全村的娃崽们一声不吭。

当然，也有一些人不在意白麂子。茂爹当年还清了八角钱，就是其中一个。据说他家里从来都很清静，不但男女老少安康无恙，鸡都不曾瘟死一只，瓜也不曾蛀空一个。有次茂爹到山上挖药，一不小心失足掉下山去，顿时无踪无影，人家都以为这下完了，圆整的肯定是没有了，挑着箩筐去捡点骨肉零件吧。没想到的是，他们哭哭泣泣地下到谷底，发现树丛中的茂爹竟然毛发无损，还捡了身边一窝野鸡蛋，用一角衣襟兜着。他的子女也都有出息，一个当上了中学教师，一个当上了汽车司机，还有一个在读博士研究生，据说是专门研究大汽车的鼻子，了不得，研究大汽车的鼻子呵，与研究脚板或屁股的岂可同日而语。

除了茂爹，李长子当然也不必要害怕白鹿子。他心中无冷病，以前对季窑匠不但不曾欠钱，而且还今天送个南瓜明天送把苋菜，就凭这一条，他不管在哪里碰到季窑匠都说得起话，都做得起人。不过，说是这么说，不知为什么，这年夏天他孙子考中学落榜，读议价生亏了好几千。接下来祸不单行，他自己脑袋又痛得厉害，有时痛得他冷汗大冒昏天黑地恨不得立刻喝农药。到县城医院就诊以后，不但没有去痛，一条腿也有些麻木了。人家都说，他怕是要瘫了。他有点纳闷甚至愤怒。为什么张三不瘫，李四不瘫，唯独他的身上出鬼？要瘫就好好地瘫，合情合理地瘫，有桥有路地瘫，为何偏偏撞上对门山里的白鹿子叫？搞得村里人偷偷摸摸地戳他的背脊？

一天，辉矮子在路上碰到过他，叫了一声"村长"，什么也没说，只是不怀好意地阴阴一笑，好像彼此同在一个婊子家撞上，有点原来如此的惊讶，又有点连裆共裤的友好。

"你笑什么？"李长子很恼火。

"我笑了吗？没什么，没什么，我是要去买豆腐，准备明天接客。"

"你说怪不怪，我那个孙子蠢得做牛叫，还得了个奖学金，一得就是三百块！"他吹了点牛皮。

"你大人大福，闭着眼睛都发财呵。"

"我今天腿也不麻了。"

"是吗？"辉矮子不无警惕，"那就好，那就好，只是这走路的样子还是……"

村长不再搭理对方，气呼呼来到乡卫生院，找到了戴眼镜的王院长，

"你说那对门山上的白麂子也是老了吧？我看是老糊涂了，乱叫一气。差不多就是下河湾那个谷爹，老得连儿女都不认得了，晚上把儿子当贼打。这麂子老了也一样造孽！"

王院长笑着说："哪有什么白麂子，我是从来没有听见过。"

"你是读新书的，阳气足，火焰高，听不见。"

"迷信，都是迷信。你上次说茂爹是得了白麂子的照应，其实你就单单记住了他摔一跤。他那个宝田丢了一台汽车，欠一屁股账，白麂子怎么不照应？他那个宝华的媳妇至今怀不上娃崽，未必也是白麂子的照应？"

李长子眨眨眼。

"你们呀，说一不说二，说三不说四。"

"倒也是，我忘了这些事。"

"哪是什么忘了？你们是不想记，就不记了。古人说三人可以成虎，三人成麂不是更容易？"

李长子无话可答，但还是感到几分安慰："你们读新书的都讲科学。这科学也确实厉害。你想想看，老班子说什么顺风耳、千里眼，眼下不都实现了？顺风耳就是手机，千里眼就是电视。老话还说刘伯温的铁牛肚里藏万人。现在轮船和火车的肚子里不就是真能藏万人？说不定一个筋斗十万八千里，一口气把猪吹成个人，这事也快了。依我看，古人讲的其实都是科学，都是现代化，只是时候不到，就不能让你们一下子听明白。你说是不是？"

王院长只是笑笑。

"这科学好是好，就是不分忠奸善恶，这一条不好。以前有雷公当家，儿女们一听打雷，就还知道要给爹娘老子砍点肉吃，现在可好，戳了根什么避雷针，好多老家伙连肉都吃不上了。可怜呵可怜。"

王院长笑得更厉害，"这也能怪科学？"

李长子今天很愿意谈科学，在科学面前放下心来了。遵院长的建议，他第二天去省城大医院做了个检查，割了脑袋里一个瘤子，回到乡下时，发现自己果然脑袋不痛了，手脚也灵便了，可以直着腰杆在村里走来走去，可以大声说话和大声打喷嚏，一旦打出就惊天动地余音袅袅。他说喷喷喷，还是省城医院的手段了得，这个镜子那个镜子在他身上照妖，把他的脑壳当西瓜一样破开，他居然一点都不痛。但村里很多人不大相信照妖和破西瓜，说医院治病不治命，归根结底他还是靠了白麂子的照应，是他自己修的福分和积的阴德，与医院何干？

说来说去，说得他又有点迷糊。说来也是，他本来是有福分的，有阴德的，本来就是不怕白麂子的，事实也证明白麂子终究与他没有关系。人与人就是不同呵……这一想，就把医院这一段撇下。

没有解决的问题是：白麂子前不久的几声叫，如果绕过了他李长子，那么将要落实到哪一家的头上？如果说季窑匠这次没有进他李家的门，那么会进哪一家的门？这是一个悬而未决的疑案。几天来，眼见得李长子的脑袋确实比较安定，村子里开始惶惶不安。张家父子大吵了一架，李家婆媳大吵了一架，都是在查什么钱，好像家家都在展开大规模的清查和揭底运动。有人满腹委屈地说："季窑匠已经来收过账了，未必还要来二回？来三回？这要收到何年何月？干部搞摊派也没有这样心枯吧？"

友麻子从邻县贩竹子回来，发现自己背上有点异常，摸一摸，是个硬硬的毒疮，立刻吓出一身冷汗。他去找郎中要草药，见地坪里有人交头接耳，忍不住自己一腔怒火："我怕什么？他姓季的要来就来！他南边来，我南边迎！他北边来，我北边接！他季窑匠就没欠我的？贼养的，他当初鸡巴骚，有生活作风问题。老子不看僧面看佛面，一直忍住没同他算账。一夜夫妻百日恩，未必就不抵他那几皮烂瓦？……"这一说不要紧，大家还没听明白是怎么回事，他婆娘跟跟跄跄从屋里冲出来，一头撞在他怀里，抓住他的手就咬，顿时咬出了袖口上的一注鲜血。他大儿子正在砌猪栏房，当即抽了自己两个耳光，一脚踢倒了新墙，回家清拣了几件自己的衣物，骑上摩托就要出村，一副要远行不归的样子——人们这才有所醒悟，觉得这后生确实有几分像季窑匠，比方说两人都是下巴塌。

大家明白了当前的事态。有人骑摩托去追麻子家的公子，有的去阻止麻子家的婆娘喝农药，鸡飞狗跳之下，有几个人找到李长子，说这样下去终究不是个办法。辉矮子的这个毒疮不得了，要是治好了呢，就更不得了，不知道哪一家又要出鬼，他乡长县长来也降不了这个鬼。你是个一村之长，看来还得拿个主意，把道场做了吧。

他们的意思，是每一家出二十块钱，合起来给季窑匠做一个道场，弥补当年草草下葬的不足，给死者消消气，搞好关系，免得日后再生麻烦。

他们没有说出的话是：现在到上面这个所那个局去办事，不也是得这样一张笑脸向前，不也得放水养鱼破财消灾吗？

见村长有些犹豫，他们又急急建言："你是个老干部了，要为广大人民群众谋利益。这件事关系到两百多户人家的利益，你刚在上面学习了文件，总要有点实际行动吧？总得做点实事吧？在这个关键的时刻，你不出头谁出头？你不挑担子谁挑担子？"

村长确实想做点安民利民的实事，但不知道如今办道场合不合法："道场就那么管用？我同你们讲，你要是个长命鬼，不做道场也长命，你要是个短命鬼，做了也是白做。我们最好还是搞科学，不要搞迷信。"

"如何是迷信？"村会计瞪大了眼睛，"刘少奇死了那么多年，党中央在北京城里还做了一台道场，电视里都播了，你没有看见？"

李长子拿不准，"那不是道场吧？"

"追悼会不就是洋道场？"

"追悼会就是追悼会，你莫乱讲。"

"我们也只是为季窑匠开个追悼会，不行吗？"

其他人也说：对对，我们既不杀人，也不放火，只是开个追悼会。马虎点算一算，季窑匠也是个老一辈革命窑匠吧？对革命没有功劳有苦劳吧？

"不行，你得让我想想。"

李长子说不过他们，又不敢去找政府请示，想了想，觉得全村群众的利益实在重如泰山，还是去了卫生院王院长那里。他想问问北京是否为刘主席做过道场,是否为彭将军做过道场,是否凡革命同志都可以享受改良道场。王院长哈哈一笑:"你们硬是想做,就去做。其实做也可以,不做也可以。我有一位老师说过,古人的巫医结合自有其道理。医疗治其体,巫疗治其心。也算是双管齐下,身心兼治。"

李长子眨眨眼,不知道他在说什么。

院长被婆娘叫去破鱼。李长子见对方在水井边两手带血,刀光闪闪,不便继续问,便在房里静候。直到日头又爬高一竿,见院长还没有回来,不知去了哪里,才不得不打道回府。不过,他刚才静候时看了一阵电视,是中央台在播映孙悟空的故事。说来也是,电视里是牛鬼蛇神、男妖女怪、腾云驾雾、呼风唤雨的方针政策,老百姓做一台道场又有何不可?难道只准州官放火不准百姓点灯?

他这样一想,就想通了。一台水陆道场就做下来了。村里热闹了三天,和尚念经,道士作法,香烛纸钱烟熏火燎,鞭炮锣鼓惊天动地,还有花灯绣球长幡短旗,村里人大展身手,拿出了做一番实事的劲头,几个村干部更是处处身先士卒,忙得走路都咚咚咚一阵风,嘴里说得冒烟,手机差点打爆,茶水都没好好喝一口。但他们这么一忙,就忙得心里踏实多了,周身的气血也畅通多了。他们把季窑匠从土坑里挖出来重新安葬,不过挖地三尺,什么也没有挖到,连一根骨头或一颗牙齿也不见,觉得好生奇怪。经过慎重商议,他们只好把坑里的一层石灰泥权当尸骨,装入棺木,裹上红绸,送抵新坟。入土的时候又遇到奇怪事:突然间天昏地暗,狂风四起,飞沙走石,十步之外就闻声不见人。这阵狂风持续了约莫两根烟的工夫。人们事后发现,新坟旁两棵碗口粗的松树不知何时被狂风刮断,断得大家心里虚虚的,不知又是什么兆头。

不知是真是假,自从季窑匠迁入高贵的新坟以后,自从他的拱形青砖墓室比乡信用社的营业厅室还要体面气派以后,据说对门山上还真的清静了,白麂子不再叫了。有人说还看见过它,说它一反常态,见人就跑,慌不择路,拉成一道白光,很快就隐没在山林里。有一个月夜,天地间亮如白昼。友麻子的婆娘从婆家翻山回村,一不留神,发现白麂子就赫然立在她面前，眼里发出红光，是哭得很伤心的模样——它已经成了一只红眼睛白麂子。

据说那女人顿时吓得全身都软了："我们就算无恩，起码也是无仇，你你你不会同我过不去吧？看在我们虎娃的面上你你你也……"

白麂子前来嗅了嗅她的鞋子。

"我家那个发瘟的友发，虽说黑了你的十几担瓦，但他没偷过别人的树，没偷过别人的牛，那次在路上捡了一捆电线，事后还是给了人家司机的……"

白麂子喷了个响鼻，又探头来嗅她手上的布包，把她挤逼到路边，差一点要失身掉下山谷。

"你千万不能冤枉好人哇，冤家。上次有人偷公路上推土机的油，人家怀疑是他，其实我们晓得是谁偷的，只是不好说。还有那一次，村里少了三袋水泥，人家又怀疑他，还跑到我家的猪栏房里来看，我们身上长一万张嘴巴也说不清……"说到这里，女人突然火冒三丈，朝白麂子猛击一拳，又气急败坏捡起土块猛扔过去。"你如何瞎了眼？你如何也来墙倒众人推？你这个千刀砍万刀剁的货——"女人大骂，骂得白麂子一惊，似乎明白了什么，又喷了个响鼻，甩甩尾巴，盯了她一眼，扭头向坡下逃走。

据女人事后说，白麂子挪了挪嘴唇，没有叫。她还看见对方白麂子眼中闪着光亮，是一窝汪汪的泪水。

山上仍然有很多声音，包括一道道长音，像麂子的叫声，又像红毛狗或者挂角羊的叫声。但猎户们听了以后都没想到白麂子，都信心十足地说，是挂角羊！今年的挂角羊很多，等它们长肥了再去打。

只有友麻子说，他还听到了白麂子叫。他知道大家都不相信这一说法，但也无可奈何，无法给大家重新安装一个耳朵。需要交代一句的是：他这一年没有死于毒疮，但两年后还是死于肝硬化。

2004 年 10 月

# 生离死别*

　　玉老爹是属狗的，掐指一算，已年近八旬。他婆婆从不知自己的生年，只说她是山上大闹蝗虫那年生的，是油榨房起火那年嫁的，大概在村里打死豹子那年又做了娘，活到如今到底多少岁，是一笔糊涂账。

　　反正他们活得自家的老大死了，老二也死了，女儿的丧事几年前也办了。唯一剩下的老四，是个路上捡来的孤儿，靠老人砍柴火和捡牛粪养大，读了书，进了城，一晃这些年无音讯。邻居们问起老四的时候，老两口哼哼哈哈装耳聋。

　　他们经常在井边合抬一桶水，在山边合抬一捆柴，觉得路好长，肩上好沉，蚊子和马蜂好欺人。特别是这一天，老黄狗有些异样，盯着饭不吃，盯着水不喝，四腿一跪，倒在门边，眼光慢慢发直。老两口有些伤心，在屋后挖了个土坑，摸着将要入土的一团冷毛冷皮，割肝割肺地哭了一场。他们拍着身上的泥土时不约而同对视了一眼，互相明白了心意。

　　那件事看来是该办了。

_____

　　\* 最初发表于 2006 年《山花》杂志。

"我胆子小。你先做我，再做你自己。"老妻说。

"我好歹当过组长的。你得先做我。"老夫摆出领导干部资格。

"我腿不灵便，站不稳。你不是不知道。"

"我眼睛花，这几天手杆子也没气力。"

"我事事都让着你，这回说上天说下地，也不让了。"

"不是不让你，是说做自己太难了，如何好下手？要是把自己做个半死，血糊糊地闭不上眼睛，我就亏大了。"

"那你去找雄三来做你。他会帮忙的。"老妻出了个主意。

"雄三，雄三，你只晓得一个雄三。"

老夫觉得这不是个好主意，但也没办法，抹干胡须上的残涎，回家去找出斧子，在阶前石块上磨了好一阵。见斧口渐渐泻出银光，拿一块木头试试，叭，居然一劈两半。婆婆在一旁高兴地说："我说你行，你看是不是？"

婆婆扶着墙，驼着背，兴冲冲拐进了屋，清出了两套比较体面的衣，算是入土用的寿衣，一套男式，一套女式。她最不放心老公的眼花和糊涂，"死鬼，到时候你多看两眼，莫把我的鞋子穿反了，莫把我的袜子穿反了，记住了吗？"

"我连这点小事还做不好？"

"你要把我身上的血抹干净，莫吓了别人，晓得不？"

"你都说过八遍了。"

"我胆子小。你要先打昏我再下刀……"

"你就是啰唆，一张麻雀嘴。你要是这不放心，那不放心，你就自己去做！"玉老爹气呼呼把斧头丢在地上。

玉婆婆不敢自己"做"，即自己杀，只好不再当麻雀。他们吃了最后一顿饭。老妻要老夫多吃点，说多吃才有力气，才会下手利落，见对方放下碗，又往空碗里再压了半瓢饭，非把对方喂成一个雄壮杀手不可。接下来，她照例收拾桌子、刷锅、洗碗、洗筷子，不料玉老爹坐在门口打饱嗝，等得有点不耐烦。"死猪婆，还洗什么洗？给谁洗呵？"

"我洗了一辈子碗，未必就多了这一回？摊烂这一灶台，我不安心。"

"好吧，你只管洗，你洗。"

玉老爹尽力表现得耐心一点，闲得没事可做，便一把斧头在门槛上随意乱剁，剁得木渣四处飞跳。一只破皮鞋也拿来剁了，顷刻间碎尸万段。看来刚才斧子磨得好，刃口已无可怀疑，有一点削铁如泥的味道。

灶台上叮叮当当的声音总算消失，水缸边窸窸窣窣的声音也没有了，小土屋里一片寂静。后来的事情发生在灿烂的阳光里，发生在门前两头牛不安的长啸里，发生在某一片枯叶飘离枝头或某一滴泉水落向石块的微弱动静里……这件事在此从略，以免过于血腥的场面刺激读者。总之，按照他们事先的策划，玉老爹在这天一棒打昏了自己的老婆，然后杀了她，提来两桶水，把她身上的血抹洗干净，依次换了衣和鞋袜，用白布床单包好，平平稳稳地放入棺木。他检查了一下死者的衣袋，发现一叠纸钱已经在那里了。又检查了一下死者的脚，发现鞋袜都没有穿错，这才喘一口大气，觉得事情做得利索。

"你现在满意了吧？"他把小镜子和小梳子放入女人的衣袋，对尸体不无羡慕和嫉妒地说。

"你现在晓得，有老公与没老公还是不一样吧？"他还不失时机地自鸣得意。

他现在得考虑自己了。去找雄三之前，他围着自己的老屋走了一圈，围着自己以前种过的两丘稻田也走了一圈，回头把一张旧渔网和半罈好酸菜送给邻居秋矮子，算是抵了去年抓药时借的四块三毛钱。做完这一切，他掩上门，扶着一根竹杖上路，翻过一个小山坡去找雄三，一个远房侄子，一个热心帮忙的人。

雄三是个砌匠，住在水磨房旁边。他听说来意，鸡啄米似的点头说，这个忙肯定是要帮的，你老人家是从不开口的人，好容易开一次口，我能不答应吗？你帮我找过牛，帮我理过圳水，我不帮你还算是人养的？不过……

"不过什么？"

"这样的事，我怕。"

"怕什么呢？我斧子都给你磨快了，不费你多少力。你就看准我的颈根，要不看准我的脑壳，闭上眼睛，咔嚓一下……事情简单得很。"

"我……我从没做过这事。"

"我也没做过，今天不也做了？"

"你要我帮别的忙，我肯定说一不二。"

"你去多喝点酒。我出酒钱。屋里还有个柜，算是留给你的。"

"我要是喝醉了，说不定就砍乱了。要是砍了别个，如何是好？"

"真是个没用的货！你没宰过鸡吗？没破过鱼吗？我比你年长几十岁都杀得了，你一个后生如何杀不了？只是下斧子要狠一点，莫杀个半死，痛得我满路上跑，滴的血到处都是。"

"再说……"雄三眨眨眼，"这事也不知违不违法。"

"是我要你杀的，又不是你要杀的。"

"那不一定。上一次国强打他老婆，又没打别人的老婆，也被警察抓去关了几天。谁想得到呢？"

"我给你留字据，总可以吧？"

雄三觉得字据很有必要。不过玉老爹眼睛花，不识几个字，字据只能由雄三写好，念给对方听，交对方按手印。雄三怕承担责任，在字据上特别强调，杀人这事纯属帮忙，是欠了人情不得不还，与他雄三没有任何关系。就算下手再狠，就算没给对方留下个全尸，他雄三也不负任何责任。

可惜雄三家里没有别人，没有第三者按手印做证，因此这字据还是让他心里悬悬的，不怎么踏实。"这样就行了吗？"

"你还要怎样？"

"这样吧，我再去问一下村长。你不急在这一刻，早晚都是一回事。先回去等着。我立马就回来。"

玉老爹冲着他的背影大发脾气："屁大的事还问问，胯里白挂了四两肉！比你玉婆婆还不如。我早就说你成不了大事！只有尿壶的八字，摆到哪里也装不了酒！"

雄三早已一溜烟跑了。

雄三来到村长家，发现来得不是时候，村长正指挥一些人卸车，卸下沙石和水泥，是准备秋后盖新房的——有新房以后就有新媳妇进门了。他只好先帮着卸车，把一包包水泥堆码在檐下，累得头昏眼花，连衣角都在滴汗。好容易才见汽车走了，帮手们散了，村长也消停下来，才凑到对方的耳朵边。"今天特地来有事要问问……"

"什么事，你说吧。"

"我要杀个人……"

村长脸色突变："哪个黑了你的钱？"

"那倒没有。"

"睡了你婆娘？"

"也没有。"

村长松了口气："你想上台唱一回杀人的戏，你就说清楚。"

"村长你莫开玩笑。我哪是唱戏的料？我是真想……杀人了。"

"雄伢子，多个仇人多堵墙，多个朋友多条路。你今天不要在我面前说是非。你就是受了再大的气，也只能大事化小，小事化了。懂不懂？人呵，只有今生没有来世。你记住我这句话。"

"你老人家越说越远了。我真是……真是……"雄三抓耳挠腮，不知如何才能把事情说出来，最终掏出了字据。

村长看完字据，呵呀一声，明白了几分。"你是说玉老夫子……他嘛，活着确实受罪，死是福气，不死不顺民心的。你想呵，有饭吃不香，有衣穿不暖，一不留神屎尿就在裤裆里。到冬天，咳得没声音，只是咳得眼睛翻白，口吐清水，全身发抖，差点把绿肠子都咳出来了。他不受罪，我们看了都是受罪，哎哎哎……"

"你是说我杀得？"

"难为他这一片心，算是舍己为公，给国家和社会减轻负担，精神是不错的，风格是高尚的，应该表扬……"

"照你这样说，我杀他一下没有问题？"

村长摇摇头："见血总有点吓人吧？社会影响不好吧？你看看，我们这个村就在大路口，还是个林业先进村，沼气利用先进村，灭鼠模范村，人家过来过去的。上面的小汽车也今天来一部，明天来一部。你搞得外边人指指点点、叽叽喳喳，大家脸上有什么好看？照我看，他不想受罪就自己动手……"

"他不是怕动手，是怕自己搞不彻底，落个半死不活。"

"那就下点农药，到河边找个水深的地方，总而言之，要做得斯文些……"

"我也是这样说呵，但他又说怕死得慢，说只有斧子来得快。你说这如何办？我也不知走什么背运，倒霉事件件都赖上我了。"雄三蹲下去揪自己的头发，急得一脸的五官全乱了套。

村长没法断案，想了想说："这样吧，这事得问问。要不，明天我给你打个报告送上去，就说这是特殊情况，需要特殊处理。"

"来不及啦！"雄三拍着大腿，"他正等着哩。我不杀他，他肯定不依不饶，说不定晚上就提着斧头上门来，守在我床头。我还睡不睡觉？"

事情既然急成这样，村长只好拿出手机，打了个电话给自己的小舅子，一个在城里教书的先生。不料对方一听到杀人，吓得结结巴巴，很快就把电话挂了，好像怕血流从电话筒里溅过去。村长又打电话给洪麻子，镇上一个修电视机的师傅——那人比较现代化，西装穿得好，皮鞋穿得好，还能说城里的官话，应该比较有见识。不巧的是，洪麻子这一天恰好出远门，也没法提供法律结果。村长没办法，急得团团转，只好拉着雄三直接去乡里。

天色渐晚。乡政府一侧的派出所里，两个警察正在灯下打牌，吵吵闹闹的，没把村长的话听入耳。待村长说到第三遍，一个警察才跳起来："嘿！翻天啦！这不是凶杀案吗？"说着把手中的牌一丢，跳下桌子找鞋子，提起手铐就往外赶。

一行人急匆匆来到玉老爹的小土屋里，查看了玉婆婆的尸体——受害人果然在。又查看了墙边的斧头和水沟里的血迹——犯罪工具和犯罪现场也历历在目，完整无缺，不容抵赖。他们随即把凶手逮了个正着。当时杀人犯已经困了，坐在门槛上，依着大门，半张着嘴巴昏昏入睡，梦得昏天黑地深不见底的样子。月光从树影里筛下一些光斑，在一张皱纹深刻的老脸上跳跃。两只萤火虫落在他的破鞋上，绿色的亮点此起彼伏，一闪一闪。

手电筒射光在他脸上照了几轮，才晃得他两条眼缝慢慢打开。"喂，你杀了人吗？"一位警察问他。

"没，没，没杀呵。"老人以手遮挡强光。

"那屋里的玉婆婆如何死的？"

"我杀的。"

"你还不是杀了人？"

"我没杀人，只杀了我老婆。"

"你老婆也是人，杀她就是杀人，明白不？"

警察用手铐套住他的手腕，把他从门槛上拉起来。拉他的时候发现他太轻，轻得像一根草，一阵风。

轻飘飘的人不知这是要去哪里。

"你犯了谋杀罪，要吃官司。起码要判你个死缓。"一位警察说。

"死缓是什么意思？"

村长解释："就是让你死，但暂时还不让你死。"

"那要等好久？"

"不晓得。可能等一年，可能等两年，也可能就不让你死了……"

老人一听就急，哇哇哇哭了起来。"娘哎，娘哎，好你个雄三呵，你不帮忙也算了，告什么官呵？害得我还要等一年，还要等两年……你好个不知咸淡的货呵！"骂完雄三又喷出鼻涕大骂自己的老婆："我说了不能找雄三，你说找得。现在好，还不是找来个祸呵？你拍屁股走了个干净，留下我一个人吃官司呵！死猪婆、疯猪婆、瘟猪婆，你现在脚也不痛了、手也不痛了、腰也不痛了、后脑壳也不痛了，你撇下我不管了，自己逍遥自在花天酒地过太平日子去了呵……"

老人号啕不已，跟跟跄跄跟着警察走了。大概是他闹腾的声音太大，树上一群乌鸦突然惊散，扑梭梭地腾空而起，飞向月亮的方向。

两个月后，玉老爹因犯谋杀罪被判了个二十年。听说他在法庭上吹胡子瞪眼，很不服气，看谁都没有好脸色，后来大概是累了，在法庭上睡了过去，直到宣判完毕才被警察叫醒，重重咳了一声，朝地上吐出一口唾沫。

法警把判决书交给他。

他看也没看，将纸片揉成一团，擦擦鼻子和嘴巴，丢了。

2006 年 8 月

# 月下桨声<sup>*</sup>

雨后初晴，水面上有千丝万缕的白雾牵绕飞扬。我一头扎入浩荡碧水，感觉到肚皮和大腿内侧突然碾轧着冰凉。我远远看见几只野鸭，在雾汽中不时出没，还有水面上浮来的一些草渣，是山上雨水成流以后带来的，一般需要三四天才能融化和消失。哗的一声，身旁冒出几圈水纹，肯定是刚才有一条鱼跃出了水面。

一条小船近了，船上一点红也近了，原来是一件红色上衣，穿在一个女孩身上。女孩在船边小心翼翼地放网，对面的船头上，一个更小的男孩撅着屁股在划桨。他们各忙各的，一言不发。

我已经多次在黄昏时分看见这条小船，还小小年纪的两个渔夫。他们在远处忙碌，总是不说话，也不看我一眼。我想起静夜里经常听到的一线桨声，带着萤虫的闪烁光点飘入睡梦，莫非就是这一条船？

我在这里已经居住两年多，已经熟悉了张家和李家的孩子，熟悉了他们的笑脸、袋装零食以及沉重的书包，还有放学以后在公路上满身灰尘的追逐打闹。但我不认识船上的两张面孔。他们的家也许不在这附近。

---

＊ 最初发表于 2004 年《天涯》杂志与《文汇报》，已译为日文。

妻子说过，有城里的客人要来了，得买点鱼才好。于是我朝着小船吆喝了一声：有鱼吗？

他们望了我一眼。

我是说，你们有鱼卖吗？大鱼小鱼都行。

他们仍未回话，隔了好半天，女孩朝这边摇了摇手。

我指了一下自己院子的方向：我就住在那里，有鱼就卖给我好吗？

他们没有反应，不知是没有听清楚，还是有什么为难之处。

也许他们年纪太小，还不会打鱼，没有什么可卖。要不，就是前一段人们已经把鱼打光了——他们是政府水管所雇来的民工，人多势众，拉开了大网，七八条船上都有木棒敲击着船舷，梆梆梆，嘣嘣嘣，把鱼往设下拦网的水域赶，在水面上接连闹腾了好几个日夜。这叫作"赶湖"。有时半夜里我还能听到他们击鼓般的赶湖，敲出了三拍的欢乐，两拍的焦急，慢板的忧伤以及若有思索，还有切分音符的挑逗甚至浪荡……偶尔我还能听到水面上模模糊糊的吆喝和山歌。"第一先把父母孝，有老有少第二条，第三为人要周到……"如果我没有听错的话，这些久违的山歌，只有在夜里才偶尔鬼鬼祟祟地冒出来。

我后来去水管所买鱼。他们打来的鱼已用大卡车送到城里去了。但他们还有一点没收来的鱼，连同没收来的渔网。据说附近有的农民偷偷违禁打鱼，有时还用密网，把小鱼也打了，严重破坏资源。

我的城里的客人来了，是大学里的一位系主任，带着妻小，驾着刚买的日本轿车，对这里的青山绿水大加赞美，一来就要划船和下水游泳，甚至还兴冲冲想光屁股裸泳。他说这里的水比黑龙江的镜泊湖要好，比广西北海的银滩要好，比泰国的帕的亚也要好，说出了一串旅游地的名字，显得见多识广。我知道，这些年很多学校属紧俏资源，高价招生，收入颇丰，连他这样的小头头也富得买车买房，还公费旅游了好多地方。

我们吃着鱼，说到有些农民用蓄电池打鱼，用密网打鱼。他痛心地说，农民就是觉悟低，一点环境保护意识也没有。

他还说来时汽车陷在一个坑里，请路边的农民帮着推一把，但农民抄着手，不给一百块钱就不动，如今的民风实在刁悍。

这种情况我以前也碰到过。

客人们走后的第二天，院子里一早就有持久的狗吠。大概是来了什么人。我来到院门口，发现正是那个红衣女孩站在门外，提着一只泥水糊糊的塑料袋，被狗吓得进退两难，赤裸着双脚在石板上留下水淋淋的脚印，脚踝还沾着一片草叶。

她是走错了地方还是有事相求？我愣了一下，好容易才记起了几天前我在水上的问购——我早把这件事忘记了。我接过她的塑料袋，发现里面有一二十条鱼，大的约莫半斤，小的只有指头那么粗，鲫鱼草鱼游鱼杂得有点不成样子。从她疲惫的神色来看，大概这就是他们忙了半个夜晚的收获。

我想起水管所干部说过的话，估计这女孩用的也是密网，没有放过小鱼，下手是有些嫌狠。但我没有说什么。我已经从邻居那里知道了他们的来历。他们是姐弟俩，住在十几里路以外的大山里面，只因为弟弟还欠了学校的学费，两人最近便借了条小船，每天晚上在这里打鱼。他们的父亲帮不上忙，因为穷得没有医药费，一年前已经中年病逝。母亲也帮不上忙，据说不久前已经走失了——人们只知道她有点神志不清，曾经到过镇上一个亲戚家，然后就不知去了哪里，再也没有回家。

我收下了鱼。在完成这一交易的过程中，她始终拒绝坐下，也没有喝我妻子端来的茶。她似乎还怕狗咬，说话时总是看着狗，听我说狗并不咬人，还是怯怯不时朝桌下看一眼，一见狗有动静，赤裸的两脚就尽可能往椅子后面挪。

"你很怕狗吗？"我妻子问。

她不好意思地笑笑。

"你家没有养狗吗？"

她摇摇头。

"你喝茶。"

她点点头，仍然没有喝。

她提着塑料袋走了以后不久，不知什么时候，狗又叫了，窗外橘红色一晃，是她急急地返回来，跑得有点气喘吁吁。

"对不起，刚才错了……"她大声说。

"错了什么？"

"你们把钱算错了。"

"不会错吧？不是两斤四两吗？"

"真是算错了的。"

"刚才是你看的秤，是你报的价，你说多少就是多少，我并没有……"我觉得自己没有什么责任。

"不是，是你们多给了。"

我有点不明白。

她红着脸，说刚才回到船上，弟弟一听钱的数字，就一口咬定她算错了，肯定没有这么多钱。他们又算了一次，发现果然是多收了我们一块钱。为此弟弟很生气，要她赶快来退还。

我看着她沾着泥点的手，撩起橘红色衣襟，取出紧紧埋在腰间一个布包，十分复杂地打开它，十分复杂地分拣布包中的大小纸票，心里有些过意不去。一块钱怎值得她这样急匆匆地赶来并且做出这么多复杂的动作？"也就是一块钱，你送鱼来，就算是你的脚力钱吧。"我说。

"不行不行……"她把头摇成了拨浪鼓。

"再说，我们以后还要找你买鱼的，一块钱就先存在你那里。"

"不行不行……"拨浪鼓还在摇。

"你们还会打鱼吧？"

"不一定。水管所不准我们下网了……"

"你弟弟的学费赚够了吗？"

"他不打算读了。"

"为什么？"

她没有回答，只是固执地要寻找一块钱。她的运气不好，小钞票凑不起一块钱。递来一张大钞票，我们又没有合适的散钱找补。就这样你三我四你七我八地凑了好一阵，还是无法做到两清。我们最后满足她的要求，好歹收下了七角，但压着她不要再说了，就这样算了，你再说我们就不高兴了。

她做了什么亏心事似的，浑身不自在，犹犹豫豫地低头而去。

傍晚，我们从外面回家，发现院门前有一把葱。一位正在路边锄草的妇人说，一个穿红衣的姑娘来过了，见我们不在，就把葱留在门前。

不用说，这一大把葱就是她对鱼款的补偿。

妻子叹了口气，说如今什么世道，难得还有这样的诚实。她清出一个旧挎包，一支水笔，说可以拿去给红衣女孩的弟弟上学，说不定能替他们省下两个钱。但我再没有遇上红衣女孩，还有那个站在船头为她摇桨的弟弟。有一条小船近了，上面是一个家住附近的汉子，看上去比较眼熟。从他的口里，我得知最近水管所加强禁渔，姐弟俩的网已经被巡逻队收缴，他们就回到山里种田去了。他们是否凑足了弟弟的学费，弟弟是否还能继续读书，汉子对这一切并不知道。

人世间有很多事情我们并不知道，何况萍水相逢之际，我们有时候连对方的名字也不知道。

我说不出话来。每天早上，我推开窗子，发现远处的水面上总有一叶或者两叶小船，像什么人无意中遗落了一两个发夹，轻轻地别在青山绿水之中。但那些船上没有一点红。每天晚上，我走在月光下的时候，偶尔听到竹林那边还有桨声，是一条小船均匀的足迹，在水面上播出了月光的碎片，还有一个个梦境。但我依稀听得出桨声过于粗重，不是来自一个孩子的腕力。

我走出院门，来到水边，发现近处根本没有船。原来是月夜太静了，就删除了声音传递的距离，远和近的动静根本无法区别，比如刚才不过是晚风一吹，远在天边的桨声就翻过院墙，滚落在我家的檐下阶前，七零八落的，引来小狗一次次寻找。它当然不会找到什么，鼻子抽缩着，叫了两声，回头看着我，眼里全是困惑。

我也不明白，是何处的桨声悠悠飘落到我家墙根？

2004 年 7 月

# 空院残月*

有一个邻家的汉子很会种瓜，扛着锄头这里看一看，那里挖一挖，似乎没有做什么，但他所到之处不久就会冒出肥大的瓜叶，逢沟过沟，逢坡上坡，甚至翻越墙垣，尽情地蔓延和覆盖。不知什么时候，瓜藤已潜游我家门前的路上，过不了多久，两三个南瓜居然憨憨呆呆地拦路把守，要收缴买路钱的样子，使我出入的时候得东躲西闪三步两跳。

"把瓜摘去吃吧。"他撑着锄头，乐呵呵地冲着我笑。

"我家也有瓜。你种的，你留着。"

"我一个人吃饱，全家就不饿，哪吃得完？"

既然他是一个人居家，那他到处种瓜做什么？是有种瓜癖？是生性闲不住？还是对世界上一切荒土闲地有开发兴趣？

他家离我家不远。我走出院门，同张家的人点点头，同李家的人搭搭腔，然后就能看见他家斜斜的院门了。我去过他家，看见他家里的算盘和几个账本，知道他是村里的会计，有时还到小学代点课，无论数学还是音乐，都能教。我正巧看见五六个女孩子在他家排演歌舞，大概是

---

*  最初发表于 2004 年《天涯》杂志和《文汇报》，已译成日文发表。

准备学校里节日会演的节目。他一双赤脚，腿上带着泥点，头发眉毛皮肤都被阳光烧灼成了浑然统一的土色，却是一个努力投入艺术想象的导演。"我们的祖国似花园，花朵开放真鲜艳……"他边唱边舞，两手像扭着一条无形的毛巾，左耳边扭一下，右耳边扭一下，是一种挖土和挑粪般的舞蹈手势。

"下腰，下腰，你们看看我……"他还来了个上身后仰的示范，直到自己仰得两眼翻白，耳根都涨红了。

这位赤脚导演没顾得上陪客人。我与妻子在一旁观摩和喝茶，其实是喝着热水瓶里的凉水，已经化不开茶叶。两只杯子也破旧零乱，一只搪瓷大杯，一只粗瓷酒盅，是他刚才找了半天才凑齐的。这确实是一个主妇缺席的家。

听邻居说，刘长子的老婆到南边打工去了。听邻居喝了酒以后说，他老婆实际上也是人家的老婆，帮一个老板管家，还生了个娃，只是把赚来的钱一个不少地寄回来，供这边的儿子读书。我不太理解这种事，尤其不太理解人们说起这事时的随意和淡漠，忍不住想多问几句。"有什么奇怪？闲着也是闲着，就等于出去寻副业嘛。"一个妇人这样回答我。另一个老人笑了笑："刘长子能怎么样？丈夫丈夫，只管得一丈远的。"他们转而说起了眼下学校收费的昂贵。照他们的计算，供一个孩子读高中，非得有两个人打工进钱不可。因此刘长子福气好，不仅自己可以代课，还有一个既挣钱又顾家的老婆，要不他儿子恐怕早就搓泥巴了——这是务农的意思。

我见过一次他那个似有似无的妻子。大概是知道村里有些说法，她从来没让我看到过正面，即便是在水边的菜园里相遇，她也是去看天上的鸟，或者弯腰去扯除什么杂草，是一个躲避目光的影子。从背影和侧面来看，她身姿绰约，而且有了都市生活的风韵，比方衣摆剪裁得很合身，比方衣履有细心的颜色搭配，比方腰身和脚步有一种用心的收敛，没有乡间重担压出的那种粗放散乱，不会脚步乱刮或者胯骨乱甩什么的。但她没有市井虚荣，回家来探亲，不打牌，不入酒席，日子都浸泡在汗水中，挑着粪桶一闪就没入瓜棚豆架。那一片繁茂绿叶的深处偶尔飘出嘤嘤低语，大概是她与什么邻居说话，但听不清楚。

她们隔着绿叶的帷帐说说家常，互相也不见人影。

她丈夫没有来帮忙。其实，她丈夫无法上地了，因为一场大病，撑着拐杖也偏偏欲倒，她才赶回乡下来料理。我不知道刘长子患了什么病，问起来，他只是笑笑，说得含糊。直到我看到他转眼间面容枯槁，头发眉毛渐次脱落，有明显的放疗和化疗迹象，才猜出他的病凶多吉少。

他扶着拐杖，再一次冲着我笑笑："把瓜摘去吃吧。"

"你自己留着吃。"

"我怕是吃不上了。"

"你不要灰心。听我说，得这种病的成千上万，其中不少活过了十年，甚至二十年，天天扭秧歌或者踢足球的，也大有人在。你一定要心情开朗，积极地与医院配合。"

"什么医院？明明是拦路抢劫的土匪。"他目光发直，两个眼珠挤成了一个斗斗眼，"一个疗程就要我八千，要在我身上开金矿吗？"

"有什么办法呢？病在你身上，还是要治的。"

"我决不给他们吃冤枉！"

他看了看天边的风景，回家做饭去了，转过身，喘了几下，拾起了身边的几根豆角，又喘了几下，缓缓挪动了步子。我忙上前去扶住他，问他妻子为何这么快就走了，为何不留下来照料他。

"家里也没有多少事，不用她天天守着。"

"多个人手总是好一些。"

"守着我，能守得出钱来？"

他说明佗就要考大学了，然后缓缓地朝夕阳走去。鸟雀正在归巢，水边的老牛正在回家，家家户户的炊烟都升起来的时候，他孤独的剪影定格在一片火烧云中。

明佗是他的儿子，一直在县城寄宿读书。我只见过他的考号和上了线的考分，受他父亲之托，与某大学的一位朋友通过电话，确保这所大学录下了他。直到我就要离开这个村子了，有一天从外面回来，才发现他们父子俩坐在我家。他儿子长得像个女孩，眉清目秀，有些腼腆，埋头翻着一本杂志。父亲满心欢喜地看着这个有出息的儿子，有一种怎么也看不够的劲头，目光软软地和糍糍地抚摸着儿子侧面的每一个部位，摸得大学生更腼腆了，扭过头去看着墙角，躲开父亲的目光——他是知道这种目光为时不多从而不忍相接？还是年幼无知从而不觉得这种目光点滴都不可遗漏？

邻家汉子戴着帽子，盖住了头发脱落的头，是带着儿子来面谢的，顺便也讨教些大学读书的方法，问一点都市生活须知。墙边的几只大南瓜，当然是他的谢礼。在整个说话的过程中，他的兴致一直很高，听到儿子说起大学里一些趣事，甚至满面红光地哈哈大笑，只是通常比别人笑得慢半拍，目光有些发直，似乎卡在略有所思的那一刻。我突然想到，我将离开这里，春暖花开时节才会再来。这就是说，如果事情不出现奇迹，他此次戴着帽子的来访，对于我来说也许是最后一次。我知道拒绝就意味着什么。我看见他最后一次摸着我家的桌沿，最后一次放下我家的茶杯，最后一次艰难地站起来，最后一次扶着拐杖走向大门，最后一次给我视野里留下笑脸和弯曲的背影……事实上，我没有看到这个背影，而是让妻子去送客。我没有勇气在一片谈笑声中，在一个秋高气爽风和日暄蝉鸣雀噪的好日子，与一个活生生的人永别。这分明是一个欢欣的场景，容不下永别的情节。

我乘车离开此地的时候，甚至不敢朝他家的院门望一眼。此时，他也许站在那里，也许没有。这种种也许一晃就甩到了车后，离我越来越远。

现在，我又来到了这里。没有人向我提起他，我也没有问起他，一个人的名字就这样在大家心照不宣的约定之下删除了。院墙外的瓜藤又开始蔓延，向路上延伸着妖娆的触须，大概是想拦住路人的脚步，想说点什么。花朵也开始绽放了，像举起一支支金色的喇叭，正在向这个世界大声地传诵和宣告什么。我不知道是谁又在这里种下了瓜，或者它们不过是野物，来自去年无人采摘的瓜，来自瓜腐成泥后重新入土的种子。如果没有人来采摘，它们也许会年复一年地这样繁殖下去。

清明节，远近的鞭炮声不时传来，当然是各家各户在上坟。我不知道是否有人给刘长子上坟，也不知道他的坟在哪里。我只接到了他儿子的一个电话。他吞吞吐吐，想向我借一点钱。他说网上有人推销一种彩票透视眼镜，据说是发财致富的高新技术产品，他很想得到一副。

我不记得是如何回答他的，也不愿意把这个电话告诉村里的人，当然更不会告诉他父亲。晚上路过他家院门时，我让村长等我一下，然后推开半掩的竹门，习惯性地跨过院门的石槛。已近深夜了，西沉的残月隐在林子里，给曾经排演过歌舞的清冷地坪，筛下一片模模糊糊的光斑。正房门挂着一把锁。墙根已布满青苔。靠近厨房的一根竹管还流着水，但支架已经垮塌，泉水流到了地上。接水用的瓦缸还有半缸积水，有孑孓蚊蝇浮在水面，大概是房主去年所留。这个院子里也有很多瓜藤，从院墙那边蔓延过来，已经把一条通向屋后的小路封掩，然后爬上了石阶，攀上了檐柱，甚至缠住了檐下一张废弃的犁，在木柄上开出了小小花朵。我知道，待到秋天来临，这里将会有遍地金灿灿的南瓜，在绿叶下得意扬扬地纷纷探出头来，一心要给主人冷不防的惊喜。

我踏着月光，完成了一次为时已晚的告别。

2004 年 7 月